当代天门诗词曲赋联作品集

诗归竟陵

饶中学　白守成　钟波　编

文汇出版社

壬寅冬竟陵派文学研究会成立有怀

饶中学

累世蒙尘遮斗柄，今朝映日动葭灰。
石微可激千层浪，势众当惊万壑雷。
云物初升诗有待，风心不老意相催。
多情还问竟陵子，何以钟谭望磊嵬。

（诗归竟陵 章德安印）

诗归竟陵编委会

主　编

饶中学

副主编

白守成　钟　波

编委(按姓氏笔画排序)

付牧扬　刘　政　汪志平　易永讯　孟　华　唐必达

顾　问

熊利民

支持单位

京城新竟陵诗派

民盟天门诗书画院

天门市竟陵派文学研究会

民盟天门诗书画院

民盟天门诗书画院为民盟天门支部内设机构，院长饶中学，由诗词、书法、音乐、舞蹈、美术专业的盟员组成，成立于2022年6月18日，以广泛的艺术形式奔走国是、关注民生，致力于荆楚文化建设和文化复兴大业。

天門市竟陵派文學研究會

天门市竟陵派文学研究会隶属于天门市社会科学联合会，成立于2023年1月18日，会长饶中学。研究会以做好竟陵派文学的整理、传承、弘扬为己任，大力促进理论研究和诗词创作的繁荣和发展，以期恢复和提高竟陵派文学应有的历史地位和影响力，为长江中游文明溯源工程贡献绵薄之力。

继竟陵古韵 扬时代新声

——序《诗归竟陵》

范恒山

　　诗词是精修的语言,更是灵动的载体,抒展志趣,也寄寓情愫;陈示心迹,也昭显沧桑。诗词不仅以优美的韵律递呈享受,更以深刻的哲思传输精神。古人云:正得失,动天地,感鬼神,莫近于诗。诗可以经礼乐、成孝敬、崇人伦、通古今、辨善恶、移风俗、美教化。我国是诗词的王国,数千年来,从《诗经》《楚辞》、汉乐府、魏晋南北朝文学、唐诗、宋词、元曲直至近现代诗作,诗词的脉流绵延不衰、坚韧遒劲。一代代诗人为社会留下了一大批脍炙人口、振聋发聩的诗词名篇,它们以独特的文化魅力,为壮丽山河持续增光赋能,使锦绣大地更加雍穆闳阔。

　　天门是一片诗歌的沃土和高地。这个古称竟陵的地方,素来文亲武匿、诗风浩荡。南北朝时期,竟陵王萧子良礼才好士,促成萧衍、沈约、谢朓等结为"竟陵八友",这一群体与周颙等人在创制"永明体"、推动新诗风发展上做出了重要贡献。茶圣陆羽不仅写出了震古烁今的《茶经》,也留下了许多光彩熠熠的诗作,"千羡万羡西江水,曾向竟陵城下来"的吟诵让故乡流誉神州。与陆龟蒙并称"皮陆"的晚唐著名诗人皮日休倾情民间疾苦,讽世寄怀,其兼具奇朴二态的诗文,被鲁迅誉为唐末"一塌糊涂的泥塘里的光彩和锋芒"。尤为耀眼的是,在明代后期,竟陵人钟惺、谭元春以"幽深孤峭"立宗,邀约志同道合者创立了竟陵派,他们不仅编选了《古诗归》《唐诗归》两套宏著,而且"独抒性灵",写出了丰厚的诗词佳作,这些作品既怀有激荡的灵性,又饱含沉郁的志思,以独特的韵律谱写了中华文学史册中的一个绚丽篇章。不止钟谭,明清两代,天门考取的479位进士和举人中,有不少是叶韵高手,朗朗诗篇如琬琰之玉,装点了中华诗词的历史长廊。

今天,天门这块充满生机和希望的田野依然诗潮奔涌、诗意盎然,一个个积极奋进的文人骚客、一颗颗蓬勃向上的诗胆词心争相为家乡而歌、为祖国而吟。2020年,诗人白守成主编《竟陵古韵新吟》一书,20多位天门诗人以千余首近体诗赓续先贤遗韵,诗作满含深情与憧憬,赢得了读者的喜爱和许多名家的赞许。徜徉紫陌的一群竟陵游子,联袂各地诗侣,开启了以"探讨韵律灵趣、交流创作心得、弘扬中华文化"为理念的京城新竟陵诗派学术沙龙,吸引了国内不少诗词大才参与,短短几年内《竟陵诗韵》《盛世诗语》《华风清吟》三本诗集相继出版,一时间成为诗界美谈。而今,饶中学、白守成、钟波共同编纂的《诗归竟陵》即将付梓成册,天门诗圃中又添一株沁人心脾的丽葩。这桩桩件件,见证了天门籍诗人在诗词探索道路上继往开来、守正创新的努力,殷殷之情酽洌,拳拳之心可鉴。

衔命作序,让我有幸占先奉读书稿。《诗归竟陵》可谓承袭前辈诗韵之符而躬行服务当前之事,90多位天门籍诗人情牵桑梓,意切祖国,奉献了近两千首风格迥异、各具况味的诗什。其结构独具匠心:辟有"京华雅集""钟谭继声""江汉新咏""复州高响""竟陵风絮""玉凤和鸣"等多个篇章,令人耳目一新。其文体兼收并蓄:诗词为主,曲赋联论辅行,而书艺杂陈其间,尽现协谐之美。其语句优雅质朴:既力避"老干"口吻,又坚拒"玄虚"调门,恪守严谨作风。更值得称道的是,其内容深邃昂扬:有清亮的锦章,有明睿的筹思;有付与柴门的幽绪,有寄呈紫庭的谏言;有沾着泥土的畅想,有贴着锅炉的颙望。短短的诗行,或忆恋汉江滩头之烟云,或缱绻石家河畔之珪璋,或感叹人生之曲折,或追溯哲理之滥觞,都系着真情实感、透出正直善良。这本诗集,不仅是对古竟陵文学精神与诗歌艺术的又一次继承与发扬,也是对现代文化思想如何与传统文化精髓交融碰撞而铸成新时代文化瑰宝的有益探索。

《诗归竟陵》令人感动之时,也勾起了我对诗词品质和诗人责任的思索。诗词是有品质和格调的,它不应无病呻吟,不应泄发私愤;它不能是丧失理性的攻讦,也不能是罔顾事实的阿谀。诗词承载着时代的责任和使命,愉悦人、温暖人、启迪人、教育人、激励人应该是它的基本品质和突出格调。诗词的品格来自诗人的素质,诗人的思想境界和道德水平能够从其诗作中鲜明地反映出来。而诗人素质不仅取决于深厚的学养,更依赖于公正的立场、豁达的胸襟和高尚的情操。真正卓越的诗人,都是情系家国和勇于担当的。今天,当我们被屈原的《国殇》、杜甫的《春望》、岳飞的《满江红·怒发冲冠》、辛弃疾的《破阵子·为陈同甫赋壮词以寄之》、陆游的《示儿》、文天祥的《过零丁洋》、于谦的《石灰吟》、林则徐的《赴戍登程口占示家人》、秋瑾的《对酒》等直面艰险、敢于牺牲,磅礴而沉重的诗篇撩拨得心潮澎湃、热血沸腾的时候,我们不要忘记他们为江山社稷、为黎庶苍生所做出的艰难求索与付出的沉重代价。我们处于一个伟大的时代,正向着建成富强民主文明和谐美丽的社会主义现代化强国的目标迈进,理当以先贤和英烈为榜样,为国家的强盛奉献心血。而作为诗人,我们还需以诗为舟,溯文化长河而上,于喧嚣中守志,在浮躁中求真,奋楫扬帆,搏风击浪,让新时代诗坛繁花盛开、正气高扬。

猛志逸四海,骞翮思远翥。在承继竟陵古韵、弘扬时代新声这部长剧中,《诗归竟陵》拉开了新的一幕。这还只是一个阶段性成果,今后的故事应当更为精彩,但无疑,演绎也将更为艰辛。借此机会,我在表达祝贺之意的同时,也希望故乡的诗人们能加倍努力,将这部长剧推向未来,让弦歌不辍、薪火相传,以此传递天门人的聪明才智,也彰显这块古老"文章锦绣地"的精神风采。

　　谨此为序。

2024年12月于北京

(作者系国家发改委原副秘书长)

目 录
CONTENTS

三 复州高响

四 学会锦章

五 江汉新咏

六 竟陵风絮

七 玉凤和鸣

八 编委放歌

九　赋颂天门

十　研究之旅

京华雅集

一

旅居京华的新竟陵诗派作品集

京城雅集竟陵風，高論清談章
太沖探妙經絡昌，古趣方興宗
派憶蒼茫標新立異詩幽峭實
感真情熱逸雄踔屬坫壇勤
興勉千秋承脈撼蒼穹

和范恒山先生盛世新論首發式感賦甲辰夏夏功益

范恒山

作者简介

　　范恒山,湖北天门人,经济学博士,国家促进中部地区崛起办公室原副主任、国家发展改革委原副秘书长,参与了中央一系列重要政策文件起草,主持了众多的国家重大区域发展战略制定。

　　著名经济学家,兼(曾)任多所著名高校教授、博士生导师,著述众多,学术事迹为多部典籍收录介绍。

　　中华诗词学会部委机关诗词工作委员会顾问,国家发展改革委诗词协会副会长。

姑苏印象

万千骁勇弄吴钩,经济魁元一方收。
产业迭兴村镇发,市场竞秀税财流。
山塘增色游人盛,海涌消尘翠锦稠。
古寺春隆钟又响,姑苏城内遍新楼。

沧浪亭

清流庶可濯冠缨,何料为亭隐谪卿。
立柱斑斓藏过往,坐宾倏忽显衰荣。
名贤祠内识良恶,面水轩前悟止行。
故影朦胧无觅处,惟留芳草慰苍生。

燕赵暴雨

万龙翻卷势倾盆,罩岭遮山近远昏。
雷涌电驰偕伴发,心高意冷两依存。
桑田禾盛愁堆水,丹阙墙深喜降温。
天若有情须妙举,宜晴适雨各推尊。

闻湖北遭逢大暴雪

故地惊逢雪霰嚣,胜图惨景两交调。
朱楼碧苑素妆丽,浅巷深街游者寥。
谷走银蛇添锦绣,岭居玉虎锁津桥。
常忧蓬户薪柴少,盼遣东君逐冽潮。

游大栅栏感呈

立影皇都数百年,岁更未阻市曹延。
商标厚重酬遗史,货产新奇耀现前。
线脑针头开胜境,京风古韵铸机缘。
街途不阔装曦月,热冷皆同国势牵。

读《范仲淹》记感

断齑画粥克艰辛,良相良医铸圣神。
治堰急开驱海祸,屯田久守稳边津。
忠疏不思灵乌阻,新政唯求国脉伸。
忧乐情怀温世界,汗青流誉慰仁臣。

谒汉张留侯祠

逞勇飞椎效卫郎,穷途承训抑疏狂。
鸿门弱计逃忠主,垓下雄猷灭霸王。
封赏两陈驱窘势,禄薪三让蓄机章。
轻身紫柏立仙影,节亮风高诵子房。

吊蜀相

啸烟丛里简书勤,北岭南峰树大勋。
素辇驰奔酬五出,葛巾缠绕固三分。
苍天有寄延皇祚,孺子难扶断蜀筋。
茅舍一辞无歇处,定军山下泪花渍。

疫间出行

攘攘廊厅顿作空,勤诚检吏罕无功。

疫虫阻道凶而险,士庶开途智且雄。

拐北偏南亲净土,寻疏避密躲污风。

骄陵压顶休惊惧,良策支身越棘丛。

上海抗疫

妖污紫气抖狂癫,沪上安危九域牵。

圆峤缓开防毒漫,方舱急建辟生天。

一垣固守恐遗后,四海驰援竞逐前。

且待疫魔逃遁日,凯歌高奏颂流年。

忆旧十阕

弁言:余考入大学前,曾在农村放牛、耕作、从事基层行政工作,身虽疲惫,心却畅快。每每忆起,感慨良多。遂成十记。

采桑子·记放牛

少时放牧行晨夕,独对清凉。掩怯装强,堤畔滩头童曲扬。

牛鞭在手豪雄展,气若君王。纵性由缰,浅水深沟自漫狂。

眼儿媚·故园

茅舍三间立贫家,沈朴赛奢华。清流侧卧,翠林围拱,桃李争嘉。

椿萱挽臂驱风雨,紫气发桑麻。兰芳桂秀,磬和笙协,远近人夸。

风入松·工间渔乐

暑来寒往趣无拘,小歇畋渔。罩笼网罟盘坑堰,斗智勇、鱼跃人驱。一阵水中喧闹,尽成席上丰腴。　　农家潇洒自欢愉,稼穑当娱。心无旁骛忙耕织,镰锄挥、雨霁云舒。冷对荣华富贵,惟求五谷盈珠。

如梦令·冬修水利

腰挺步遒明志,车拉肩扛铸义。勇士战江湖,要叫水通堤治。挥臂,挥臂,傲雪青春扬翅。

一斛珠·插秧趣

晨晖未盎,青秧持手开谐仗。恐前争后关笼网。少有人声,水淖呈交响。　　面贴黄泥追理想,绵绵绿色荫田壤。退行原是描奇象。似见金波,喜气盈心荡。

点绛唇·甩塘泥

腊月时寒,堰枯塘泄乌金丽。铁锹挥递,竞把泥山砌。　　疏底蓄肥,一挖成双计。情相系,朔风凄厉,不阻争雄势。

苏幕遮·引格子

纵心飞,伸颈望。三尺锅台,相伴凝恩眈。方寸草床藏韧壮。烟裹遐思,一枕迎天亮。　　出茅庐,追幄帐。凤阁挥毫,山海描兴旺。玉食锦衣休倚傍。身在琼楼,犹念柴门旷。

调笑令·扫盲夜校

蝉闹,蝉闹,夫妻识文同校。田头抡镐纵横,灯下翻书战惊。惊战,惊战,先生蹙眉摇扇。

采桑子·送影下乡

玉盘银幕交辉耀,喜气充盈。不骛虚声,送影乡村展政诚。万千精彩流心海,豪迈争倾。战鼓催鸣,梦里犹言做杰英。

诉衷情令·夏夜访贫

泥身疾向草庐移,热风湿耕衣。浓情何处倾洒?鳏寡老翁姨。询冷暖,送麻丝,解难疑,桌前灯下,笑语喧哗,心愫相知。

作者简介

　　甘海斌,自号馨心斋主,别署茶圣故里人,1959年7月生于湖北省天门市卢市镇。原总后勤部秘书局副局长、管理保障局副局长(正师职),大校军衔,研究生学历。中华诗词学会会员,中国楹联学会名誉理事,中国楹联学会传统文化研究院顾问,北京书法家协会会员。有《梦之痕》《聊天心语》《诗海撷珠(上、下册)》和《竟陵新韵》《盛世诗语》《金风和韵》(合著)等著作出版。在报刊、网络媒体上发表诗文数百篇。曾获中华诗词"吟者英华"金奖。

甘海斌

临池抒怀

古稀年近赋闲多,文藻痴迷爱琢磨。
漫识生笺谙熟纸,徐临旧帖复新科。
从戎投笔终无悔,宦海沉浮岂乐跎。
今喜觅辞寻雅韵,以诗言志谱心歌。

春分

金河流水醉宵晨,紫气随风染陌新。
侧耳西环鸣镝响,抬眸北面起沙尘。
红桃羞露一颦笑,白玉含苞满树身。
乍暖还寒春去半,引吭观景赋诗人。

春兴

花遇春风次第开,燕寻旧主始归来。
一双喜鹊枝头唱,两只鸳鸯石上待。
杨柳柔丝临碧水,竹溪彩蝶绕楼台。
游人陶醉乐园里,曼舞轻歌享快哉。

携侣散步有吟

暮色降临云渐散,湖波起伏气盈天。
月光如洗映楼榭,灯火阑珊凝雨烟。
白首情书堪入梦,红尘恋曲绕心田。
与君携手长相伴,共结人生不了缘。

步昆玉河岸逢惊蛰抒怀

春雷乍响百虫惊,煦日徐升八面晟。
昆玉河中流注阔,林花枝上嫩芽萌。
展笺播撒丰收梦,伏案躬耕勤学名。
不用扬鞭蹄自奋,光阴不负夕阳情。

春雪吟

人言春雨贵如油,我谓冰凌胜一筹。
穿室入池催碧落,汇溪越涧泛波流。
复苏万物吐新绿,敢教千山披素绸。
瑞雪丰年呈好兆,龙骧鹏举上层楼。

新年抒怀

花甲欣辞巳四年,又增一岁是新天。
心同龙舞诗情动,梅伴冰来春讯连。
品味世间知冷暖,感时暮日惜尘缘。
向天欲借如椽笔,写我人生锦绣篇。

重阳登高感吟

阑珊秋意许苍茫,云水襟怀接大荒。
昏眼犹怜花抱蕊,愁心总念雁归行。
千般碎缕随风去,一管纤毫舞墨狂。
萧瑟窃知枫正好,落红惆怅鬓如霜。

咏九华山

群峰蓬拥白莲花,峻岭遥披秋日斜。
暮鼓擂迎新冷月,晨钟敲出故朝霞。
有心识认菩提树,无意皈依佛祖家。
宝藏道场香火盛,九华胜境传天涯。

重登岳阳楼

再度开征湘楚游,金秋复上岳阳楼。
远观湖渺君山碧,近看台高人迹稠。
工部诗篇名百代,范公辞赋传千秋。
纳新吐故洞庭水,激浊扬清汇四流。

月夜寄语

天穹明月又逢秋,泻地银光似水流。
往昔芳华军旅寄,而今垂老异乡留。
怨恩岂可一朝忘,情爱该当百记稠。
师劝余生皆放下,唏嘘慨叹直搔头。

癸卯初春感怀

窗临疏雨乍春寒,远眺西山独倚栏。
云绕苍穹岚影瘦,雾萦峰壑鸟形单。
不求梦幻奇风景,但赏盈亏可释然。
万物随缘皆有度,无私心底自天宽。

一剪梅·圆明园观荷

一朵莲花一片情,争相弄晴,百媚娇生。随风摇曳舞娉婷,身影婆娑,莲露晶莹。　荷叶丛中翠鸟鸣,蕊招蝶蜂,蓬引红蜓。老夫陶醉且徐行,神往湖烟,魂系精灵。

满庭芳·翰墨谱新章

往事如烟,轻吟浅唱,曾经风雨苍桑。悲欢交织,翰墨谱新章。细品人生百味,歌一曲、军旅铿锵。鬓双白,精神不老,志趣咏诗长。

胸宽心旷放,桑榆暮景,如血残阳。放望眼,晚霞不逊春光。多少新愁旧恨,都付与、浊酒千觞。乾坤朗,凭栏遐想,百卉竞芬芳。

江城子·庆京城新竟陵诗派成立三周年

竟陵新派曲悠扬,细思量,实难忘。艳若奇葩,华夏亦无双。孤俏幽深藏俚俗,舒彩笔,绘芬芳。　举旗三载铸辉煌,意轩昂,锦帆张。口吐珠玑,妙语谱华章。愿得年年添挚友,勤雅集,和酬长。

水龙吟·元宵节

晚晴朗空星光灿,穹顶一轮明月。清辉如洗,华灯如昼,妍梅如雪。年味犹酣,暗香幽雅,乡愁浓烈。瞰火树银花,虹桥玉路,人欢笑,庆佳节。　寒夜无眠情切。闹花灯,谜猜争说。金狮腾跃,银龙起舞,春潮涌叠。浮想联翩,金瓯完璧,月无常缺。盼收回宝岛,除妖清雾,海天澄彻。

西江月·环步玉渊潭所思

远岫托升红日,近潭倒映苍穹。回眸几棵早樱红,柳穗随风飘动。 放下虚无执念,舍求方有从容。一生无悔在军中,矢志尽忠追梦!

江城子·游黄鹤楼

仰观高树玉楼风。雾烟笼,妆新容。耸立傲然,云水万千重。江岸地标紫气聚,待黄鹄,返楼中。 归来羁旅太匆匆。九衢通,意重重。英雄之城,首举义旗红。登顶眺望江水淼,何可阻,巨流东?

蝶恋花·咏梅

疏影横斜香暗吐。独绽琼花,无惧风霜雨。脉脉含情祈愿诉,报春惟有花容露。 人道品高馨沁腑。松竹为兄,三友平添趣。玉骨冰心常作赋。凌寒傲雪谁人妒?

西江月·别友

事物难分真伪,人情薄似流云。何须计较寸和斤,乐对人生命运。且酌三杯好酒,慢尝一阵微醺。此番赴外少朋亲,惟愿常通音迅。

八声甘州·迎"双节"感赋

喜中秋国庆紧相逢,皓月当空圆。览繁花似锦,稻丰果熟,捷报旌游。处处笙歌彩舞,大众尽情欢。四海承盛世,国泰民安。 惊诧寰球巨变,瞰复兴之路,浪涌涛喧。笑挡车螳臂,作恶恣无端。倡和平,融通共识,反霸权,人类手相牵。欣华夏,棹帆风劲,踔厉驰前。

作者简介

　　胡水堂,湖北天门人,中共党员,工学硕士,原总后勤部军事交通运输部综合局副局长、副研究员。中华诗词学会会员,北京市诗词学会会员。有《竟陵新韵》《盛世诗语》《金风和韵》(合著)出版。

胡水堂

醉乡春·乡味

梦住那旁芦苇。轻雾薄烟凝翠。楫木筏，唤鸬鹚，依岸浣纱流水。　暮色笑谈霏媚。一碗悠闲浅醉。望烟袅，问渔樵，尚能待我家乡味？

西江月·乡愁

高柳翠枝蝉噪，平湖细浪风闲。芙蓉出水暗香园。荷下鱼翔清浅。　好景三千里外，乡愁犹记从前。儿时茅舍傍湖边，怎不教人眷恋。

玉楼春·春思

画堂梁燕归双对。莺语塘边鱼戏水。蝶栖芳草结花缘，撩拨晨光生意蕊。　临风落雨残香坠。不忍红泥枝滴泪。春风春雨忆中谁，念却莫来心已碎。

曲玉管·残秋

冷露凝盘，枯蓬拂水，西风折苇时辰久。一夜霜天无诉，今又残秋。恁迎眸。滚滚襄河，萋萋芳草，荻花秀水飞佳偶。暮色斜阳，泊岸渔火汀洲。乐悠悠。　总忆儿时，有多少、贪欢时候，未经雨雪风霜，焉知喜怒哀愁。羡神游。看桑榆非晚，雨恨云愁都了，眼前风景，沐浴身心，好上高楼。

八声甘州·寒夜思

对小寒无雪啸冰天，一夜剪残枝。透西窗光影，无痕划破，直落清辉。四壁青砖高冷，烛泪袅香微。听漏壶声语，乱我心扉。　　漏语风声交织，引心潮无数，一觉难为。念寒来暑往，携手总依偎。眷乡土、汀州芦苇，见千帆、鸥鹭竞翻飞。难忘记、东篱深处，料峭红梅。

一剪梅·中秋吟

一扇清辉映入窗。斜插桂枝，金粟弥香。便收芳气学姮娥，酿得金波，侍奉君郎。　　又见露寒桂影长。今宵难梦，何况平常。年年岁岁度残更，银漏深知，滴滴朝阳。

采莲令·慈母

菊花残，征雁高飞远。池塘柳、叶疏枝乱。鬓霜老茧织寒衣，密密行针线。银缸照、轻烟袅袅，情长语短，有心无力难劝。　　一觉朦胧，偻影碌碌通平旦。临行别、话中埋怨。岂知慈母，恁是送、一路叨叨遍。更回首、乡村远去，襄河津渡，瘦影只身河岸。

一寸金·襄河

梦里家乡，汉水之滨小村郭。看晚霞映射，金光底色，汛林杨柳，盘弯堤脚。碧水徐风意，芦鸟和、夕阳伴落。长堤下、袅袅炊烟，息楫归帆自夷廓。　　不论飘蓬，春秋几度，依柳岸边泊。念伧浪渔唱，襄河之水，最知儿女，今生前约。情在根深处，拳拳也、未曾浅薄。心心念、那土那河，土沃波也乐。

忆余杭·梦童谣

长忆襄河，河上风帆河岸汉，弓身汗水折篙竿。人喘水惊湍。
几帆呼喊纤夫号，一片芦丛传百鸟。别来云鬟梦童谣，思绪总迢迢。

瑞鹧鸪·襄河萦念

霏雨烟浔。襄河畔，长堤倚傍幽林。蒹葭丛里，起伏清吟。曲曲
声声意韵，天籁沁人心。凝态也、油然艳羡，百鸟情深。　　尘世苦追
寻。梦里水乡情，劲草成荫。萦念结，辗转明月西沉。难抑经年往事，
如枕似淋涔。壬戌别、年年岁岁，便到而今。

菩萨蛮·秋风

秋风唤得烟和雨，染山袭扰梧桐树。何处可留情，一湖秋水
明。　　秋风难解意，何必相思起。一路向天涯，无时不见花。

巫山一段云·闲情

人面桃花映，风姿杨柳撩。玉渊潭水彩云漂。湖中鸳颈
交。　　水暖小刁游戏。莺语欢歌迤逦。春潮暗涌起涟漪。闲情满
潭池。

鹧鸪天·七夕

乞巧星云银汉悬。忍将缘分隔桥边。桥头忧思迢遥外，桥尾回眸
咫尺前。　　欢此夜，忆经年。别番滋味在心田。欢情唯恐关桥早，
便数佳期无奈天。

作者简介

　　汪桃义，1963年3月出生，湖北天门人。中共党员，教授级高级工程师。从事石油及炼油化工工程建设工作近四十年，工作足迹遍布海内外。喜爱并创作诗词10余年，现为北京诗词学会会员，中华诗词学会会员，其作品多次在《中华诗词》《北京诗苑》《地火》以及《中国石油报》等报刊发表。

汪桃义

题吹糖人

挑担穿梭街巷行,引来满场笑声声。

呼兄唤母零钱凑,塑虎雕龙巧手成。

心醉糖人喜神色,眼迷塑像乐欢情。

敢教稚子意难尽,梦哑馋唇到五更。

解甲归乡有感

解甲归乡正遇春,平畴翠色韵如神。

墓前洒泪思亲远,宅内追恩念旧频。

草木含情牵缅忆,巷村静默护芳邻。

少年乍遇颜羞涩,怯向家人问客身。

参观眉州三苏祠

再拜眉山苏氏祠,此生甚爱子瞻诗。

亭台幽静风回处,林木欣荣鸟唱时。

彳亍堂前犹感叹,徘徊院内几迷痴。

千秋青史遗浓墨,才德双馨绝代奇。

沁园春·不负韶光

云淡天高,京都如画,处处金黄。望满堂将士,激情振奋;千言肺腑,满室和祥。鏖战方归,征袍未洗,慰藉真情动寸肠。欢声处,趁笙歌社酒,再谱华章。　　曾经雾锁寒霜。聚众智,旌旗向暖阳。立明规百卷,同襄伟业;集兵万众,共赴前方。酷暑严寒,分分难舍,使命扛肩意气扬。汗和泪,在征途之上,不负韶光。

满庭芳·晨步偶感

晴日村炊,碧波田野,青蝉唱破晨风。曲幽径陌,遥念旧相逢。几处古桥新貌,依旧是、流水西东。农居处,逐欢雏崽,谈笑数衰翁。

于今常忆起,襟怀杳渺,客绪稠浓。梦犹在,何言无奈千重。莫叹昔时意气,恰如那、远去春鸿。心宽地,荷塘水暖,又绽数枝红。

凤凰台上忆吹箫·故里悠游

无尽相思,常萦梦境,趁闲再度悠游。恰又是、霜凝露重,彩染深秋。沿途偶闻乡语,相顾处、难以开喉。唯渠水,依稀若旧,缓缓东流。 穿行竹林小径,童与叟,难寻昔日村楼。怎堪忍、田头旧冢,屋后枯沟。谁信人生百岁,桑梓处、切莫添忧。韶光去,已理乱绪千头。

黄莺儿·故园春色

故园春色晨时秀。青草如茵,凝露繁花,小桥溪流,百鸟鸣奏。看麦绿起微澜,路静垂烟柳。喜逢慈母田间,汗透衣衫,肩载笆篓。

惭疚。泪涌欲呼亲,梦醒心难受。感恩常念,砥砺前行,终将美德留守。当海阔任鱼翔,道远随心走。若续梦里芳华,莫叹离情久。

鱼游春水·春回故地

清渠翻微浪。隔岸青苗田垄壮。燕啼莺啭,恰似金喉嘹亮。鸭鹅争勇戏碧潭,鸡犬成群穿林莽。春暖景嘉,心怡神旷。 重踏儿时沃壤。且喜村湾新貌亮。尤多梦里牵怀,归心所向。岁月如流难复返,唯愿归来无怅惘。深恩永铭,此生难忘。

鹧鸪天·入住三亚亚龙湾红树林

碧水青山映画楼,天然景致竞风流。风和人共椰林舞,日丽声传墨客讴。　　寻妙句,颂宏猷。民安国泰少烦忧。世间独好知何处,一统升平是九州。

一剪梅·荒漠遣怀

数载春秋荒漠熬。风卷沙嚣,血汗如浇。油龙腾起向云天,机械轰鸣,旗帜飘飘。　　且把忧愁化酒烧,坚守初心,壮志堪豪。夙兴夜寐付真情。待到功成,再换征袍。

一剪梅·新竟陵派诗友聚会感吟

小院轻寒月色柔。慢煮新茶,尽惹乡愁。相逢尽是故乡人,座上高朋,四海名流。　　荆楚钟谭誉九州。畅抒襟怀,诗亮千眸。竟陵新派写传承,桑梓勤耕,风雨同舟。

永遇乐·深秋

时入深秋,粤东尚暖,风清神畅。钢构横空,塔林高耸,最喜机声亮。令旗飘舞,鼓音震响,常在三更惊恍。万千人、倾心投入,忘我汗洒岗上。　　孤身瘦影,归期难定,遥念妻儿模样。去岁经年,天涯分守,缱绻犹牵想。为公为己,皆应奉献,连线传情分享。待明朝、梦圆之际,同欢共唱。

二 钟谭继声

天门籍在外文化名人诗词书法作品集

作者简介

　　吴中华，1959年生于湖北天门。1978年参军，1987年转业，中共党员。曾任湖北省文联委员、湖北省书法家协会副主席、中南财经政法大学客座教授、华中师范大学长江书法研究院研究员、荆州市书法家协会第三、四届主席。现为中国书法家协会会员、湖北省书法家协会顾问、长江书画教育推广中心专家委员会委员、荆州市书法家协会名誉主席。

　　作品曾荣获首届"长江杯"全国书法大展优秀奖（最高奖）；全国劳动保障系统书画摄影大赛书法一等奖；"兰亭杯"全国人力资源和社会保障系统书法大赛一等奖；湖北省首届"公务员杯"书画大赛书法一等奖；荆州市优秀文艺成果奖特殊贡献奖。作品入展：全国第八届中青年书法篆刻展；全国第四届楹联书法展；庆祝建党85周年全国书法展；中国书协成立三十周年会员优秀作品展；第二届书法兰亭艺术创作奖；中国名家系统工程·全国千人千作书法大展；中国名家系统工程·全国五百家书法精品展；全国第十二届书法篆刻作品展等。

吴中华

三乡四月好风光，麦穗青青吐暗香。

许是春深花易醉，飞红一片落池塘。

巴人故里古长阳，绿水青山歌舞乡。

武落钟离风景美，画廊百里胜天堂。

清江画谷醉游人，鬼斧神工势欲吞。

绝壁凌空高万仞，佛居峰顶远烟尘。

素来最喜夜挥毫，墨海遨游兴致高。

废纸三千难入境，修为不济亦逍遥。

三乡七岭物华新，旧貌沧桑何处寻？
绿色家园村景美，康庄路上梦圆人。

作者简介

　　沈光明，湖北省天门市净潭乡白湖口村人，长江大学文理学院院长、教授。中国现代文学研究会、中国赵树理研究会等学术组织的成员或理事。

沈光明

赴美杂吟之思乡

丽日映晴空,何来蕙的风?
声留红锦处,影去绿荫中。
入眼花千朵,闻香草一丛。
不知身是客,梦里也朝东。

回天门与乡贤聚会

花开谨纪年,往事岂成烟。
冷节春风至,红尘斜日圆。
竟陵谈国学,汾曲醉乡贤。
最美清流地,人间四月天。

天门县河

嫩绿蜿蜒翠一湾,青波漫润碧潺潺。
花同岸柳香茅屋,蕊共梨魂色雪山。
汽笛声声春景里,船帆点点水云间。
县河曾载少年梦,带走光阴动客颜。

卢市大桥

一脉清流两岸分,银河路断望夫勤。
鸡声连片惊明月,人迹无痕托白云。
船客因之思鹊背,民心所向铸铭文。
春风送暖襄盛举,借道长虹可册勋。

光阴

（一）

不留痕迹是光阴，往事如烟岂可寻。
老屋檐头多落叶，久居海外少知音。
夜深唯伴峨眉月，梦浅难驮寸草心。
寂寞悠长谁与共，拥衾倚枕泪沾襟。

（二）

唯有情怀依旧在，不留痕迹是光阴。
桃花斗艳增春意，翠鸟贪欢弄绿荫。
香气氤氲云厚重，琴声婉转夜深沉。
明知梦醒芳华尽，湿了当年那颗心。

（三）

缘何无病要呻吟，定有闲愁万丈深。
去掉浮名非圣洁，不留痕迹是光阴。
梅花怒放疑为雪，头发稀疏岂可簪。
若问芳华归宿处，缝纫日月岁穿针。

（四）

试问无聊何感受，神情恍惚且分心。
眼前锦绣离窗远，梦里斑斓印象深。
纵有诗书陪左右，不留痕迹是光阴。
夏天过半花期短，坐拥黄昏独自吟。

（五）

青山妩媚我深沉，入眼繁花难走心。
来客林间听鸟语，游魂梦里说乡音。
风尘荏苒云遮月，灯火阑珊手抚琴。
羁旅杂吟无所有，不留痕迹是光阴。

念奴娇·呼伦贝尔

追寻远梦，望天连翠碧，草原辽阔。绿掩牛羊浑不见，疑是云飘霞没。水拥呼伦，山潜林海，风物全囊括。边陲绵袤，纵横无数豪杰。

可汗挥洒雄心，挽弓射月，铁蹄扬飞雪。苏武残躯栖北海，手捧汉家符节。血脉精神，传承当下，出几多英烈。断鸿声里，誓言歌尽余阙。

桂枝香·重阳节

重阳敬九。看遍地野花，金菊唯秀。不枉登高远眺，翠峰为友。嗟呼北去南飞雁，又回归，有谁知否？月移花影，清风拂面，只须杯酒。　忆往昔，芳华剧透。恨流水桃花，过时不候。几许忧伤，沉醉一川烟柳。晚云斜挂残阳里，伴箫声舞动长袖。青山苍翠，韶光易逝，忍堪回首？

行香子·人间万象

新雨初晴，云雀声声，唤醒青山影娉婷。岚烟晓露，草木峥嵘，赏梅花瘦，梨花老，杏花荣。　人间万象，阴晴圆缺，一卷诗书任平生。何妨评说，看淡输赢，对利和名，得和失，爱和憎。

作者简介

　　刘继成，祖籍天门，现居武昌，理学硕士，自由职业，商海幸存。

　　宅设书斋闻道居，故号闻道居士。闻道者，朝事乎？文刀也；居士者，修持乎？自称也。致敬院内两棵百年香樟，因效五柳先生，别署三爷。这年头，土鳖没件把洋马甲哪行？赶时髦的，叫三爷为JASON，也成。

刘继成

除夕步韵香山居士《勤政楼西老柳》自题

平生不由己，盛世每欺人。
昏乱庚子劫，慌张辛丑春。

立春次日癸卯元宵步韵香山居士《勤政楼西老柳》

秋点兵多事，夜航船少人。
千年承旧制，一蕚立新春。

癸巳仲夏从荆州到随州

熊家冢上追斜照，曾乙墓前翻老调。
三楚原来不服周，大风又起听吟啸。

步韵定庵己亥杂诗之一

辜负朝花但见贤，残棋夕拾坐林泉。
几回借酒问天意，明月无言又一年。

夜乘轮渡从汉口回武昌远眺汉阳

四岸三城景不同，万家灯火共朦胧。
忘机何必羡鸥鹭，过耳落梅吹笛风。

寄远

谁与江山共见微？萧萧碧瘦鲙鲈肥。
西风且慢染秋色，我有天涯人未归。

故里竟陵忆往

汉江翘楚隐难言，最是伤心失乐园。

少艾辍攻花鼓调，老残留守状元村。

侨乡春树遮秋水，僧寺新茶唤旧魂。

草长莺飞时待我，快哉风正上天门。

溪外清明步韵唐土湾《次北固山下》

南浦西溪外，东篱北岭前。

幽兰君子养，曲径自然悬。

丝竹听高处，星灯忆少年。

归心谁似我，得意柳桥边。

携眷约客游东湖落雁岛不值

心向往之天地间，转身郊野看闲田。

忘机雁落平沙后，破晓花开老树先。

烟雨湖山诗画意，风尘云水智悲缘。

一从关切不能忍，辜负眼前多少年。

奉和恒山先生《酬友》次韵

备闻纸贵胜龙章，台阁生风锦绣肠。

歧路行中开独步，横渠句里过重阳。

京华名利且谈笑，故楚箪瓢永激扬。

一别经年劫余见，新诗旧梦共还乡。

癸卯年处暑后三日晴转多云有雨,送李伟之竟陵

人间无事立秋风,溪外一声听断鸿。

古紫薇花开陌上,新丹桂字待闺中。

蒹葭未老头先白,鸥鹭正闲心早空。

甲子轮回纵胜数,且从容做灌园翁。

朝中措·次韵宋朱敦儒《先生笻杖》词

那堪有限逐无涯,一笑对拈花。伫听松风荷雨,行看云月烟霞。

平生事了,坐忘煮酒,正念烹茶。杳杳去来当下,悠悠故国新家。

采桑子·汉江北望天门原野

桃红李白泡桐紫,开到田间,开满天边,油菜花前是故园。   黄金铺地春光好,笑客多钱,笑我无闲,此去何时了挂牵?

桃源忆故人·步韵放翁留别英山诸友

满园萧瑟人幽闭,长叹疫情时起。掩卷苦思溪外,谁解扁舟意。

少年不屑渔翁利,忆昔满怀尘事。一去栏杆凭倚,恨树犹如此。

菩萨蛮·步和临水君

人间路过何时歇,千年变局冰霜冽。知己剩寒梅,亲朋在海湄。

雪来添别绪,风住问归处。旧恨更新愁,无言向晚鸥。

作者简介

陈竹松,笔名陈青,网名一点酒香,中华诗词学会理事兼青年诗词委员会副主任、中国楹联学会理事、甘肃省楹联学会名誉理事、甘肃省诗词学会常务理事、拾风诗社创始人之一、敦煌诗词楹联学会会长。作品散见于《诗刊》《星星》《中华诗词》《中华辞赋》《中国文艺家》。出版诗集《又见西风吹月弯》。

陈竹松

秋望

黄叶三分落,寻根几度归。
举头攀雁字,捎我向南飞。

榆钱

新叶原非叶,看花不是花。
满枝皆富贵,能养万千家。

苜蓿

探春先破土,凭绿也吹香。
别有缠绵味,能消寂寞肠。

鱼泉洞

鸟瞰幽深里,如临百滚边。
有鱼争一跳,不肯做神仙。

谒元稹纪念馆

格韵传千载,巴山梦有栖。
听闻海棠泪,流到月沉西。

注:与散人雨涵初阳清辉诸兄拜谒元稹纪念馆,清辉说海棠抱着"元稹"泣不成声,颇为感动,才有此绝。

八戒饮水

山压高庄婿,藤缠铁网多,
谷前横一嘴,红袖不能过。
注:桃溪有石酷似猪头谓"八戒饮水"。

罗盘顶索道

一胆乘风色,惊高怕几多。
越过青嶂岭,直捣白云窝。

别达州

聚散诗难却,寻常话不多。
巴山一壶酒,唯恐起心波。

杂感

登高开眼界,无处扫心尘。
一世终非了,何须问果真。

鸣沙山月牙泉踏青有感

春光未掩此时心,一路登高一路寻。
月欲腾空山不放,山能奏曲月知音。

登状元楼

凌霄也许路还长,云雾摊成地上霜。
首个身临此山顶,登楼不是状元郎。

过红豆杉栈道

空山放语性情真,也羡浮云自在身。
青嶂含羞已遮面,莫非嫌我是生人。

巴山一线天

步伐桃溪恐断魂,绕弯河谷动云根。
金乌照得三千界,无奈人间有裂痕。

宿罗盘顶

初夏犹传岁尾音,冷风呼啸夜沉沉。
而今我作云端客,只恐巴山梦不深。

赴达州

形影推杯怨迟迟,小窗无语怕人知。
昏然叠翠犹风扫,入梦巴山夜雨时。

党河音乐喷泉

向北空明递好音,雀啾安稳入丛林。
流光错落腾云起,喷出沙州古与今。

汪新军

作者简介

　　傲啸客，本名汪新军，高级经济师，《九州诗词》执行社长、湖北省作协会员、诗协常务理事。曾在地委机关从事政研10年、地直国企及合资企业担任法人代表4年。1989年首著《乡镇企业经营管理学》，1991年由中国经济出版社出版发行，为该学术奠基人之一。1996年底下海自营。在《中华诗词》《中华辞赋》《诗刊》《中国文艺家》及各级刊物发表诗文600余篇。出版有旧体诗词集《书剑江湖集》《鸡鸣风雨集》，有多首诗词录入《当代诗人词家作品选编》。

登顶万佛塔

七级浮屠顶，万尊灵佛前。
如来今惠我，我法大如天。

登拨云尖峰

登顶峰巅长，一头撑破天。
仙娥任我看，不必拨云尖。

消泗油菜花

照眼金铺地，夺魂香漫天。
何当迁户籍，来此共花仙。

一步当先

来此共花仙，不时飞九天。
待赴灵霄试，看吾一步先。

眸青女仙

看吾一步先，原本属高天。
今向红尘觅，眸青唯女仙。

众神推我

眸青唯女仙，从此不巡天。
若代灵霄殿，众神推我先。

题白水寺龙飞白水处

寺高辉大汉，井古耀金苔。
龙飞千载后，白水为谁来？

异想天开

白水为谁来？江山属上裁。
我今诗有异，转眼见天开。

月下煽情

一煽豪情酒一缸，嫦娥约我话天方。
夜谭不是虚高梦，传已千年待老汪。

接龙吹牛

传已千年待老汪，高天今日献天方。
若非道与如来近，岂有一吹枯海江？

偶展私心

偶展私心未见边，上穷碧落下沧渊。
玉虚终古何人步，傲老头今逛九天。

接龙倒步

傲老头今逛九天，懒招群玉并诸仙。
灵霄殿大高无极，我把私心系上边。

红尘梦了

一曲梵歌顿悟痴,红尘梦了绝相思。
此身终是剑箫客,万里征鸿出海西。

题尽风花

万里征鸿出海西,戈矛影里不言诗。
偶然坠入潇湘梦,题尽风花道尽痴。

巫山顶上(伪独木桥体,香溪笔会接龙)

已惯天涯东复西,何曾寄梦到香溪?
今宵烈酒千杯后,直向巫山顶上栖。

一曲梵歌 (孤平不改)

直向巫山顶上栖,巅峰十二尽题诗。
明朝酒醒黄陵庙,一曲梵歌顿悟痴。

十年政事(致宜昌诸友)

回望前尘心不惭,此身唯把美名贪。
十年政事矜评价,半世高吟非茧蚕。
沧海缘深生日共,峡江梦断短亭谈。
明朝重驻夷陵府,直上云庭三万三。

回巴山夜语《步老傲十年政事》

能安衾影我何惭，报是今生有寿贪。
歹作逢时鞭重腿，善行见处效先蚕。
一腔血永烘烘热，半世情能侃侃谈。
今夜追将好梦去，封城掠美八千三。

回东廊榜眼

吹牛未觉壮词惭，万古豪情万盏贪。
昨赴巫山共神女，今经太岳败天蚕。
何当子夜云车驾，去召霜娥梦里谈。
他日青鸾传玉旨，灵霄平步九千三。

倒步前韵回唐佳先生

谁谁共我岁寒三，唯竹与梅堪我谈。
我有荫余九千寿，能牵福报万吨蚕。
劈空飞火方方佑，据梦桃花朵朵贪。
待上松山山顶见，山松见我便形惭。

回步谢炳铭先生韵

牛皮吹破次经三，又坠天花作乱谈。
一甲梦香收众美，十分酒烈典金蚕。
山中色秀窥能得，湖上槎轻夺可贪。
不日更飞蓬岛去，箫横千里我非惭。

饮五十年代白云边回步百二

功深岂止冻冰三，长剑清箫略略谈。

几度江横浮野苇，半生阵战蔽天蚕。

蓬莱在我心中慰，我在蓬莱梦里贪。

今就白云图一快，千杯饮过更无惭。

一书一剑

江湖载酒誓中流，壮志未酬华发秋。

兴国姓名登鬼录，败家业绩晋诸侯。

云空有梦接高古，巴楚无凭记壮游。

检点平生还大笑，一书一剑傲孤舟。

欲觅虬龙

欲把轻风细雨读，新花有意落花秋。

赵钱孙李傅青主，西北东南威远侯。

欲觅虬龙无处去，翻听虫蚁共船游。

频频寄语剑箫客，一醉何妨傲御舟？

共谱新词

别后方知难聚首，年年梦里会金秋。

酒酣时典轩辕剑，阵战处欺威远侯。

唯有盐车容骥负，苦无湖海让龙游。

且将钟鼓鸣巴楚，共谱新词傲晚舟。

梦琼台

此生梦影在琼台，立尽斜阳未见开。
有所思时情味减，不经意处美人来。
落魂难掩风流气，跋浪方知国事哀。
弹剑高呼看我也，蓬瀛万点又何哉？

访瑶台

怀仙何必访瑶台？眼底丹云梦底开。
武汉城中情已了，潼关道上韵重裁。
春心早共春花远，憾意时追憾事来。
寻得新诗三两句，旧欢岂有一如哉？

集贤台

梦中偶上集贤台，万里边烽一瞬开。
百二河山归大统，三千佳丽伴蓬莱。
梅家战策阁尖朽，傲氏龙泉匣底哀。
待尔太平诗话出，本州四岛任悠哉。

登燕台

登楼最喜是燕台，一瞬奔雷袖底开。
西北风沙侵广袤，东南花月拥襟怀。
九千八百元龙梦，五十年来经世才。
煮鹤焚琴无所谓，此身留得踞蓬莱。

上天台

我今重上楚天台,方解此风真快哉。
大野为笺题妙句,天河倾酒宴蓬莱。
舒心时作苍龙去,落魄处招佳丽来。
唯有幽情书不得,由他入梦写襟怀。

海疆万里

诗中记忆频呼酒,望里湖山几度秋?
气郁千江唱金缕,霜寒一剑傲王侯。
偶因夙志闻鸡起,时向龙宫入梦游。
他日山河重整顿,海疆万里任轻舟。

醉楚台·天门文坛庆典即席(一叶到底)

谁引薰风醉楚台,千回梦影不曾开。
白龙寺顶灵光褪,佛子山中大业衰。
抚剑方知豪气在,题诗又见美人来。
从今把酒青天外,越艳吴妖任我差。

作者简介

　　倪平波,网名无语,鄂人,客居广州,广东省文化学会诗词文化专业委员会会长。

倪平波

吟于衡州青草桥头

流年不改是清波,但问遗风余几何。

为有身凉争在水,难除心上俗尘多。

题镇海楼贪泉碑

勿问此泉何日干,并非不饮即循官。

人之清浊无关水,道理还从碑上看。

访潭州太平街

未临坊口已开怀,鼎沸人声出小街。

应是千年同此路,只今不过换双鞋。

白洋淀行吟

雨霁晴光好,风清湖色新。

荷尖分绿水,芦叶扫红尘。

丰邑行来夏,扁舟驶入春。

天开一明镜,只照有缘人。

辛丑岁末吟于竟陵

晓行荒柳岸,来对故园吟。

浪子于今老,旧踪何处寻。

风号透赢骨,雪舞见方心。

万里红尘路,氛邪未许侵。

登栖灵塔

行将云汉外,依旧佛光中。

万古登临意,今朝又不同。

正心须梵响,入耳借滔风。

隐约观尘世,分明俗念空。

登采石矶三台阁

已到青螺顶,登高心尚存。

升阶远尘世,举手近云根。

尤叹江天阔,尽将文气吞。

千年吟唱处,太白亦留痕。

访石家河文明之土城遗址

秋点乡园任我行,此心欲向史前倾。

一条野径穿商夏,万古淳风出土城。

印信台边石河水,章华宫里楚王盟。

如今荒草遮残壁,人世原来已变更。

甲辰正月莞邑行吟

终归收到一黄粱,原是禾畴却建房。

众企关门尚存地,各村奉旨又开荒。

果蔬只为暄风老,鸡犬尽呼来日长。

世态轮回君勿叹,人间会有好时光。

依韵汪师兄网上读史有感

正是当今讳十三,宜于此夜作闲谈。
庙堂颜色未曾改,风雨由来何必谙。
万里红潮应顾恨,一抔黄土已包含。
举头只问萧萧月,多少人间之不甘。

自嘲

只把红尘醉里看,于今不肯再凭栏。
为因窘迫忙生计,幸是流行摆地摊。
风满对襟无别物,书香斗室尽吟刊。
欲将文字兑壶酒,尚有新词墨未干。

临江仙·竟陵县河垂纶有题

暮岁江堤寒柳,向阳沙渚皤翁。挥杆却是尽成空。元知流水恨,
只钓夕阳红。　　应是山川依旧,奈何人事难同。此身安得效姜公。
清心观浊世,无欲对浇风。

喝火令·陆羽塔寄怀

雁字争飞度,流云细剪裁。竟陵于此汉江开。荆楚故乡情结,游
子乍归来。　　不慕黄金屋,何堪白玉台。羡歌风骨绝尘埃。好个秋
深,好个境清佳,好个昔人吟处,去影已天涯。

作者简介

　　郭良原，字恕之，号三弄斋主，湖北天门人。诗人、作家、书法家、资深编辑。1982年毕业于华中师范大学中文系汉语言文学专业。曾供职于湖北、广东新闻出版单位，现休居长春。

郭良原

对己说二十首

其一

欲立人寰贵直腰,红尘滚滚弄狂潮。

乞怜狗叫周身软,振翅鹰飞百丈骄。

气聚丹田能蹈火,心连大众可降妖。

天高不敌真名士,弱水三千饮一瓢。

其二

六十年来悟醒迟,书生到底少深思。

根无土护花难发,水有鱼游草会知。

独善焉能天地净,群芳便可野朝宜。

而今只好邀云说,守住清风守住诗。

其三

人知老近叶知秋,逝水苍茫浪打舟。

已远功名崇自我,还拿血性赌风流。

草间不乏英雄出,垓下长铭霸主羞。

大笑三声天地阔,生无愧悔死无忧。

其四

行吟何惧走天涯,但得心安即是家。

苦乐同根诗佐酒,鱼龙共水浪淘沙。

山间会有忘忧草,路上能逢解语花。

白发三千肝胆在,东方照样起红霞。

其五

路遇三人定有师,从文切莫吐狂词。
村夫未必修为浅,野草何来地位卑?
自赏孤芳芳不久,空抬小我我将危。
终生谨守先贤训,苦竹虚心大字知。

其六

正点荣休又六春,从头学会做闲人。
偏居倍觉诗书雅,小隐方知草木亲。
气顺三餐能饮酒,心安四季可强身。
任它白发风吹散,花甲无妨再一轮。

其七

应防走火入迷途,一叶遮睛不见珠。
世少完人天亦错,金难足赤海常污。
牢骚满致终生恨,气象宽成万卷图。
欲作旗标先正己,装腔未必是贞孤。

其八

十句恭维九句酬,闻之一笑莫昏头。
混圈务必知斤两,交货当须辨劣优。
野岭千年龙虎隐,苍天万里鹄鹰遒。
虚怀若竹方能进,更可登高览众楼。

其九

才疏岂敢赏孤芳,世上龙潜卧虎藏。

肝胆相依张正气,慎谦作伴写衷肠。

初心只记先人愿,老骥当怀少岁狂。

唯有耕耘终不悔,高歌绝顶看苍茫。

其十

为诗贵在百花开,一色相争必起灾。

冷水浇头君可醒?真情至上我无猜。

心能坦荡苍穹小,量若恢弘白雪皑。

且向凡间兴笔墨,生民即是最高台。

其十一

漫敲平仄自歌吟,我手依然写我心。

也近红尘风与月,多讴玉宇古同今。

诗中贵有撑天骨,韵里常存动地音。

敬重苍生输大爱,千秋正道看浮沉。

其十二

虚怀下问两相宜,术有专攻学在师。

南郭装腔明主厌,孔丘让路世人知。

勤磨铁杵能穿扣,未拥金刚枉揽瓷。

面壁潜心修正果,江河不负弄潮儿。

其十三

本在乡间种稻麻，难从命定向天涯。
寒门不弃鸿云志，苦水偏开海石花。
半世风中诗佐酒，三生愿里梦为家。
人间冷暖穿肠过，唱罢朝晖唱晚霞。

其十四

看惯红尘老未休，心无所惧敢抬头。
青穹上有苍鹰至，浊水中生溷鼠游。
唯羡清风真自主，更凭血性耻随流。
阎罗何日招之去，大笑三声再放舟。

其十五

常在人中识热凉，老夫莫发少年狂。
虚怀四野千条路，大爱三生百丈光。
谈笑间闻风雅颂，往来处有马牛羊。
夕晖不舍青山好，还向天边护梓桑。

其十六

霜风白露雁南归，物乃天成岂可违。
谨守清规勤克己，多行善事少生非。
长河滚处涡流急，大地凉时暖气微。
活得平安当自乐，秋来喜赏菊花肥。

其十七

已近从心所欲年，人生自信换新天。
行湖赏景身无病，弄律开怀日有篇。
得失何如三碗酒，功名不值两毛钱。
山高我在峰巅上，懒敬权威只敬贤。

其十八

本就虚空水半瓶，当须忌动守安宁。
山荒处隐千年玉，月黑时悬万点星。
莫在江湖充大佬，多从史典取真经。
功成自会人争誉，耐得无形便有形。

其十九

千年乌木万年龟，休得张狂信口吹。
俯首尘埃谦作训，沉心笔墨满生危。
春风起处荒原醒，苦旅终时履印垂。
何必王婆瓜自卖，功成定有后人追。

其二十

斜阳西下复升东，节季轮回自古同。
雪落时迎千里素，春开后览万山红。
休言气力趋衰老，贵有精神贯始终。
瀚海孤舟能破浪，根根白发竞英雄。

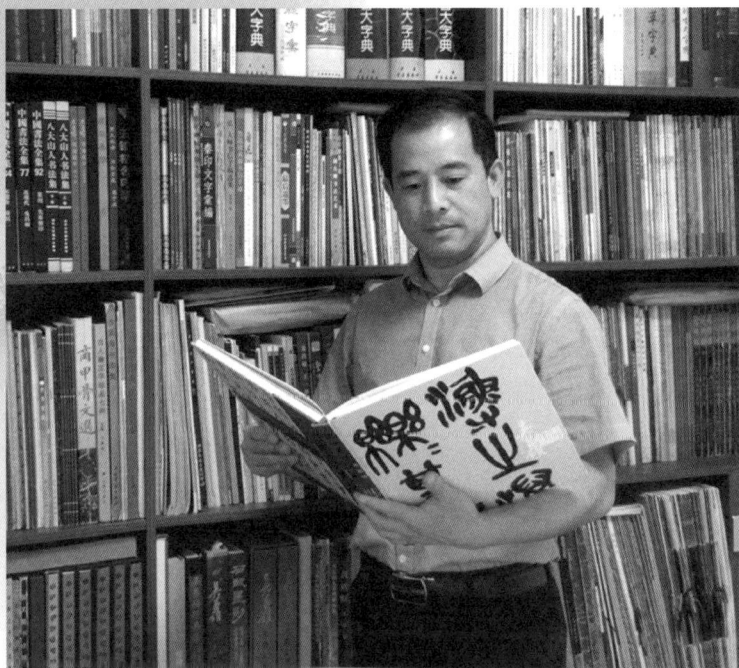

作者简介

萧翰，1973年9月生，湖北天门人。现为中国书法家协会理事，中华诗词学会会员，湖北省书法家协会副主席，民盟湖北美术院副院长，荆州市文联副主席，荆州市书法家协会主席，江汉大学美术学院客座教授、硕士生导师。

萧翰

张爱玲

深闺奇笔写奇葩,一恋倾城已梦华。
香屑久沉犹纸贵,独留惊魇在天涯。

乡 梦

旧庐榻上枕斜欹,非是闲情忆少时。
只恐蛙声乡梦里,春潮带雨满江堤。

戏答贯斋

翩翩一朱君,谦谦我知友。
雅性自高洁,陶然慕五柳。
心爱诗书画,痴迷坠墨薮。
修持在贯斋,剧迹长厮守。
决眦钩摹苦,三更仍悬肘。
楷法王右军,潇洒谁能耦。
狂草惊风雨,但见龙蛇走。
万物翻空奇,经眼即我有。
山川卧游遍,六法耽玩久。
能事不促迫,图写未曾苟。
少年学诗成,笔健逾飞狃。
吟诵秦汉上,千篇萃琼玖。
秀句洒羊裙,君手写君口。
六艺贵兼通,不诗字亦丑。
世人哪得知,论诗辄否否。
狂谬博时誉,呕哑等瓦缶。
高山常仰瞻,前贤固不朽。

万古传斯文,揽幽香在手。

明月照郓城,思君一矫首。

乘兴忽访戴,诗书满户牖。

当户持霜螯,畅饮新丰酒。

大笑同一醉,砚池落星斗。

戊子立冬赠华彤甫

今有逸才号彤甫,古风犹存庾开府。

腹藏万卷何坦荡,立身不为浮名苦。

诗歌味等菜根香,书画常作云霓吐。

龙吟虎啸一时发,秀句翩翩出肺腑。

健笔射潮连紫气,九成一赋动荆楚。

奇文共赏叫不迭,天花纷坠鸾凤舞。

锦瑟摇情弦声咽,幽雨洒窗霜天曙。

我思投笔长咨嗟,歌吹招引入瑶圃。

通幽曲径千转迷,玉树林中见彤甫。

钧天乐,云和鼓,新腔翻得梨园谱。

金樽美酒不须辞,明月清风暂作主。

浅斟低唱且为乐,珠玑万篇传万古。

怀念吴丈蜀先生二首

一

哲人忽远逝,悲讯响惊雷。

河海咸呜咽,龟蛇并折摧。

诗文何洒落,怀抱绝羁累。

不尽临风想,斜阳照翠微。

二

惊悉易簧陨北魁,艺林一日失奇瑰。

楚山共湿巴山雨,蜀水尤深汉水悲。

天纵诗才发慧颖,冰清肝胆起崔嵬。

不堪椽笔云烟尽,忍顾回春泪芳菲。

注:先生著有诗词集《回春诗词抄》

长亭怨慢·苦雨

又留得、芳菲暂驻。春日无事,总是春雨。欲染芭蕉,恐惜新绿不相许。可怜梧叶,空惆怅、萧萧语。最怕梦中约,风骤起、落红无数。　　愁苦。异乡诗卷里,镇日寻章摘句。天涯雁过,慎托付、几番遥嘱。自去也、不见南来,料风雨、又阻归路。任夜起披衣,却是声声杜宇。

鹧鸪天·并序

昨夜梦归竟陵,与陆羽携酒,泛舟西江之上。陆公举觞数饮,慨然长啸,继而扣舷,诵《六美》之歌,歌曰:"不美黄金罍,不美白玉杯。不美朝入省,不美暮登台。千美万美西江水,曾向竟陵城下来。"予悄然动容,曰:"小子美公之所美,欲齿豁之后,筑'万美草堂'于西江之畔,书画吟唱以终吾老,可乎?"陆公饮而不答,复歌曰:"举世兮纷扰,何有兮吾乡……"歌声凄怆幽咽,不忍卒听。余亦惊寤。时三更露白,寒蛩鸣苦。霜风拂天,残月当户。陆公之歌,隐约在耳。因起而记之。

客梦秋风飞玉霜,弦歌桂棹两茫茫。无边清怨杯前落,萧瑟蒹葭天一方。　　心意倦,望云乡。西江烟雨任行藏。陆公栖隐知何处,茶圃千畦流水香。

作者简介

　　曾腾芳,1949年6月生,曾任天门市群艺馆馆长,湖北省当代文化艺术公司总经理。主编《中国企业之歌》1—7卷,先后在全国100多家报刊电台发表文艺作品2000多件,其中有70多件作品在全国各类评比竞赛中获奖。有50余首歌曲MV在网上展播。

曾腾芳

看老伴缝护颈枕有感

小小银针密密缝,高龄不废少时功。
琼花布枕还新色,几许深情蕴在中。

冬日临帖有感

朔风漫漫卷云霄,挥笔犹如点火苗。
但愿墨香凝热气,为君送暖御寒潮。

古雁桥

弯弯古雁桥,日月一肩挑。
几度严霜盖,千番猛雨浇。
圣婴传故事,街巷起民谣。
碧水长流处,笙歌舞曲飘。

西江吟

西江流日夜,陆羽放歌来。
举盏青山笑,扬眉碧练开。
茶经传世宝,息壤育天才。
万羡家乡水,滔滔后浪推。

雁叫关百竹园

雁叫关前竹,临湖展画屏。
湘妃飘倩影,罗汉显憨形。
玉露千竿叶,翠烟双季亭。
人生知己少,寥落九霄星。

茶经楼上月

茶经楼上月，玉璧挂苍穹。

素女何时有，清音几处同。

香茶斟远客，妙曲出稀翁。

不用乘槎去，弦歌万里风。

题与程远斌吴大升先生合影

天门记忆载长河，一代风流故事多。

笔舞楚天抒壮志，诗吟时代动弦歌。

人生得意逢知己，岁月无情逐逝波。

鸿爪雪泥痕迹在，精神不朽自巍峨。

甲辰春节步韵严泽怀先生吟怀

冰川日暖渐开封，敢向青霄最顶峰。

气纳丹田虹彩耀，雪消琼岭翠微浓。

人生七五仍怀梦，乐曲三千可辨踪。

墨笔一支风雨疾，腾飞宣纸化蛇龙。

黄潭赏菊

岁岁黄潭赏菊花，乡村沃野放金霞。

风吹万蕊飘香露，水映千丛叠玉芽。

把盏东篱吟凤曲，连屏北斗话桑麻。

相斟老友三杯酒，醉里高歌日已斜。

茶圣颂

雁叫关前雁声鸣,一群鸿雁护幼婴。
茶圣降世天庇佑,神话传说显神明。
积公拾婴古雁桥,慈眉善目含深情。
老衲鹑衣裹童子,龙盖寺中勤调羹。
幼年祈祷卜周易,鸿渐于陆赐羽名。
眼前常见品茶客,耳畔熟闻诵经声。
识文断字积公授,礼佛弘法无意行。
竹画牛背默百字,夜读诗书到三更。
喜好儒学遭体罚,逃离寺院另谋生。
乞讨荒村烈日炎,露宿僻巷冷月清。
初入伶党演参军,谑谈三篇独不群。
竟陵太守李齐物,捉手拊背怜惜君。
资助拜师邹夫子,犹如拨雾见彩云。
日登火门巡地理,夜望霄汉识天文。
竟陵司马崔国辅,少长酬唱友谊淳。
赠送乌犎和文函,考察茶事万里巡。
北上义阳正早春,踏遍淮南见霜晨。
风轻一身历险道,茶香两袖拂烟尘。
西行不畏蹊径难,巴山峡川历艰辛。
亲睹特大古茶树,绿荫如盖遮日轮。
跋山涉水归故里,东冈结庐临湖滨。
松石碧波清腑肺,草堂素月鉴精神。
一部茶经已酝腹,千秋宝典待传薪。
惊闻长安起干戈,四悲诗成泣山河。
痛悉积公师圆寂,感恩吟出六羡歌。
迁徙鄂州有难民,漂泊江南无定舵。
采茶品水休闲少,吟诗访友知音多。

湖州幸遇颜真卿，人格书法共巍峨。

韵海镜源同编撰，历代茶事并搜罗。

丹阳结识皇甫冉，肝胆相照心相和。

僧俗忘年与皎然，茶道禅理同磋磨。

苕溪隐居千盏茗，茅山避乱一身蓑。

铸造风炉庆太平，著述茶经岂磋跎。

种茶不避风雨恶，写茶自有万般乐。

孤寂唯闻心音响，墨尽方晓红日跃。

永泰元年初稿成，一生心血有着落。

洛阳纸贵竞抄录，千张万页化云鹤。

御史闻名召煮茶，村夫衣装受冷漠。

羞愤挥毫千钧力，奋将毁茶论文作。

偏有才女李季兰，心与桑苎翁相托。

可恨老天不开眼，至近至远情缘薄。

南泠品水传佳话，阳羡贡茶君王酌。

御前煮茶清香飘，香遍龙庭与凤阁。

虎丘清泉浇散茶，岭南访茶再求索。

为济苍生竟沉疴，悲乎世间无华陀。

七十有三巨星殒，风雨江山泪滂沱。

来者赤子去者圣，永留福音载长河。

茶经三卷字七千，字字珠玑落心田。

精行俭德垂千古，光芒万丈照山川。

醍醐灌顶得真知，士子羽客乐无眠。

引经据典作交易，行商坐贾尊圣贤。

千匹良马换茶经，诗人献宝西域传。

东渐扶桑化禅茶，一衣带水茶相牵。

丝绸之路茶马道，茶和天下谱新篇。

唐宋元明清千载，世代不绝文学泉。

品茶真迹今犹在，更有茶经楼摩天。

万邦共仰茶文化,环球茶人结茶缘。

天呈吉祥五彩现,茶圣归来鸿雁旋。

千羡万羡西江水,茶香天门万万年。

都江堰

都江堰景何壮哉,滔滔碧水雪山来。

浪捣离堆声如虎,荡涤千秋洗尘埃。

蚕丛鱼凫开古蜀,沧海桑田几轮回。

太阳神鸟鉴金沙,青铜神树三星堆。

可叹洪水破天荒,孽龙肆虐酿凶灾。

瘟疫蔓延殃黎庶,望帝杜鹃啼血哀。

幸有石牛粪金道,天梯石栈多崔嵬。

秦人入蜀势威壮,临邛成都筑城台。

天降圣人出李冰,造福蜀川开宝瓶。

光照人间一颗星,治水步趋大禹行。

火烧水泼玉垒山,阑夜赤光映壁明。

一层裂岩一摊血,千声呐喊千山惊。

鱼嘴分流内外江,岂容洪魔任纵横。

飞沙堰前调风水,离堆岩傍跃长鲸。

子承父志有二郎,灌口狂澜起誓盟。

降龙山开神功显,伏波月照碧浪清。

一江春水意绵绵,四六分水铭金笺。

深淘滩兮低作堰,九天甘霖灌良田。

桑树青青蚕叶鲜,少女翩翩笑语甜。

一幅蜀锦五彩耀,万朵云霞百花妍。

翠竹如海绿浪卷,山里人家会竹编。

编出竹笼装卵石,拦洪截流世代传。

恩波浩渺润广野,星汉灿烂映长川。

膏腴之地蒙福荫，乳汁哺育出群贤。

司马相如凤求凰，文君当垆卖酒浆。

琴瑟和鸣奏一曲，辞赋开山美名扬。

李白夜发清溪上，孤帆高挂月影长。

舀来一瓢蜀江水，谪仙醉月梦天堂。

杜甫避乱逃兵荒，浣花溪畔筑草房。

秋风怒号茅屋破，大庇寒士徒忧伤。

大江东去豪情壮，宋代三苏露锋芒。

欲上琼楼巡玉宇，灿如星斗好文章。

益州英雄竞折腰，武侯祠中数群雕。

七出祁山功未竟，出师两表凌云霄。

献忠沉银遗江口，成王败寇恨难消。

一代女杰秦良玉，血染战袍斩敌枭。

犹记抗日烽火烧，十万川军出征遥。

慷慨悲歌赴国难，台儿庄前卷狂飙。

救国救民出水火，应时应运显天骄。

勤工俭学到巴黎，追寻幽灵漫赤潮。

西川名胜载史诗，雪山草地历艰危。

红军飞夺泸定桥，铁索桥头插红旗。

朱陈刘聂四元帅，拯救华夏挥雄师。

功成再品家乡水，化剑为犁图大治。

风雨兼程七十年，蜀川别是一重天。

重整河山都江堰，山青水秀美梦圆。

天下游客纷纷来，心与灌县结良缘。

俯身南桥观流水，不舍昼夜奔向前。

信步漫游堰功道，历代名贤列两边。

今我有幸临福地，龙口喜掬幸福泉。

世界遗产授金匾，泽被华夏起云烟。

品赏楹联伏龙观，登上离堆望远山。

上善若水济苍生,造福天府震宇寰。

岁月悠悠无穷尽,一座丰碑天地间。

清平乐·春梦

春临大地,万物逢花季。几度东风舒暖意,田野飞花点翠。

醉心油菜花开,家家紫燕飞来。布谷声声啼唤,童年梦入情怀。

清平乐·春雨

如烟细雨,窗外千千缕。漠漠平湖飞白鹭,可有谁知去处?

夜闻春雨潇潇,甘霖润育禾苗。白鹭清晨起舞,丰收待望秋朝。

清平乐·春雷

春雷动地,一道金光炽。百虫苏醒真惬意,新笋闻声崛起。

雷鸣混沌初开,东风扫荡尘埃。我自岂甘懈惰,浩歌再上吟台。

清平乐·春燕

呢喃紫燕,剪取春光艳。雨后梨花枝上现,街下琼瑶一片。

檐梁筑起鸾巢,双飞忘却辛劳。哺育张张黄口,明朝万里青霄。

清平乐·春风

轻风款款,正是冰轮满。缕缕幽香良夜散,幸有兰花作伴。

清晨晓月朦胧,柳丝拂动桃红。片片空中漫舞,犹疑嫁给东风。

作者简介

　　彭太山,湖北天门人,现居九江。中共党员,高级讲师。中华诗词学会会员,竹韵精品诗社会员。素有泛舟诗海、漫步南溪之雅兴,遵循培根固本、歌德抒情之宗旨。工作之余不辍笔耕,曾在省市以上报刊发表论文、诗词三百五十多篇(首)。与人合著出版《竟陵古韵新吟》《盛世诗语》等格律诗集。

彭
太
山

寄怀老书记戴望祖

当年桑梓辟康庄，懿范嘉猷两未忘。
竹柳椿杉庭后茂，梨桃枣橘宅前香。
车行阡陌访农事，手掬溪泉慰馁肠。
追梦何须嗟逝水，满头霜雪焕荣光。

猫

曾作虎师名望尊，非凡身手护斋囷。
宅中巡夜目如炬，梁上飞功足去痕。
偶发呻吟宵小慑，痛歼狡黠血毛吞。
人间设使皆宗汝，硕鼠焉能不蹿奔。

致躺平者

追梦何须畏远征，身心扭曲躺难平。
石沙灼背戳贫骨，峰壁遮眸断彩筝。
谁悯偷生延后喘，人崇奋起趱前行。
上天不会赐烧饼，困苦艰辛玉汝成。

春雨

一袭新妆靓眼眸，轻纱蒙面掩娇羞。
铅华洗处绽红蕾，珠泪抛时染绿畴。
垄上牛郎生爱恋，窗前诗客动乡愁。
更兼天赐五花笔，巧绘人间景色幽。

甘棠湖春行

耽游不觉夕阳西,拂面晚风霞照低。
亭阁朱栏凭有护,林园彩塑净无泥。
水中鸥鸟竞牛耳,湖畔莲花悬马蹄。
赏景何须分胖瘦,春光此处胜苏堤。

感时

嚣尘复起漫东西,势压海南烽燧低。
鲨鳄频繁掀骇浪,轩辕今昔别云泥。
罡风未必摧银汉,正气终将弭铁蹄。
舰号复兴鸣笛警,汤浇蚁穴固长堤。

贺刘斌先生《浮云集》付梓

慕君得意正逢时,骥尾绝尘吾恨迟。
深沪栖身藏大鳄,屏坛出手撰佳词。
菁华不让两京赋,敏捷堪称七步诗。
从此萤窗添汗简,高山仰止颂仙痴。

劝慰刘斌先生释遁世之念

一部霓虹可点圈,曾经诗酒度华年。
争知六月阶飞雪,讵料五音琴断弦。
玉斧徒劳空伐桂,青灯礼佛枉持虔。
人间自有清欢处,酬愿何祈世外天。

部分诗友竟陵聚会即事

数载吟屏仰慕长，一朝践约久端详。
阶前握手辨名姓，劫后余生问疫阳。
停箸喷青时与政，流觞品味宋和唐。
合当诗酒苏公勉，莫待龙钟枉断肠。

贺史勤舫先生续集付梓

车痕印雪笛音萦，秉筆勤书吐正声。
集结芬芳泥土味，歌讴稼穑庶黎情。
骚人公仆两称誉，碧野吟坛一跃横。
昔慕贤能追骥尾，今聆绛帐写平生。

神舟十六号发射成功感吟

揽月摘星任往还，太空奥秘等闲看。
舱开举世三分国，旗耀弥天五色丹。
追梦图强凭重器，偕俄匹美赖尖端。
扁舟一叶载英杰，寰宇遨游履巨澜。

丰稔时节感吟

麦熟曾经四季风，笼蒸玉柱气腾冲。
旧时美味诱孺子，新岁佳醅酬醉翁。
众口善调厨艺妙，年糕巧制手工雄。
人间温饱遂吾愿，常企炊烟满宇穹。

自省有悟

垂老修身明路径,五官司职勿顽冥。

信谣曾母三投杼,鉴磬苏翁一验灵。

鲍肆归家除秽臭,兰园驻足嗅芳馨。

讷言敏事慎唇舌,下里阳春兼谛听。

登黄鹤楼感赋

黄鹤楼高花木深,游人熙攘似翔翎。

归元香火炫眸盛,汉正喧声盈耳听。

东去大江催沸鼎,北来高铁走奔霆。

眼前胜景当吟啸,何必徘徊搁笔亭。

黄粱即事

昨宵幽梦犹能记,邂逅伊人频笑语。

同赏京腔观耍猴,互邀美食咨售处。

低头切切搭肩行,转瞬依依挥手去。

欲问细君卜兆征,又虞曲解扰心绪。

第六个中国医师节有寄

一身圣洁谪仙风,竞秀杏林家国崇。

医觅膏肓开慧眼,德驱鬼魅胜钟翁。

济人扁鹊仁心共,匡世华佗妙手同。

设使能除贪腐净,云台为汝纪头功。

为堂弟辈沦"房奴"立照

曾经作主忆红楼，转眼沦奴悯瘠牛。
碌碌衔泥越燕累，孜孜觅食蚁蝼求。
半生积蓄凝心血，一世劬劳湮水流。
似锁月供何日解，已忧未了为儿愁。

为某君写照

布衣三尺历艰难，陶醉忘形堕顶端。
警笛悲鸣空袅袅，霓裳漫舞白姗姗。
房奴血汗任挥霍，烂尾楼台谁埋单？
称帝商场徒自许，身名尽毁枉嗟叹。

搁笔亭断想

矶畔矗亭佳话傍，谪仙揖让誉崔郎。
后尘却步辟蹊径，黄鹤辍吟歌凤凰。
望远塔峰基石固，溯源江水疾流长。
暂输五色勤求索，留待明朝绘锦章。

鸭司令

牧鸭从戎形象生，长篙麾剑御千兵。
左军竞渡大河岭，竹栅屯筹细柳营。
孤照扁舟风雨夜，群鸣晓角曙霞晴。
俨然蓑笠似盔甲，天犒凯旋银锭呈。

故乡

不必登楼赋锦章,心中有爱寄宫商。
东西湖美明珠嵌,南北河清玉带镶。
稻涌金波千顷稔,棉腾雪浪四邻昌。
梦听花鼓站墙调,醉品国颁蒸菜香。

故乡同学会纪况

一别黉门五十年,西江侧畔会群贤。
长怀得意赛场趣,偶忆题红金榜悬。
环顾座中无贵贱,频挥席上有醴泉。
呼名唤姓今犹昨,不觉鬓霜冬月圆。

感怀寄效中兄

漂泊人生类转蓬,追随儿女各西东。
方城逐鹿难酬愿,湖畔踏歌亦落空。
饮酒赋诗悬念里,品茗赏月幻迷中。
他年若遂相逢意,执手毋须怨道穷。

有感国民阅读量递减

掌中有宝乐颠狂,谁悯心田抛大荒。
金屋玉颜嗟逝水,华轩贵粟叹流光。
荧屏臭斥青蝇逐,经典尘封白璧藏。
何日春风催烂漫,千门万户透书香。

咏小草兼怀刘兴国同学

小草轻呼勿忘我，曾经秀色扮春天。
谦谦绿叶甘为仆，灼灼红花佐胜仙。
入夜芳馨弥月下，迎晨玉露绽梢巅。
一生付出贻迷彩，续写人间锦绣篇。

与友人回乡团聚复言别

辞路征鸿惜羽毛，力衰矰缴怯寒霄。
魂牵桑梓梦常过，根系梧桐叶未凋。
苍狗白云筝鹞远，孤帆子影海天遥。
从兹欢饮聚难得，徒倚荧屏慰寂寥。

夜游九江甘棠湖公园

缮饰湖山旧貌更，召公遗德惠民生。
纵横水榭虹桥卧，谈笑林荫步履轻。
多角荧屏多面景，满陂星斗满天綮。
沿途彩塑画廊绕，仿佛蓬莱仙岛行。

闻同学功赋新车研发落地感吟

萤窗翘楚数吾卿，业界赛场驰誉名。
破壁蛰龙欣点睛，啸山乳虎喜闻声。
技高九仞攀无怠，学纳百川谦有成。
创得华舆骄世展，汗青一样颂坚贞。

注：李功赋系美国凤凰汽车公司首席技术官（CTO），曾任美国通用汽车公司高级技术专家。

作者简介

　　魏开功,字钺山,号垦堂主人。湖北天门人。曾任书法报社有限公司副总经理。27岁任洪湖市书法家协会主席。中国文艺评论家协会会员,中华诗词学会会员,中国楹联学会会员、书画专业委员会委员,湖北开明画院副院长、湖北省书画家协会顾问、武汉书画研究会副会长、华中师范大学长江书法研究院研究员,湖北经济学院客座教授。

　　2020年,湖北省档案馆和书法报社为其举办"魏开功抗疫诗书作品展",展品全部被湖北省档案馆永久收藏。著有《名人名言钢笔书法》《中国当代书法篆刻家——魏开功书法作品精选》、五卷本《中国历代书法精品观止》(与人合著)及《眼中的你我》。

魏开功

知音桥别友

汉浒知音处,淡烟疏柳妆。

秋风知别苦,未敢叶先黄。

六十抒怀

韶华六十几经磨,踏雪飞鸿迹不多。

两鬓染霜书未老,躬耕玉砚莫蹉跎。

贺《书法报》创刊四十周年

书坛引领着鞭先,风雨同行四十年。

天下文章今古事,绍承魂脉破云天。

游张裕钊文化公园观廉卿书法有感

廉卿绝诣辟蹊途,劲骏雄奇冶一炉。

传道瀛寰赓学脉,英才隽雅出吴都。

夏日游洪湖

晴明风日好,入画动光霞。

茎引亭亭绿,荷香灼灼华。

棹舟采莲乐,戏水扣舷划。

忘我不知返,闲游日转斜。

春愁

草连云际黯愁生,临水登山两眼明。
细雨浸花无蝶戏,晚风弄柳有莺鸣。
回家兴起常挥翰,信步情来偶折英。
梦断江城惊白发,平生无计负躬耕。

乡邑伏暑雅集南湖沧浪阁步韵范恒山先生《欢聚》诗

南湖雅集客沧浪,溽暑蝉鸣鸟翅张。
商贾鸿儒乡谊重,珍馐美馔玉醅芳。
千杯畅饮开胸壑,半夜闲聊待旭阳。
不忍韶华东逝水,惜时期诺再倾觞。

壬寅书范恒山先生诗《酬友》贡拙并步其韵和之

研求改革绩平章,口若悬河赖锦肠。
谈笑洞明彰德范,人情练达辨阴阳。
神飞志逸京城显,述富文丰寰宇扬。
人物风流出荆楚,逢君一席羡同乡。

暮春回乡偶感

浓兴回乡色晦暝,村头独见小风庭。

门前翠柳连天碧,屋后明玕映水青。

物是人非难解语,车颠路曲却生灵。

今时应念旧时意,邀友二三杯不停。

摸鱼儿·恩师吴丈蜀先生百年诞辰

晓风寒,雪梅凝泪,书坛追忆荀芷。百年弹指韶光短,花落入泥香醉。游六艺,恨钓誉,清风明德仁人士。诗书观止。独步领风骚,清词童体,字字铸情意。　　今回首,风雨如磐岂畏。平生无怨无悔。牛棚著述罩思苦,雾散刊行心遂。扬浩气,远污秽,浮云辞去声名蜚。无人媲美。吟笔赋深情,删繁就简,风范启吾辈。

唐多令·退休感怀

胜景拥层岚,阳骄天更蓝。月如梭、歇息心惭。堪恨平生无大业,身尚健,勿欢贪。　　室陋望湖酣,挥毫借酒酣。笔莫停,不惧针砭。踔力修为行不止,济沧海,挂云帆。

沁园春·纪念恩师陈方既先生诞辰百年

细雨斜风,冷落清秋,感时痛哀。念恩师西去,匆匆一载,音容犹在,风骨存怀。学贯中西,近人平易,今日谁能与共偕?光阴逝,忘身名荣辱,书道奇才。　　清心洗净尘埃,料旷世英名岂会埋。叹白头灯下,笔情眷眷,文思泉涌,笺满书台。析理条分,宏文五卷,沥胆披肝足道哉。今何恨,信谦谦后学,继往开来。

作者简介

　　戴进明,天门横林人,湖北省中华诗词学会企业家诗联工作委员会副主任兼秘书长。

戴进明

随州夜雨思爱子嘉路三首其一

中宵夜不寐,辗转客知身。

舍外惊秋雨,起窗计途尘。

抚今伤聚散,惜往忆亲音。

雨过随行去,洪山黄叶新。

步韵罗辉主任集句诗题
贺楚商诗社成立回赠纪文

楚辞汉赋话屏文,商侣营合学为尊。

诗论仄平联有段,社习韵律曲分音。

古词长诵蕴轻浪,诗教沉吟潜苦心。

圣道彻明抒会意,坛坫争辩也援琴。

重庆巫溪旧怀

翠隐奇川花映红,宁河争泛合春融。

归燕语昵溃堤树,拂柳丝垂落杏风。

信步残红幽处路,相携霁雨贯雄虹。

登楼流昒巫城远,还入幽怀一梦中。

神女峰

高入皑云寒几重,葩华玮态屹峰中。

襄王留枕觅香径,思妇拂彩话霭穹。

暮雨霭岚千载树,朝云剪影孟春鸿。

高唐古韵千秋事,神女空灵伴郁松。

感赋——与校长辞职书

欲上青云高九重,夙怀远志意难通。

十年运舛求知瘦,一贯家贫买笔穷。

总把丹心潜典赋,那堪斗米折腰胸。

秋花不共斜阳晚,自在风尘寂寞红。

残荷

西风一夜送秋凉,北雁南回垄有霜。

宁河枯蓬莲逐水,疏柳回塘绿渐黄。

离浦荷残方节替,去楼人远念情伤。

韶光已过莲心落,剩有枯黄映斜阳。

癸卯初夏襄阳孟浩然新田园诗论坛同题汉光武白水寺

其一

芳林圣殿近华台,王气千年长不衰。

翠积丽华月桂在,泉洄白水空灵来。

春陵五谷民安泰,惠岗一川莲并开。

三马旗开光武纪,百龙碑立众师排。

其二

诗兴汉城客意浓,携游白水领奇峰。

一腔诗语抒壮意,几许闲情仰郁松。

雄殿千秋壮气在,丽华三马圣光重。

古言兴国君王事,吾辈荡怀凌志胸。

雨荷秋意图

晚来骤雨隔天流,独自荷塘坐泛舟。

风落珠莹叶上滚,莲开粉蕊蓬心留。

荷残离浦缘秋至,风过回塘伴雨收。

但见枯荷逐水远,人生如此几番秋。

赋癸卯年五十六生日抒怀

倏忽逾天命,荏苒起愁新。　潭荷惊秋早,黄杏噪蝉声。

又见中庭树,嗟嘘纷落零。　枯枝断泥根,清露和秋晨。

回望此生意,流离清路尘。　少孤辞故里,竭虑几沉沦。

远途独徊徨,崎程竟苦辛。　衷肠何处诉,涕泪透盈巾。

且喜二贤郎,慧聪孝可亲。　高堂承膝欢,书斋画骐骥。

果蔬暖亲嗣,呼酒尽甘醇。　五十近花甲,余生益奋勤。

何言流异处,感此近居邻。　漫言有上卿,我子贵堂君。

荣华且弃论,享予共甘贫。　今赋有深意,融融寓记陈。

黄鹤楼感怀

龟蛇隐江岸,鹤楼接天宫。　临阶映翠柏,拾砌迎长风。

蜀水入江夏,汉琴鸣楚空。　凤檐盘雏燕,龙阁屹苍穹。

登高眺广川,俯仰惊神工。　东流连惊涛,西日照玲珑。

南槐夹古道,北杏黄苑中。　一阙誉海外,五层引列雄。

怀思起暮岚,悟感怅无穷。　景陵唯西望,乡心已泪濛。

少孤辞故里,多舛流西东。　释怀觉岁晚,胜道耀列宗。

三 复州高响

复州诗社天门籍青年才俊作品集

云衣

作者简介:严子剑,笔名云衣,天门卢市人。

清平乐

鸳身欲并,渐没无踪影。漫著更声催梦醒,谁向其中酩酊。　　青门旧事侵寻,长街夜气森森。一抔清光来往,人间洒下秋心。

点绛唇

风在疏林,小窗移过清凉月。楚天空阔,遥见纵横发。　　昨日长安,十载蓬庐客。闲时节,春花春雪,都少新词说。

长相思

其一

吴山行,越山行。鞍马何年得寓形,人间忘姓名。　　雨连城,风连城。一角孤花送客程,破愁深浅灯。

其二

月低斜,梦低斜。暂避秋深向物华,东风十万家。　　三更鸦,五更鸦,深抱孤衾看烛花,人在天一涯。

卜算子·上班

偶为摸鱼儿,长是笼中鸟。典尽身名值几钱,还羡侏儒饱。身世泯群氓,龌龊难堪道。偶有狂谋说避秦,又被人人笑。

点绛唇

燕子山河,都疑是、刘郎归去。门尘苇曲,廊外风兼雨。　　孤迹心魂,人向天涯住。天涯住。参差飞絮。望断来时路。

浣溪沙·即北漂事

渐长白头日日新,逃禅无处立锥身,尝来世路味都辛。　　文字总疑难称意,风流长愧不如人。索囊犹涩买书贫。

暗香

中秋风色。被一声雁引,唤停长笛。戢翼休枝,万里离群渺天北。草绿烟波何处,应窃怪、水妨山隔。照只有、梅萼先衰,冷月满轮白。　　江国,怳然失。恐竹径都荒,久疏人迹。五湖倦客。几别天涯杳难忆。了望孤飞踪影,早又被、露寒惊翮。认离枝,征去久,晚云翻黑。

玄 玄

作者简介:张玄,笔名玄玄,天门小板人,居宜昌。

紫藤萝

袅袅风姿一万条,如烟似瀑占春娇。

紫霞仙子裙边色,洛水宓妃鬓上摇。

良晨

一宵幽梦渺云长,半醒忽闻黍米香。

衾被暖偎谁肯起,卧听春雨落疏香。

五一回乡

菜花谢尽结肥籽,紫燕衔泥入暖巢。

树底谈天无要事,熏风如梦过林梢。

中华秋海棠

山间绝壁寄生涯,明月为心露作花。

莫道衣单多怯弱,风中脉脉展清华。

处暑

闲随稚子玩青草，未觉秋声入万家。

清夜层云收暑气，凉风吹动紫薇花。

鹧鸪天·辛丑岁末

时事浮云明日新，窗寒夜色气氤氲。此生风景堪相待，灯火人间倍可亲。　　桃源客，武陵人，寸心如月抱天真。数枝冰雪消融后，满眼东风又一春。

鹧鸪天·赠别

春自飘零梦自长，匆匆聚散负流光。江湖总盼相逢处，盟约空期数月忙。　　多少事，暗思量，何辞杯酒诉衷肠。桃花谢尽东风去，人面如花有旧香。

虞美人

心为形役周旋久，陶令归来否？一杯桃李忆春风，人在江湖夜雨梦回中。　　浮生莫共浮尘老，去去仍年少。素心犹在玉壶清，明月如冰寄我旧时情。

长相思·情人节

烟霏霏，雨霏霏，烟雨长街春未归。游人却作堆。　　情依依，梦依依，如梦佳期更莫催。灯花无数飞。

浣溪沙·戊戌岁末感怀

飞雪来时冻满城,寒衾无梦夜无声,风侵客枕问平生。
心有塞茅常混沌,情如稚子太分明。安居一角乐清平。

浣溪沙·清江画廊

细雨斜风天外来,人随山色向天涯。琉璃破碎浪花开。　　长对
青山无厌倦,亦知造化有安排。浮云共我点情怀。

菩萨蛮·紫玉兰

春分试问春何许? 小楼独立多风雨。乍暖又寒时,怜她花上
枝。　　含苞方欲绽,吹落花衣半。留得一株心,明朝看浅深。

临江仙·七夕

不羡金风玉露,人间自有风流。寻常烟火最温柔。竹风凉夜月,
吹梦到心头。　　又历几回风雨,回看十二春秋。少年心事意悠悠。
相知共一笑,携手上层楼。

张 艳

作者简介:张艳,别名燕燕、寄燕巢。1978年生于湖北天门,现居苏杭。爱花鸟,习篆刻,早期创作诗歌散文,后学习旧体诗词写作,作品散见于《诗刊》《参花》《青海湖》《中原石油报》《今虞雅集》等。

菩萨蛮·小游石湖

行春桥下烟波绿,湖中白鹭飞还宿。怎道客犹家,情怀长似沙。 天遥菱叶继,午后蒲风细。洲畔看花归,市声摇落晖。

山花子

翠被轻衫懒下楼,风吹花落几时休。去雁三声催长夜,不禁秋。寻梦人惊清梦改,悄悄心事上眉头。若许情怀明似月,认归舟。

河传·采莲

佳处,云暮。采莲南浦。鸳鸟来归。颈交栖雾。偏被素手惊飞,碧溪凭乱啼。 相思折得千千子,藏袖里,欲把兰舟退。水行无迹,堪借暗影香波,向渔歌。

人月圆·叶限

世间好梦销磨罢,何处试鱼骸。行藏自决,穷通身外,各有安排。 梦回天阔,茫茫百感,历历余哀。我今非我,前尘俱化,明日天涯。

虞美人

百年身似舟谁系,长住樊笼里。还将悲喜写成歌,一任天边风叶自婆娑。 故人心事都轻送,留我三千梦。如今渐老等闲中,只道终归山海有相逢。

玉楼春

经年意绪无凭处。空看江南千万树。彼时春服此时心,尘土人间成久住。 驰轮急晷分歧路。径去何如安岁暮。檐头风珮手边花,坐尽夕阳无一语。

唐多令·中秋

桂子落疏篱,晚檐空燕泥。送春愁、还遣秋思。犹做钱塘芳草梦,如何似,少年时。 归计雁来迟,行藏意自迷。道此间、唯癖和痴。明月从前今照我,拈不尽,有余杯。

鹧鸪天·己亥岁杪

又剪梅枝对腊残,浮槎将系入余年。一身犹在千灯海,三径还归诸梦烟。 思稳睡,勉加餐。故园霾疫蔽江滩。梵书贝叶临窗写,彻骨悲欢未可言。

鹧鸪天·甲辰立春

无非时乖与事乖,销磨结习老形骸。不须良夜说和解,自有温柔世不谐。 向梦里,百花开,纵然萧瑟又春来。也留山海闲云意,坐看相倾旷荡怀。

喝火令

抄夏闻蝉噪,黄昏沸市声。那人离去似空城。谁管暮云街树,红槿坠还生。　自省三生事,还教问子平。后来心意渐分明。只道悭缘,只道欠多情,只道缺盈如月,也照我曾经。

忆江南一组

天欲雪,云脚滞疏林。廊下旧袍偎野犬,檐前秕谷饲霜禽。检箧夜持针。

天欲雪,桑海失修鳞。蝴蝶盏中分岁酒,枇杷花底隔年春。貉睡忘前身。

天欲雪,呵手试塘冰。垅上寒蔬留雀迹,云边渺影破青冥。途迥各珍翎。

天欲雪,几案沸红炉。去日渊深参对忘,余生念重但相濡。碧海话成枯。

捣练子一组

一片月,万端愁。去日浮沤幻海楼。竟夕碧波磨玉镜,世间生灭更无休。

同访命,各偷安。我涉寒川尔入山。覆鹿逐鱼容易醒,小城残醉夜阑珊。

三宿恋,几荣枯。渐入中年爱恨疏。修到牝雄心莫辨,曩时疑碍可能无。

红夜火,小山茶。党友如衫作减加。想似大王狂气尽,已然悄许鬓生华。

孔俊峰

作者简介:孔俊峰,生于湖北省天门市竟陵镇,70后,在政法系统工作。

携眷游陆羽公园有感

风细水微澜,初荷草木欢。

斜阳烟柳上,堤岸影非单。

远方

人困野村中,遥望酒霓虹。

身居繁世里,常慕翠清风。

游天门东湖叹怀

新柳东湖闹市栽,黛檐重饰旧亭台。

元春隐秀遥相映,勿忘源头活水来。

戊戌正月十二为小女赋

戊戌东风奏凤笙,楚秦千里得钿璎。

雨飞花闹乾坤舞,绿水青山冉步盈。

与誉衡共勉

春阳风细牟垂柳,夜读寒窗伴月西。
方寸书笃鹏展翼,三千大道马嘶蹄。
黄沙万里灵山远,风雪千重弱水迷。
何必人生伤往事,山巅回首渺云低。

游凤翔东湖有感

子瞻初仕凤之翔,勤政开流筑柳塘。
西子清幽南国播,东湖葱翠北荒藏。
凌虚台记挥狂意,公弼传书留感伤。
年少长宜歌纵酒,鬓华何必叹风霜。

满江红·国庆七十周年抒怀(柳永体)

遍野哀鸿,烽烟急,国倾民郁。旌旗展,镰锋锤重,刳精呕血。壮志誓除倭虏烈,雄狮力扫关城雪。极目远,看雾散云开,长空澈。逾七秩,峥嵘越。兴改革,黎民悦。叹海晏河清,鼓角声绝。凤阁三年清莳蕶,丝绸一路连天阙。秉初心,同唱大风歌,鲲龙崛。

临江仙·壬寅年岁末抒怀(张泌体)

凌虚台记千年路,星河斗转其中。无忧树草郁葱葱。悠悠霜笛,秋水涤飞蓬。　　流光辗转人自渡,清茶淡酒疏慵。长亭鹤啸卧云松。抚琴听雪,寒雁向南风。

杨彩华

作者简介:杨彩华,天门汪场人,笔名梦见温馨,第四届、第六届中国对联甘棠奖百佳。

无题

云日开清晓,雾消村店明。

早炊寒色淡,雀鸟正喧晴。

打工生涯

日下工房外,一朝忽又过。

缝缝为口累,诗意尽销磨。

清明

点点清明雨,伴吾归旧居。

萱椿人不见,庭屋寂空余。

夏

斜枝一任藕风牵,碧绿新荣叠瓦烟。

密缀白珠消暑溽,清琴欲取奏飘然。

无题

灯火昏黄微点点,荷风入牖动铜铃。

伊谁持扇朱栏上,记取青葱偏又醒。

春天的诗

晴日正春早,闲闲出僦居。
因风云气合,过雨柳芽舒。
鸟弄翠成盖,花深香满裾。
避喧尘虑远,心境两如如。

夏日雨后

乡中雨一蓑,鸟雀向人歌。
爽气接青筱,薰风过碧萝。
云妆菡萏影,亭在涧溪阿。
许遣无为事,何须言掷梭。

铜钱草

似荷不是荷,也在水之阿。
斗柄施清绿,细身撑负佗。
分花若苔小,抱影看天和。
未有文人诵,知音何必多。

立夏

宜人犹五月,天暖木枝长。
桃子叶间密,石榴庭角香。
田青飞布谷,水碧过鸳鸯。
贪赏趁今日,莫教辜岁光。

立秋

树远蝉声切,花疏野陌秋。

凉风侵晓户,月影过重楼。

尘梦剔难尽,诗文删复留。

韶华空逝水,鬓上绾轻愁。

感秋

秋中无胜意,一雨几分凉。

野岸芦飞白,林山叶转黄。

临阶怜败草,对镜溯流光。

昨日春云好,谁人直且狂。

咏史

欲从青史知明鉴,饱阅前朝醒此身。

犹慕伯涵言守拙,亦希颜子乐安贫。

壮心何必悲迟暮,大道由来远小人。

古事争传无决绝,千春而后又千春。

赠友

风雨十年一转蓬,深山几度效愚公。

菜根咬断未嫌苦,陋室归来何畏穷。

满腹诗才聊自遣,十分傲骨孰堪同。

它朝只待阴霾散,便起青云冠远空。

燕京八景之琼岛春阴

欣然临胜地,落落正春妍。
楼殿云根锁,石栏花气穿。
池清鱼上下,林茂鸟蹁跹。
何必问今古,衔杯入翠巅。

石家河文化

莫言村落远,风物古来多。
玉石精条理,陶瓯盉粹和。
与兴铜印史,更促稻粱科。
直令千年久,盈盈发咏歌。

天门茶经楼

优游最是乘胜日,借此登临忆陆翁。
千古韵开茶道史,一听楼入白云丛。
晴鸥过处芰荷影,残雨消时杨柳风。
细乳香分江汉水,小舟往复碧波中。

咏西安城墙

十三朝外立巍峨,到此城头感慨颇。
旅步高车仍络绎,烽烟劫火早销磨。
雀街丽景好风入,雁塔钟声上客多。
举酒莫悲前日事,宜调弦管谱新歌。

与友别七载重逢

识君十六载,且许话乡音。

共作鹏城客,同歌游子吟。

天门野菱好,粤海木棉深。

昨昔一为别,七年空自斟。

邮铃传两处,世事转千寻。

今夕与来聚,故吾嗟易沉。

岁华添老境,霜白每盈襟。

相问再逢季,风烟归暮林。

母亲河(联)

余泽乃存,培花佳木;旷恩常记,饮水思源。

以后赤壁赋为意(联)

莫说生涯暗,几度跌撞沉浮秋风朔雪劳形,后梅骨松心,敢言无恙;
何妨行路难,此时苇岸江流水月石山与我,更携诗载酒,怎不快哉。

玄武湖(联)

两百年废作耕田,一百载圈成禁地,自秦自宋自今,沧桑未使菱洲没;
李青莲寻梅踏雪,韦端己探柳题樱,宜咏宜歌宜饮,风月犹招名士来。

崇福堂(联)

栋宇自东南,千载德馨延福祉;云霞增结构,四时甘澍炳人文。

咏史(联)

兴百姓苦,亡百姓苦,溯九万里战火纷飞,死者谁生者谁,
空想象天下大同,徒增荒冢;
秦汉晋隋,唐宋元清,想五千年王图历变,什么功什么利,
皆化作纸中片语,警醒后人。

张养浩(联)

饥者予食,寒者予衣,护民命民权,继惠泽当时,自有后人夸气格;
为黔而生,因劳而逝,想历朝历代,若诸官如是,何愁天下不清平。

武昌楼(联)

广宇耀今古,登临看鄂之盛丽,江之渺弥,王迹千年增气概;
闲云自往来,留连兹翠岭青崖,芳花烟树,清佳十里洗尘氛。

三穗堂(联)

城中清境只无多,恰此处云山烟水,隔车马喧,尘氛气;
石后好风藏不住,览四时春景秋光,收芙蓉雨,金粟香。

高适(联)

宦海几浮沉,先廿载求仕途无门,后十载经安史其乱,任逐浪淘
沙,久持劲节成高位;
诗风多厚朴,与岑夫子并称双雄,共王昌龄吟尽边塞,虽不仙非
圣,亦著鸿篇到百年。

颜回(联)

入孔门列众弟子其前,敏学不矜,捷才尤甚,只恨天意难违,偏教大器英年逝;

居陋巷行一箪瓢之乐,达通岂慕,贫竭未哀,见说清标久在,如是春风故里留。

立秋(联)

何须嗟八月九月,请看它红枫金穗争来,亦似春华生绚丽;

最好是中年晚年,且让我离合悲欢尝遍,再从老境说恬然。

菰雨生凉轩(联)

何须恼暑天炎火,此处正画桥环碧,漪水吹凉,荷盖轻分菰叶雨;

大可抛昨日闲愁,亭轩中杯酒与酬,诗思以寄,风声偶合玉琴音。

糖(联)

常记垂髫龆年,犹有浓甜香到齿;空嗟而立不惑,每尝滋味莫如初。

上巳拟兰亭怀古(联)

右军清赏,东晋雅传,修契效前贤,持觞来赴兰亭约;

修竹扫天,春流漱玉,凭栏歌古调,对景顿忘烦恼身。

镇纸（联）

身虽石木瓷铜,许名列文房第五,扶米家之笔著春,逸少之怀泻玉;
我本愚人俗子,亦心崇风雅其清,借兰亭序以沉性,山河图以养心。

春游（联）

云脚倚晴光,望中正淑气盈盈,语燕衔争杨柳鬓;
瀑头开黛色,过处有东风点点,桃花吹上美人裾。

贺民盟天门支部成立十周年（联）

开一门以文字相邀,集楚水清华,鲲鹏鸹鸟待翱翥;
经十载更诗心不墜,续唐风淳古,凤藻龙章共纵横。

湖北木兰山（联）

但披铁甲,忍去红装,更关河十载征驰,后隐高标还梓里;
峭壁摩苍,层峦耸翠,与来者二三谈笑,相看山水感将军。

我辈岂是蓬蒿人（联）

公原非草芥身,有陶之逸,曹之傲,屈平梦得之旷然,
想当时宕往生涯,龙藻纵横惊后学;
吾亦抱鸿鹄志,愿与书亲,与诗邻,与宋韵唐风结契,
问何日辟开混沌,萤光清发助斯文。

胡 琰

作者简介:胡琰,生于湖北天门,研究生在读。

归乡遇阻

年关大雪阻归路,满负行囊空自忙。

此去乡关数千里,倚栏望月夜茫茫。

咏残翠

枯菲任性凌冬漫,残翠凄栖独自春。

不畏寒风邀日暮,但求绿意染红尘。

游龙头山

游人尽叹龙头俊,吾至潜龙玉带溪。

水吐珍珠浮碧畔,石生峭壁架云梯。

瀑泉山寺钟声近,环岛竹楼鹤影低。

幻境幽潭应照我,烹茶愿作铸淘泥。

辞母偶书

出门未待雄鸡唱,慈母哈腰弃梦乡。

点火挑灯烹早膳,穿针引线补行装。

凭栏目送言辞寡,倚柱心牵背影长。

游子春晖无以报,期求父母尽安康。

游大悟县

道听大悟风光好,行至孝昌堪引眸。
黛巇巅崖衔壁日,天池阵影枕渔舟。
雄鹰四顾翔空谷,怪木环生掩秘丘。
我辈他乡非是客,青山绿水赏风流。

咏梅

后院东隅梅一棵,冰晶被枕地为床。
铮铮骨影游寒月,暗暗花魂沁傲霜。
蓓蕾凌风香四溢,枝丫负雪气飞扬。
千般逆境千般难,我自风流我自强。

江城子·考研两首

笔试

望中淅沥已然秋。问心头,欲何求?道是考研,日夜写担忧。如履薄冰翻考点,温笔记,惧遗留。　　我当勤勉作轻舟。逆湍流,越鸿沟。云外扬帆,美景更堪收。不到苍穹非好汉,如铩羽,亦难休。

复试

春风煦暖不言秋。问心头,尚何求?道是考研,提笔写担忧。复试当前真忐忑,时易逝,忆难留。　　尝云勤勉掌轻舟。逆湍流,越鸿沟。云外扬帆,美景确堪收。今我临门差一脚,虽入网,亦难休。

浪淘沙·月食

今夜有云涛,影倩蝉高。星河万里过银桥。何处天涯无暑热,蒲扇轻摇。　　三两盏清醪,宣纸狼毫。如潮思绪御鹏鳌。约在黎明归玉镜,献与卿曹。

锦缠道·春游有感

坠柳青丝,照水载花无数。沐春风、芬芳团絮,早桃已是娇羞吐。鸟献珠喉,缓落林中住。　　入桃源世间,玉池信步。梦悠悠,织成诗赋。只凝眸、游想人生短,几多忧恨? 劝友珍朝露。

浪淘沙·游漳河

漾漾小河边,秀色连绵。烟波浩渺立堤前。几处飞舟摧浪起,风度翩翩。　　对酒扣船舷,依韵先贤。同游具是酒中仙。天下文英生我辈,才子佳篇。

胡志雄

作者简介:胡志雄(网名:榕树),男,1973年9月生于湖北省天门市,曾就读西关小学、实验小学、陆羽中学、天门中学,在竟陵城雁叫街雁叫关长大。现任职福建理工大学,长居福州市。惯看山川四季,行处赏花赏景,偶作诗文自娱。风雨远方,行旅羁怀,略记心迹。

夜行义水河畔

一湾清浅水,两岸翠微芳。
蒲苇临春意,花风随径长。

游云

游云三两朵,斜月映昏明。
不得清辉意,人心苦未平。

晚风

风拂树横斜,枝头几度花。
痴看明灭影,咫尺亦天涯。

言程街端午偶见

南楚风华盛,东街芳草香。
融融端午日,欣甚旧仪长。

拈花

拈花一笑淡红尘，抚景多情感仲春。
迢递芳华云水去，当年不识圃中人。

闲题花事

夏月浮波承菡萏，人间久别聚清欢。
三更夜静风吹梦，四季书斋六瓣兰。

濂溪书院题记

院冷书声空故景，楼闲学馆寂贤踪。
苍苔色与溪山老，古树荫乘风气浓。

梅蕾

轻雨河堤寒未浓，千枝梅蕾写残冬。
珠芽萌破新颜色，待得风声齐动容。

暗夜梅香

暗夜梅香清入梦，依稀树树缀绯红。
赏花扶醉流连客，阅尽千山一阵风。

满月初升

海暗天昏一点红，纱灯晕破照龙宫。
风侵云涌潮生曲，满月初升渔岛东。

落花

碧草落红香未消,可怜昨日异今朝。
深宵梅雨添忧郁,漫径花风吹寂寥。

菜花

转顾林蹊入菜花,黄黄照眼映云涯。
群芳到处皆春语,谓我闲居误岁华。

盖山凭眺

高登翠岭阵云横,小踏黄埃漫浦城。
浊世骋怀空五蕴,人间放眼越三清。
由来山海川流色,依旧风花雪月声。
爽气催思千古意,英雄未却少年情。

秋夜月圆

江渚波光陌上灯,潮风鼓浪浦边城。
舍喧烟火前尘事,客语星河旧梦声。
魅影群峰山叠嶂,秋云长夜月空明。
相期岁岁心无系,残酒新茶又一更。

春深自咏

园深春色竞芳丛,花气侵寻拂面红。
乘兴襟怀存志伟,相知情味赋文雄。
闲身聊逐风和月,旧梦堪随名与功。

谁共悲欣谁解语,追惟云我两空蒙。

黄昏独步

风送黄昏清气滋,城居独步好春时。
飞烟吹面侵花雨,濒水穿廊拂柳丝。
桥影华灯游子意,市声离梦故人诗。
闲身已作常行客,吾里他乡两不知。

春访里巷

街冷市声怀故景,可怜陈迹绪重重。
城隅里巷人行少,篱落门庭春意浓。
间阔旧居追远忆,生疏乡语感离踪。
流光辗转交真幻,空对檐楹老面容。

故园怀古

春水湖光杨柳岸,前贤尘迹隐深丛。
依稀角鼓回荆郢,揽尽山河望渚宫。
寂寞长江千里客,清凉城阙一襟风。
亭桥幽径烟波远,心曲离骚云梦中。

秋分惊梦

尘嚣寐魇睡魂惊,卧静疑听疏雨声。
夜半萍身牵楚岸,秋分远梦在榕城。
寻常烟火摧风月,离乱恩仇觉世情。
真幻无端千百绪,萦回爱恨意难平。

一宵风雨

一宵风雨飞朝露,湿满苔痕草木新。
花落孤清身后影,香消引惹梦中尘。
每缘岁月羁行客,忽念山河与故人。
入夏阴云烟水色,薄凉又送此年春。

题记五月

人间五月有情天,夏木葳蕤秀色鲜。
节序炎凉身易老,花开肥瘦梦如前。
长行路处忘生计,欲立言时忆少年。
云染潮红星缀夜,清风拂我付谁怜。

采桑子·凌海登高

渔村已伴潮声老,暮暮朝朝。一枕波涛。白浪翻空卷石礁。
登高凌海舒衿抱,逆旅迢迢。当赏风骚。意写秋情仰碧霄。

苏幕遮·夜游侯官

夜微茫,风料峭。渔火昏明,渚冷江波渺。镇国塔前榕影老。古
寺颓垣,断石撩苍草。　　浪难平,尘未了。千载侯官,闽国烟云杳。
故垒孤清闲客少。星月无踪,晚兴同谁晓。

蝶恋花·春江夜

水涨平堤江岸眺。拂面风清,暮色深芳草。凝露连丛花气绕。温香叠影烟波袅。　　夜暗汀州幽梦照。步履盈盈,野径踪尘杳。静境轻潮蒲柳妙。巫山雨幻春云晓。

苏幕遮·村夜

晚村孤,行影渺。盈月弦圆,朗朗中天皎。夜色清溪流水杳。竹树森森,隐约知芳草。　　远山孤,平野眺。灯火蛙鸣,僻地声尘扰。羁旅逡巡人近老。酒半心襟,醉浅春归早。

黄彩虹

作者简介:黄彩虹,70后,笔名兰兮,陆羽故里竟陵人。自懂平仄,偶成诗句,创微信公众号《兰兮读诗》,集阅读与欣赏,脉络与创作一体。曾在各类纸刊和微刊发表诗词数百首。自云:"我读诗词已着迷,寻人见事辨高低。其中佳境浑然入,一任风吹信马蹄。"

题路边蔷薇

已是繁香不可分,又来谷雨润花勤。
色深色浅何堪折,驻足回眸尽为君。

布达拉宫外遇藏族小女孩

一朵格桑归本真,双瞳清澈净无尘。
我当转世定如你,手把金刚福与人。

花草

闲来花草亦沾泥,一点青葱入眼迷。
芳气怡人期久住,流光逐影自成蹊。

远人归

秋来每觉雁行亲,天际亦回劳远人。
莫叹双双增白发,清溪石畔共垂纶。

早春

腊里梅成忆,春风却是勤。

高枝玉兰笑,纤手渌杯分。

几日花期短,飘零一地薰。

柳黄争坼甲,劝我试罗裙。

代春思

问君何不至,春雨屡来催。

花好无千日,人间只一回。

明眸期早遇,芳意本迟开。

何事淹留了,凄凄半托腮。

荷塘月色

风翻满荷动,月照一湖光。

叠碧深留影,繁红暗吐香。

遣闲寻细响,避暑纳清凉。

渐入无人境,凭栏夜未妆。

题柳

春花逐春去,春顾絮连天。

听是郢歌曲,看为白雪笺。

所思无所系,经别枉经牵。

前世情何薄,今生独此翩。

咏兰

原本生幽谷,何于贫舍栽。
或因怜只影,不喜上高台。
春晚春花少,香轻香露催。
须臾还碧色,点点一曾开。

栽竹

也学幽人意,临窗竹几丛。
清心书里住,佳气舍间融。
对雪身犹挺,留春步未匆。
想能真脱俗,或引七贤风。

桂香

秋风桂花节,人亦入香流。
身过满街染,心归一院幽。
含情金句出,如醉玉杯浮。
尘事劳形影,何愁不去愁?

篱菊

篱下黄花灿,秋深势未穷。
幽人多自赏,野客岂相蒙。
一曲琴弹歇,三杯酒饮中。
当时陶潜意,恐怕与吾同。

合咏隐秀轩元春榭

芳草碧环水,清波漾落晖。

凉台湖上立,曲槛月中微。

独坐不嫌久,初心似有归。

犹闻性灵说,亭榭两依依。

石家河怀古

卜居临潼水,往事越千年。

聚落生烟火,平原作稻田。

羲皇人共乐,尧舜道相传。

文化厚如土,惊翻陶玉篇。

吊屈子三首

其一

尔来多不见,于我又何伤。

莺谷空啼翠,云山自舞裳。

采兰皆可佩,独茂或因王。

旧约随年去,初心堕渺茫。

其二

佩兰香几许,往事越千年。

身逐郢都去,魂依湘水眠。

直臣心未死,霸主梦犹偏。

纵是效渔父,行行何系船?

其三

天问何由问,离骚终为离。
回看千古恨,化作万人思。
江畔怀沙客,舟中鼓枻谁。
忠魂如不弃,四海一同卮。

春茶两首

其一

寂寞冬藏久,春来物自华。
阳和生翠岭,时雨润新芽。
凭采尖尖叶,烘之绿绿茶。
邀君一同饮,流水对生涯。

其二

春来万物荣,花叶莫相争。
但折美人意,应怜纤手烹。
碧芽重郁郁,芳气又盈盈。
饮者添心性,人于草木行。

种花

寂寞院中长对君,不妨也著碧罗裙。
风吹闲致慢摇影,雨打情思细弄文。
岁里素颜云却顾,吟中嘉气月来薰。
偶因买醉玉山倒,恨自无缘酒半斤。

贴花

一晃霜枝负岁华,柴门虚掩竹帘斜。
寒芜已是惊朝露,秋水但空披晚霞。
傍得南山因爱菊,兴来白纸乱涂鸦。
等闲不过风中老,暂把雀斑当贴花。

迟尔

蒙笼翠柳又春阴,不觉经年拥鼻吟。
独有微寒自燃烛,难眠轻响久披衾。
蚕丝吐尽终为茧,诗敌天成可铄金。
迟尔寻君归竹里,些些尊酒共鸣琴。

感秋

西风何怨蝉声急,一叶梧桐最感秋。
恁是先飞随节序,忽因缓降问缘由。
人生有味青春忆,地位无分意趣留。
去住本来天注定,权当水上泛虚舟。

蜡梅

已出枝头淡淡黄,未开新蕊未闻香。
叶繁暂拥身犹暖,气冷只期风更狂。
雪为芬芳寻趣事,冬因素雅点轻妆。
可怜欲折无人寄,一首诗成兀自伤。

无题

何年性癖爱耽诗,道且漫长亦不疑。
情俗多因未参古,调高或可自成师。
莫言左右皆嘉客,当笑清芬属橘枝。
待到退闲心愈满,一杯吟就碧云词。

征途

雨湿征尘季子裘,停杯莫问可消愁。
当情共饮堪相命,对影成伤一倚楼。
倒载何如山简醉,反关空羡孟公留。
花捎春信雁知返,前路萋迷更远游。

小雪

祸福无形本天定,更何角逐论赢输。
于幽静处听松籁,每困惑时望太虚。
雨裹寒风常扰梦,冬捎小雪不临庐。
求羊已是他年事,许我贪心只念书。

望茶经楼思陆羽

连廊水槛接楼台,烟树环湖一望开。
六羡曾闻放歌去,九层今为慕名来。
茶因有道传千古,味岂独香知异材。
世上如君真隐几,本心清净绝尘埃。

黎玉胜

作者简介:黎玉胜,天门岳口人,现居武汉,自由职业。

秋尽

梧桐挂梦月生凉,寂影无根发染霜。
不觉秋深更漏断,却闻天上雁声长。

暮春

又到晴空柳絮飘,天涯再远待明朝。
不知停歇生根后,几个儿孙傍小桥。

落花

暮春将尽东风过,绯色凋零待复生。
不问清宵行丈处,因何草色掩归程。

雪后

鹅毛一夜倾,果菜挂莹莹。
鸟迹枝头绝,门庭锁扣横。
茶中温冷酒,窗外隐空城。
难算盘中食,明朝涨几成。

人在旅途

此生寻路漫悠长,既赏生花也品霜。
岭北曾观山举月,坡南并遇雨遮阳。
昏灯照影天连暗,落叶离枝地染黄。
一念经年常自问,归宗所盼是家乡。

春雷

九地春初拢暗云,天穹电闪两边分。
一声闷鼓惊人耳,似有酥油润瘦筋。
陌上新生花得意,坡前几抹绿殷勤。
回身暗许农夫愿:他日收成不负君。

咏舟

曾经野陌伴松杉,未想余生对水喃。
从此青峰成绝念,或因客路不平凡。
梢边月划江天白,眼角星沉夜味咸。
鸥鸟潮头轻唤近,疑将家信口中衔。

空居

石径人家隐露薇,正逢红减绿添肥。
雨深春浅阴云近,暮往朝来故事稀。
竹椅多情听夜漏,沙埃有意袭风帏。
帘边待等温茶客,裁得芭蕉剪作衣。

渔歌子·暮春如画

柳剪枝条近水风,游鱼潜底似云中。飞细雨,泊乌篷。岸边垂钓几闲翁。

蝶恋花·他乡已老少年心

独抱斜阳风渐怠。两鬓生秋,忘了春姿态。汉水江边垂柳在,遥催我负相思债。　　羁拌客城经数载,薄利功名,遗弃三千界。但愿余身桑梓待,乡音入耳成常态。

破阵子·春雷

数月钩沉闲梦,不知春绽新桃。是夜阴云催闪电,击鼓人间换旧袍。施威震九霄。　　君遣双重使者,展开风雨新招。陌野亭山催绿意,再把微温静静调。辞行馨气飘。

临江仙·冬至人生

夜寒风瘦楼台寂,柯枝遗梦长赢。一弯轮月数孤星。老街人映几昏灯。　　此后余生车辙左,往来君与同行。闲斟茶酒对空城。料无风雨伴阴晴。

踏莎行·咏梅

枝破寒天,红挑冷雪,高情怎引丛中蝶!横斜寂寞品芳华,暗香浮出连疏月。　　弃梦春秋,懒忧宫阙,向来偏角行人绝。俗尘凡念不相干,花飞也等东风接。

水调歌头·秋拓

夏色逐云远,白露润秋凉。一番风过,枯叶翻落路边荒。只怕心澜生变,所以登临阡陌,旷达水空长。眼过鸿征影,脾入菊花香。序时转,任天定,莫神伤。料如生岁,晨月来往为谋良。忧亦无谁排遣,欢又何人分享,平淡对斜阳。拾得斯文梦,招取酝华章。

水调歌头·对酒一壶月

对酒一壶月,醉影有些多。此生当有知己,高唱大风歌。我欲乘风直上,忘却人间悲喜,衣薄又如何。笑对千般事,任尔泛心波。花摇曳,冷香沁,意姿娑。幻为千里凝目,似劝少酲酡。豆蔻依稀恰昨,鬓白互珍当下,不理岁如梭。待得浑然睡,梦里再来过。

高阳台·春雨寒天

雨湿窗檐,云阴陌野,落花飘了经时。人倚廊边,东风误引猜疑。江南应是多情样,却为何、雀隐巢枝。又难寻,蝶影香环,柳叶青垂。
复将牵挂他乡寄,怕游居婿女,未晓添衣。冷月虚悬,寒侵路暗灯稀。行途如有茶温佐,伴沉梦、已入归期。便多些,艳日当空,满径芳菲。

桂枝香·石家河怀古

石河垣阙。对暮送晨迎,雨打风歇。承过轻寒露水,瘦花销骨。流光不禁横云过,意悠悠、一时穿越。野苔幽处,老莺啼径,拾遗成说。
怅甚矣、千年瞬忽。幸琢玉初精,器皿如玦。凭吊先民,追逐后朝人物。离离草木山陵竟,复州皮氏自清绝。夕阳才落,空亭又挂,半轮新月。

四 学会锦章

天门诗词楹联学会历届顾问、会长作品集

不羡黄金罍
不羡白玉杯
不羡朝入省
不羡暮登台
千羡万羡西江水
曾向竟陵城下来

庚子登祝纪茶圣陆羽诞辰一千二百九十周年
敬录陆羽六羡歌于竞陵西江之畔　萧鹏

李世龙

作者简介:李世龙,历任天门市人武部政委、天门市委副书记、天门市诗词楹联学会顾问。

参观白龙寺村(古风)

千古白龙寺,至今有遗存。
英烈碑高耸,冈立元春陵。
长渠贯村过,柳岸听黄莺。
大棚横阡陌,农舍胜小城。
更有瓜果园,游人笑语甜。
大野舒长卷,小康梦正圆。
如画风景里,有感吐寄言。
紧跟新时代,奋蹄再扬鞭。

游竟陵东湖公园(古风)

东湖风景美,四季挹芳芬。
亭台环碧水,楼阁绕祥云。
春到繁花茂,夏荷爱红妆。
金秋晚风冷,霜降野菊黄。
雪压松愈绿,冰冻梅自香。
浅底凭鱼跃,蓝天任鸟翔。
君看游览道,彩带系栈桥。
悠哉缓行客,偷闲得逍遥。
铜雕十八台,打造民俗牌。

最是背媳妇,老少乐开怀。
更有游乐园,声声笑语传。
浓情融流水,碧波荡画船。
漫步话桃源,教人心陶然。
半醉花丛里,行吟留此篇。

春日访华丰农业合作社并赞吴华平董事长
(古绝)

一

耕田万亩入华丰,农家变身成股东。
按股分红合作好,共同致富是初衷。

二

繁育种苗进车间,遥控机械奔沃田。
登高极目望原野,良畴千顷翠无边。

三

姚岭新村别墅群,祖孙欢聚几代人。
孝亲敬老朝夕乐,幼儿园里歌声频。

四

华丰模式藏玄机,跟上亲下民心齐。
把脉地气运筹巧,泥巴腿子掌帅旗。

五

三农榜样誉中华,顶级奖状人共夸。
美丽乡村尖兵在,强国富民锦上花。

孔圣坤

作者简介:孔圣坤,汉族,1951年出生,湖北天门人。1971年参加工作,先后在市民政局、市政府办公室、市政府、市人大常委会任职,2012年退休。现为中华诗词学会会员、湖北省中华诗词学会会员、天门市诗词楹联学会名誉会长。2011年出版个人诗集《心曲》,2021年出版《心曲》续集。

咏竹

傲骨何愁风雪侵,青枝劲挺举虚心。
横排作筏镇江浪,竖凿成箫奏好音。

雨伞

平素居安总患忧,谨防天变早绸缪。
不帮人们遮风雨,谁会将吾举过头。

蜗牛

面临绝壁莫蹉跎,半路跌回重上坡。
只要恒心陪我走,楼巅翘首唱牛歌。

藤蔓

生来就缺主心骨,攀附高枝尤自豪,
一失支撑魂魄散,立身还得内功高。

八达岭长城

八达岭巅存大观，碟墙延展似龙盘。
雄风万里今犹在，不倒精神鼓远帆。

珠港澳大桥

建桥史上立珠峰，南海赫然横巨龙。
三地今朝连一线，振兴掀起浪千重。

重上岳阳楼

放眼洞庭眸野宽，闪光楼记耀波澜。
先忧后乐成公德，政治清明天下安。

谒拜岳王庙

一庙深藏千古恨，缅怀豪杰泪难干。
靖康奇耻何能忘，唯有英雄佑国安。

苏堤漫吟

六桥烟柳拂清风，一道长堤挽曲虹。
最是荷花解人意，枝枝动兴仰兼翁。

月牙泉

头枕黄岩静卧沙，依芦傍柳即安家。
一泓泉水长相许，万载情思寄月牙。

咏梅

莫忧境遇总相违，挑战贫寒志岂微。
红艳冰枝鲜国色，香凝雪域醉芳菲。
千金颜值画中俏，万丈豪情韵里威。
碾作尘泥何足惜，丹心一片耀春晖。

游东坡赤壁感怀

那蓑烟雨早消散，此地唯余苏子风。
随赋泛舟追皓月，陈词抒意仰豪雄。
谪居陋舍笑谈里，耒耜荒坡吟啸中。
岂叹人生多曲折，大江东去任从容。

兴游北京园博园

燕岭新安优雅家，五洲园艺尽奢华。
环眸领略千城绿，漫步欣观百国花。
场馆缤纷辉特色，亭轩璀璨耀霓霞。
游中小憩听金曲，静品前门大碗茶。

咏天门

东方纽约五千年，义水青山赋锦篇。
一代茶宗书圣典，三乡名片写云笺。
煌煌千业财源茂，朗朗百园花簇妍。
酿造文明生魅力，宜居宝地胜吴天。

春游张家湖国家湿地公园

觅寻野趣抵芳家,湿地风光尽艳华。

登塔遥看凫浪鸟,沿湖近赏应时花。

八仙精品呈嘉客,万顷清波漾彩霞。

劳乏问君何以解? 舀瓢圣水煮新茶。

陆羽故园

魂牵乡梓越千年,卸却风尘归梦圆。

泉绕长亭情动地,经藏高阁誉齐天。

墨荷花艳雁桥畔,金桂香飘寺院前。

饮者登楼品佳茗,诗家寻韵水云间。

春钓汉北河步韵白居易《钱塘湖春行》

长竿在握立河西,岸柳参天水草低。

试饵虾鳅戏浮子,拖钩鲶鲤揽滩泥。

轻风几缕惬神志,老酒半壶香卤蹄。

钓落斜阳浑不觉,晚霞伴我过长堤。

临江仙·汉长城遗址观出征仪式

鼙鼓催征天地动,将军怒发冲冠。横刀立马指楼兰。旗遮疏勒水,气壮汉时关。　昔日城垣虽蚀断,观来心卷狂澜。居安须记固营盘。丛林规则在,马岂放南山?

廖明忠

作者简介:廖明忠,1950年7月生,天门竟陵人。1966年入伍,1979年转业,曾在天门市人民检察院、天门市委政法委、天门市人民法院、随州市人民法院、湖北省汉江中级人民法院工作,2010年退休。现为中华诗词学会会员,湖北省中华诗词学会会员,湖北省楹联学会会员,天门市诗词楹联学会顾问。

贺《子雯诗集》付梓

新结子雯集,竟陵添锦章。
观书人叫绝,掩卷韵留香。
妙句诗俦诵,佳篇芸阁藏。
铮铮犹卓卓,信尔聚高光。

竟陵红

火门翠槚郁葱葱,春采新茶敬陆公。
嘉木青青环岭上,清香袅袅绕庭中。
长闻入腑千愁解,细品凝神三界通。
不羡百年陈普洱,独钟故里竟陵红。

童年夏趣

相邀重返义河边,最忆当年三伏天。
李姓瓜田常顾盼,黄家枣树每流连。
半抔芡实共同享,一席凉床横竖眠。
奉杖含饴悄然至,梦回童趣总萦牵。

童年冬趣

童稚从来不谓愁,适逢三九兴悠悠。

亟期此夜飞银粟,只待明朝滚雪球。

一季欢声焉逊夏,满眸殊景或逾秋。

每当岁末年将近,念念叨叨掐指头。

雏鹰(滑翔情怀)

秉性焉和燕雀同,生来心志胜霄鸿。

抬头总觉巢窠小,放眼常思羽翼丰。

不屑弄姿夸俏影,唯思振翮搏长空。

一飞堪笑云霞矮,待我冲天抵汉穹。

游桃花源拜谒渊明祠

神往心驰意敬虔,湘西仰圣赏遗篇。

陶公誉播九州外,秦洞梦回千载前。

不折直腰求斗米,甘居陋舍垦爿田。

桃花源记问津处,来者思齐效古贤。

主席的睡衣

毛公遗物馆中陈,百衲睡衣弥足珍。

不是平生尤念旧,唯期庶众早除贫。

悯农总虑务农苦,守业深知创业辛。

纵使九州皆阜积,仍须克俭警来人。

旗帜

相伴晨曦冉冉升，五星旗展景昌平。
曾偕圣女珠峰舞，亦与神舟霄汉行。
勖勉少年存远志，傍催勇士踏新征。
迎来赤帜飏台岛，一统山河共月明。

八一建军节有感

雄兵脚步赛云鞍，万里征程岂畏难。
御若金城横壁垒，攻如猛虎扫凶残。
生当名列功勋簿，死亦身跻英烈坛。
八一军威魂魄铸，几多垂裕后昆看。

题解放军仪仗队

最帅三军仪仗兵，青春表范铁铮铮。
劈枪恰似雷霆动，亮剑敢教神鬼惊。
愿许风华酬壮志，甘将血肉铸长城。
铿锵声震国门外，昂首红场正步行。

彭德怀元帅

平江举义树旌旄，一展雄才现武韬。
荡寇阵前当立马，挥师域外敢横刀。
心清可许玉壶载，身正岂容铁脊挠。
卓卓勋功无自诩，唯留格度励吾曹。

悼袁隆平院士

天悲地恸悼袁公,雨泣风喑山水同。
情系田畴谋稼穑,德齐日月耀穹空。
勇担万众三餐事,倾付毕生全力功。
仓廪充盈家国幸,怎教百姓不尊崇。

秋深有感

斗指戌间临晚秋,黄橙赤绿绘田畴。
初霜寒菊千姿俏,新雨空山万壑幽。
惯看时移知冷暖,透参世易悟沉浮。
三餐且喜尚能饭,体泰心宽何以愁。

感怀

少小常思早济功,老来悟觉一心空。
光鲜尽入瞳眸里,志趣独存胸臆中。
众论是非多迥异,自衡得失两齐同。
醋陈酒老沁香远,不借春秋冬夏风。

端午感吟

节近端阳感喟多,离骚一部启先河。
究真穷理发天问,忧国伤时赋九歌。
徒使忠臣空慨叹,却教后世久吟哦。
当年屈子怀沙处,酹酒滔滔荐汨罗。

鲁鸣皋

作者简介:鲁鸣皋,1959年8月生于湖北省天门市,中共党员,大学文化,高级会计师、高级茶艺技师职称,财政局退休干部。中华诗词学会会员,中国楹联学会对联研究院研究员。曾任中国国际茶文化研究会常务理事、学术委员,湖北省天门市诗词楹联学会首届会长,天门市陆羽研究会副会长,天门市民间文艺家协会副主席等职。曾在国内外各类媒体及互联网发表诗联茶文化、论文及书法作品等多篇。

习茶二首

一

半是颠狂半是痴,糊涂清醒两由之。
一杯一盏谁人识? 何涩何甘我自知。
唯让春风催化雨,不教苦脸现愁眉。
年来品得茶滋味,俭德精行亦可师。

二

市井喧嚣何处幽? 清茶一泡自悠游。
抛开身外名和利,泯却人生爱与仇。
谦逊心中能纳海,平和腹里可行舟。
人间多少黄金梦,哪抵碧螺春一瓯。

答杨九如先生四首(代简)

一

轻启飞鸿细品研,真言要诀满绫笺。
羡君饱学众人赞,愧我才疏独自怜。
疵句失粘原有故,华章正误岂无缘?
邯郸学步从头起,且喜清流灌渴田。

二

锦绣文章见性真,如珠妙语若燃薪。
不言夫子骚风盛,却笑寅郎韵味频。
皂市镇街留旧梦,长汀河水荡浮尘。
请君仰望云间鹤,气节清虚贵自珍。

三

相聚白龙共撰联,胸怀豪气笼云烟。
满山青草怜乌发,遍地黄尘叹逝川。
孤月疏星千里梦,春花秋月一霜天。
唐宗宋祖今何在,但见朝晖日日鲜。

四

论艺谈诗兴味丰,湖光山色画图中。
落霞孤鹜凭灵感,秋水长天借好风。
乐事常思多会友,文心共得几雕虫。
前途莫怕知音少,香渐浓时花自红。

倪明鹏

　　作者简介:倪明鹏,男,1956年11月生,中华诗词学会会员、湖北省诗词楹联学会会员,曾任天门市诗词楹联学会会长、《天门诗词》主编。

题自画《秋菊图》

香魂冷蕊入陶诗,开在众花摇落时。
不冀人夸颜色好,但求静逸傍东篱。

过南山寺

求子求财求免灾,各怀心事跪尘埃。
观音纵有千双手,亦恐慈航渡不来。

赏桃花不遇

兼旬霪雨涨春池,相约桃花已误期。
忍顾红颜凋逝水,凄凄如怨我来迟。

咏蒋立镛

粟洞何曾羡王孙,只把书香一脉存。
际会秋闱谁抗手? 直教朱笔点天门。

庚子冬月十三日与易永讯先生沪上宴游有作

客居湘沪久，充耳尽吴音。

忽有乡贤至，欻然喜气临。

偕游相执手，把盏共推心。

又恐人归去，清欢不可寻。

登岳阳楼

极目潇湘凭此楼，湖山气象壮千秋。

金轮照水波光漾，玉镜开天云影浮。

为将大义昭天下，便有奇文传九州。

双公祠里猜民意，知否载舟还覆舟？

游南京过乌衣巷

秦淮河畔步轻盈，地自繁华人自清。

未上红楼听艳曲，独寻乌巷遣吟情。

无由故事今还古，有序人生输亦赢。

燕垒犹然昭过客，莫讥王谢是空名。

贺《枫叶》付梓寄周运潜先生

霜中红叶动心仪，拾取秋光赋一支。

不怨东风辜负久，犹惭新色捧来迟。

纤尘荡涤留清韵，文采飞扬化史诗。

重向河山开画卷，层峦处处染胭脂。

题天门美食街

一自羲皇陶甑开，竟陵蒸菜荐瑶台。

笼收山海荤兼素，壶酌春秋去复来。

此处真能通大道，今宵便拟醉蓬莱。

食街彰显民为重，赢得欢呼上九陔。

寄友人

年华易逝又经秋，黄鹤楼前忆旧游。

时过人迁伤往事，风流云散眷绸缪。

亭边留影曾留意，窗下写诗多写愁。

醉里徒兴吴越梦，一篇吟罢有谁酬？

寄友人

烟波浩淼盼帆樯，执手相看泪雨滂。

山寨省亲时短暂，江城晤面事匆忙。

天成儒雅标风范，自任才情化锦章。

仰止高山空有梦，鱼书难慰九回肠。

读《梅花三弄》寄高伟农教授

自种梅花香寝门，风流讵肯学王孙。

平生惯作天涯客，此意长追华夏魂。

黄色皮肤骄异域，方形文字证同根。

忽闻玉笛吹乡曲，更惹亲思入泪痕。

题古雁桥

雨打风吹存古桥,苔斑石锈记前朝。
苇丛老雁怜英物,禅寺高僧抚幼苗。
岁月如云真自在,人生似羽任飘摇。
故园镇日思游子,每忆先贤望碧霄。

题双季亭

拟将双季赋亭名,记取疵公一段情。
笤水诗笺传后世,杼山夜月证前盟。
青春有意酬知己,老病无依思爱卿。
料得仙乡重聚日,西窗烛下诉心声。

谒钟惺墓

为敬前贤踏野丛,苏家山麓吊钟公。
不教古调成时弊,更写灵思改病容。
天下诗归孤峭笔,文坛名重竟陵风。
坟前告与乡关事,故国而今际运隆。

怀张世超先生

少年才气挟惊雷,一试春闱马上催。
不见长安空负壮,怕游沈苑苦思梅。
可怜桥畔秋风屋,独对花间太白杯。
今向灵前歌此曲,不知泉下有谁陪。

咏凤凰

丹穴有神鸟,其名曰凤凰。

隐在深山里,凡人岂可量。

其志也高远,其心也纯良。

其性也雍雅,其貌也端庄。

其羽也鲜亮,其身也芳香。

其目也秀美,其鸣也高昂。

仙山真幽静,瑞气笼甘棠。

梧桐生其上,翠竹绕其岗。

晨雾初散尽,旭日出东方。

百鸟争欢唱,丹凤喜朝阳。

钟情唯斯鸟,厮守必成双。

春共枝头雨,秋沐林间霜。

竹实为之食,梧桐为之房。

德仪光羽族,品行率鸟邦。

如此万千载,贤名经久长。

余愿化凤鸟,永居此仙乡。

金缕曲·寄友人

北雁南飞去,更那堪,天涯向晚,又遭风雨。谁解客心淹留意,只把兰舟辜负。何处觅,青梅发侣?梦里东都成空忆,正牡丹花放香如缕。曾记得,洛阳女?　　真情文字凝酸楚,叹人生,匆匆行旅,迢迢心路。到底东风传消息,转见芳丛绿树。算已过,十年寒暑。苦尽甘来天眷顾,看红霞万朵桑榆暮。搦彩笔,锦词著。

少年游·示儿

鲈鲜莼美恋松江,临别起彷徨。古猗园里,南京路上,父子共徜徉。　叮咛深意应须记,牵挂满情肠。风雨人生,纷纭世事,独自细思量。

自度曲·桃花

春风二月不须赊,郊原踏紫霞,山前小径,水畔人家,处处见桃花。沧桑阅尽洗铅华,红颜独自嗟。莺声渐老,人面还遮,思念更无涯。

鹧鸪天·贺《垾篾余韵》出版步毛恭义先生原韵

墨迹初干香气浓,行间认得捻须功。难为昆仲诗心健,一册珠玑百韵通。　闻名久,谒尊容,垾篾雅韵入金风。两支落落传情笔,直令词章上景钟。

张永长

　　作者简介:张永长,中华诗词学会会员、湖北省作家协会会员,天门市诗词楹联学会学术顾问,天门市作家协会理事。曾任湖北省中华诗词学会、湖北省楹联学会常务理事。天门市诗词楹联学会原会长、《天门诗词》原主编。

阳关感怀

诗人无意感沧桑,大漠孤烟旧景光。

三叠阳关吟不尽,如今更有好篇章。

张家湖清韵

浩渺湖天白鹭飞,风生芦苇看鱼肥。

莲田漠漠情遥远,回首当年共落晖。

访章华台

千秋故国楚江风,伫立遗台说旧宫。

一代天骄曾问鼎,今朝华夏尽英雄。

新居书房自题

平生最爱是书房,自在新居写锦章。

暮景虽临终未晚,永和三日韵流长。

观鹿门山"鹿门隐书"牌坊感怀皮日休

醉士攻书隐鹿门,名篇传世万人尊。
高吟忧国情堪赞,草赋亲民义可论。
入仕虽难神骨在,为儒尚爱丽文存。
遗风千载留清誉,辉映竟陵励后昆。

母校天中百年华诞

光阴荏苒百年长,岁月如歌硕果香。
校士故居开圣学,天门南郭焕新装。
名师可比光明烛,才子犹书锦绣章。
喜见满园芳草绿,开来继往创辉煌。

游陆羽故园

闲情信步看西湖,伶艺长廊景不孤。
雁叫关前歌舞美,茶经楼里茗茶殊。
西江水绿流千载,涵碧堂香醉万壶。
小我今朝游此后,惟将诗句记欢娱。

清明公祭寄怀

庚子清明分外凉,声声哀笛断人肠。
妖魔肆虐新坟起,勇士逆行高义张。
雾锁江天思未尽,烟笼阡陌景初长。
英灵有寄何曾死,还与春风共玉章。

水龙吟·步刘征先生原玉
贺中华诗词学会创建三十周年

吾生欲待何之？骚坛鼎盛吟新曲。百家唱和，同声步韵，蛙鸣春雨。我校云篇，君书锦绣，惠风入户。喜经纶卅载，初心未负，争先占，才情足。　回首天门凝目。有高贤，钟谭故土。诗乡圆梦，并肩携手，精工琢玉。仿效刘煌，可追大冶，传承李杜。看竟陵一脉，展笺舒卷，且挥就，中华赋。

望海潮·忆洪湖风光

绿融湖畔，香薰兰径，芳荷丛里横舟。烟雨抚莲，曦霞染苇，波光疑自天流。翠盖漫花洲。白帆浮碧水，蓬岛通幽。谁唱菱歌？野鸳凫影醉双眸。　闲翻旧照相酬。叹经年俗事，竟夕身谋。佳意远情，仙姿胜景，诗才只羡同俦。痴念岂能收。捡一箱书秩，苦学勤修，翼日重游再访，稍减几分愁。

渔家傲·三峡库区

北枕巴山高峡美，南依川鄂平湖汇。极目浮云波万里，飞霞绮。夔门天下雄风起。　筑坝截流村落徙，些些故事沉江底。更有清江添画意，中华喜，千秋功业存青史。

踏莎行·游黄潭七屋岭村

月季迷宫，桑林枣圃，紫藤苍翠增娇抚。三军菊苑溢芳芬，田园如画争先睹。　何处新楼？知青旧寓，春风轻拂传佳语。来时只抱好奇心，游观过后犹欣慕。

集句贺天门女子诗社成立三周年

扫眉才子笔玲珑,(明·王鸿)

文接周秦气象雄。(清·张问陶)

三载光阴弹指去,(近代·张伯驹)

江山得句有神功。(南宋·范成大)

集句贺敦煌诗词楹联学会换届并寄陈竹松会长

飞天舞袖舞翩跹,(近代·徐志摩)

党水遥通万顷田。(清·汪滮)

入砚花飞青嶂外,(清·庄觐)

将诗题寄彩云边。(清·丘逢甲)

步陆游《临安春雨初霁》原玉集句 吟春

雨余苍翠湿窗纱,(明·虞谦)

红紫纷纷尽岁华。(宋·虞俦)

黄蝶得晴飞菜叶,(宋·陈深)

流莺惊起落庭花。(元·陆文圭)

江皋见月长呼酒,(明·洪贵达)

香气浮杯好试茶。(清·陈恭尹)

如此风光真入画,(明·沈周)

万家春色总吾家。(宋·饶节)

王国斌

作者简介:王国斌,机关退休干部,湖北省中华诗词学会、
楹联学会会员,天门市诗词楹联学会学术顾问。自幼热爱文
学,自研习近体诗词以来,陆续有作品散见省、市报刊。

早春

冰封雾锁峭寒生,无力东风暗自鸣。
却有雷霆威四海,排云布雨备春耕。

西江

瑞雪纷飞树裹银,梅花几点笑凡尘。
寒潮难阻西江水,一路欢腾去接春。

盼归

西风渐冷日低悬,门倚老夫望远天。
侧耳静听鸿雁过,泪光一闪叹声连。

红日

红日飞升照九州,光明一片扫愁眸。
农奴奋起当家主,万里江山竞自由。

咏兰

空谷幽兰水岸边，清芬不羡牡丹鲜。
非同桃李争春色，爱傍山荫听响泉。

端午怀屈原

昌蒲高挂忆斯人，传颂三千年更亲。
粽子飘香天问好，龙舟竞渡九歌陈。
几分明月含诗韵，万里江山除垢尘。
一代精英齐奋进，神州崛起慰灵均。

七一颂党

南湖帆举浪接天，风雨如磐直向前。
赣水翻腾九域荡，延安歌舞八方弦。
霜摧红叶香山染，声震此平四海宣。
一代英雄成伟业，新程更有后来贤。

黄鹂

寒破春来勤发声，聆听悦耳驻人行。
少陵独赞空音好，义博长迷翠柳鸣。
万缕遐思追圣迹，千年传唱慰平生。
每闻高树悠扬曲，恐扰仙君脚步轻。

陈建新

作者简介：陈建新，中国诗歌学会、中华诗词学会、中华辞赋社会员，湖北省中华诗词学会、湖北省楹联学会常务理事，天门市诗词楹联学会会长，《天门诗词》主编，《天门诗苑》名誉主编。

贺《竟陵风絮》付梓暨女子诗社三周年庆

竟陵风絮有些痴，嫁入千门更赋诗。
笑见良媛盘纸墨，凤笺落笔放春时。

乡村春事

赏花拾翠竟陵西，望杏开田社燕低。
水响犁耙闻杜宇，鞭鸣日月溅香泥。
和风满苑花含笑，细雨连畦牛奋蹄。
蝶绣春图铺锦缎，莺穿柳浪泊青堤。

题邓昭学先生摄影《山村晓色》

阳光尽染千层绿，柳色初匀万缕芳。
碧草沿坡铺玉缎，青萝漫苑隐肥羊。
门前石径依山远，篱畔璜溪绕舍长。
欲待炊烟飘袅袅，还凭晓日播煌煌。

清明节前回恩施祭岳父

辰龙寒食是归期，高铁轻摇忆昔时。
达理贤声门第贵，宽仁善政宦途痴。
欲行欲止忧风雨，将往将来寄玉池。
历尽凡尘唯苦度，忽闻鸟雀唱高枝。

省诗词学会七届二次理事会在荆门国际星球大酒店召开

一

竟陵风送入荆门，夕照云台野岭昏。
画饼功名谁看好，骚人翰墨满西村。

二

欲穷胜景上层楼，且放春声荆渡头。
嗟叹龙泉通国际，惊回玉宇卧星球。

上山祭祖

雾锁盘山影陆离，辰龙寒食总相期。
云村探雁春深处，翠岭飞霞客到时。
路转花明团故冢，峰回柳暗发新枝。
萋萋野草连幽径，馥馥芳兰濡袖迟。

辘轳体"云舞霓裳花动容"(新韵)

(一)冬访永佳服饰并致郭文凤董事长

云舞霓裳花动容,菊英滴艳露华浓。
君为四季调凉热,志与三乡共欠丰。
方信频年归棹好,始惊故事壮怀同。
朝阳冉冉暄和日,服饰温馨制暖冬。

(二)永佳服饰厂区存照

鸟啼落木香吹面,云舞霓裳花动容。
平地斯楼连宝宇,无烟高企耸琳宫。
手机留影明晖照,微信传声炫彩通。
踏入芳丛情自好,凤池义囿种芙蓉。

(三)车间素描

信步层楼惊胜景,迎眸灿烂彩和虹。
帛喧翠袖眉含笑,云舞霓裳花动容。
流水机台灵巧手,滑梭轨道隽良工。
制衣原引高科技,一摁触屏无唾绒。

(四)永佳服饰海外营销写意

全球劲爆永佳功,服饰订单飞若鸿。
澳美非欧千岭阻,江河堰海万流通。
波裁雪羽舟穿浪,云舞霓裳花动容。
致远联销知世故,登高览胜我为崧。

（五）永佳服饰漫吟

天暮烟霞夕照红，闲庭踏律漫吟中。

尘沾锦履翻秋叶，身著寒衣御仲冬。

冰雪因襟惟爱美，文章得句不期工。

眸回绮幔情牵处，云舞霓裳花动容。

青玉案·雁南飞

才归又踏南征路。叹离别、情如诉，挥泪长亭萋草故。晨星浮晓，残霞向暮，千里追云去。　天涯望断相思树，夜梦惊回旧游渚。莫问红尘知几许。一翎烟月，满江鱼语，衔菊秋时序。

八声甘州·刘斌先生
《浮云集》诗词作品研讨会寄怀

赏絮花轻舞影千千，迷眼玉英天。看斜阳夕照，晨晖叠彩，柳岸花鲜。更上层楼览胜，翠野竟无边。回首凭栏处，一骑尘烟。　今日红旒高挂，约诗朋论剑，信友熏弦。化浮云入典，惊逝水流年。诉衷情、知音几许，著锦章、翰墨亦随缘。枫林晚，飞鸿过雁，纵马扬鞭。

五江汉新咏

天门籍诗人及竟陵派文学研究会会员作品集

（以姓氏笔画为序）

王效中

作者简介:王效中,男,生于1950年3月,湖北省天门市人,大学学历。曾任军职17年,党校工作25年。高级讲师,中华诗词学会、湖北省诗词学会会员,曾任天门市诗词楹联学会副会长、《天门诗词》副主编。2010年由中华诗词出版社出版《中共党史人物百词》、2023年5月由天马出版有限公司出版《花鸟兽鱼吟咏集》。

港珠澳大桥赞

一道霓虹闪,三珠璀璨镶。

愚公改填海,精卫换沉钢。

激浪身旁溅,宝驹洋底翔。

零丁惬怀敞,迎客乐无疆。

奥运火炬珠峰传

祥云助勇上峰巅,奥运千秋第一篇。

携种测风难点破,攀高越陡壮心坚。

勋酬众士争擎火,色秀三旗共映天。

盛况随波传万里,五洲同梦北京圆。

华人太空漫步赞

舱门开启慢伸头，莽莽星空展翅游。
招手可人经典造，挥旗映日匠心酬。
匆匆一瞬飞千里，啧啧三强冠五洲。
华夏雄风天使步，长留穹宇壮悠悠。

贺嫦娥六号圆满收官

五十三天去复归，首亲月背攫珍肥。
降升遂意孙猴畅，追放焚身夸父辉。
群友同襄圆盛举，八方齐赞握玄机。
两帆徐落精灵下，四子王搜青琐闱。

参观淮海战役纪念馆有感

双碾陈青赤帜挥，东方黔首显神威。
车轮滚滚黄公灭，喇叭声声杜总痱。
废铁千堆洋大炮，琼花万树土飞机。
军民携手山推倒，统帅英明亘古稀。

夜走竟陵东湖畔

劲舞丰姿映水边，悠扬乐曲踏波旋。
四周灯火星光闪，两座亭轩月影骈。
镜里鱼穿图换景，岸旁塔耸彩连天。
清风一缕微澜起，疑是磨山山麓涟。

晨眺陆羽故园

一楼高耸水中央,蓄古传经气势煌。
雾霭氤氲环绿树,波光潋滟映朝阳。
荷香扑鼻游人醉,剑洒生风举步刚。
遥看陆公昂首立,兴观故里着新装。

忆儿时青山(孤雁格)

小径悠悠到顶巅,路旁有个不干泉。
山腰瓦砾庙遗影,脚畔井台僧剑沿。
一座丰碑松柏绕,千池碧水草鳙穿。
常期复睹家乡景,再赏金银伊甸园。

灰埠头的变迁

傍水依山灰埠头,少时就学喜常游。
街边叫卖声犹在,渡口通行桨已丢。
曲曲弯弯青石板,平平坦坦黑渣油。
瓦房矮店俱相去,砼顶新楼枥比修。
柳绿桃红花簇锦,马龙车水毂争流。
适逢丽日当空照,小市霞蒸焕九州。

赏石家河古城遗址

天门东北石河边,一座古城撩目眩。
筑土巍峨强壁垒,掘壕宽阔阻狼烟。
郭围百万平方米,时距四千公历年。
聚落诸群人适所,农工各业艺居先。

制陶雕玉琳琅萃,磨石冶铜精粹阗。

辐射六区呈特色,文明源域拓新篇。

水调歌头·喜闻取消农业税

种地千年事,纳税赋皇粮。曾经捐重难负,熟地忍抛荒。幸有连年税改,田里负担递减,万户返耕忙。一纸取消令,千古旧弓藏。

沉疴去,尚方至,振农桑。人欢地爽,囤满包鼓货漂洋。借你东风鼓劲,看我鲲鹏展翅,雏燕要高翔。喜看新村起,是处映朝阳。

念奴娇·天门新城游赏

星星桥跨,恨眼生、如笋高楼悄崛。绿影婆娑幽径绕,情侣手牵心热。细水潺湲,喷泉怒放,溪净金鱼悦。如诗如画,一时难舍难别。

尤羡手笔恢弘,眼瞄都市,武汉圈风挟。商贸居中庠序近,路网纵横皆捷。家在花园,人居仙境,体健心欢惬。开盘之日,哄然争抢而竭。

【双调·一锭银过大德乐】武汉城市圈

八颗瑶星拱月辉,楚天明媚。一体花红叶翠,焕彩流菲。(过)路网弘通畅九逵,尚品培优,佳局顺势推。商圈行共轨,城乡比翼飞。山葱摆翠葳,河清流碧水。江汉歌脆,同声号角吹。舍我其谁,崛起华中敢占魁!

【双调·沉醉东风】春踏青山

新草绿、纤茸慰眼,暖风徐、和煦驱寒。脚带尘,身流汗,步匆匆、踏上青山。旷野斜坡盖黑幡,原来是、光伏电板。

方 兴

作者简介:方兴,本名方大连,网名晴滩八景,湖北省天门市乾驿人,生于1953年,中共党员,大专学历,中学高级教师。中华诗词学会会员,湖北省中华诗词学会会员,湖北省散曲学会会员,湖北省楹联学会会员,天门诗联学会会员,天门散曲学会会员。近年来,在各级各类纸刊、微刊发表格律诗词、散曲、楹联作品三百余首、副。作品散见于《中国文化期刊》《心潮逐浪》《湖北诗词》《荆楚田园诗词选》《湖北散曲》《湖北农村新报》《荆楚田园》、国际诗歌传媒《诗词方舟》、中诗协微刊、《长江诗苑》《天门诗词》《天门散曲》等多家刊物。

此次收录作品包含散曲在内均为新韵。

咏菊(新韵)

激风萧瑟百花衰,寿客恭迎秋序来。
霜打雨淋全不惧,高洁君子傲寒开。

咏竹(新韵)

顽强坚韧数幽篁,历冷经寒傲雪霜。
节劲心虚诚可贵,骚人雅撰久传扬。

斑竹吟(新韵)

南巡舜帝殁苍梧,锦簟萦石妃恸哭。
涕洒九嶷喉嗓哑,斑竹紫褐泪滴无。

赏梅（新韵）

料峭春寒瑞雪扬，圃园梅绽百葩黄。

斜欹枝蕊临窗牖，疏影参差吐暗香。

咏月球嫦娥石（新韵）

寰宇冰轮现怪石，柱形晶体细超丝。

九霄浩瀚奇难测，索隐钩深探未知。

最美教师王亚平太空授课感吟（新韵）

两度飞天授课忙，端庄高雅立船舱。

撒播梦想培桃李，鞭策青衿爱宇航。

礼赞神舟十三号飞船航天员（新韵）

须眉红袖驾神舟，飒爽英姿宇宙游。

华夏后昆豪气壮，凌云奇志碧霄酬。

杨靖宇（新韵）

赴汤蹈火抗倭狼，卧底通风困岭冈。

威武不屈寒寇胆，叛贼戕害为国殇。

赵尚志（新韵）

腥风血雨日猖狂，入死出生斗恶狼。

身首分离终不悔，鬼雄也把寇杀光。

咏君子兰（新韵）

高雅清贫不比攀，经霜玉立百葩残。
春寒料峭花苞放，刚毅纯洁君子兰。

题安徽银屏山白牡丹（新韵）

银屏鹿非生石缝，风雨千年不易家。
苍劲翠拔槐月绽，神奇天下第一花。

盛赞北盘江大桥（新韵）

云桥飞卧北盘江，横跨巉岩千米长。
气势恢弘真壮伟，匠心独运五洲扬。

咏中国古代四大美女（新韵）

沉鱼

降生诸暨僻村中，玉色仙姿天女容。
负任兴邦别子婿，惑敌乱政进吴宫。
一筹诈恙谋臣殒，两笑迷王国帑空。
尝胆卧薪酬夙志，红颜非祸俩无踪。

落雁

宝坪出世恋香溪，艳若莲花赛美姬。
拒贿孤妃偏殿入，许婚半月灞桥离。
飞镝策马迎胡曙，促主休兵止警笛。
成帝诏宣千载恨，和戎义举与曦齐。

闭月

家住忻州木耳村,花容月貌晋国闻。
红昌扶汉称豪举,王允连环诛乱臣。
仗义促交刘备眷,悲伤望戮奉先身。
巾帼果敢须眉赧,芳影成迷苦找寻。

羞花

容县出生长异乡,天资国色艳名扬。
子妻父娶违伦理,后位妃接醉李郎。
奸宠佞臣朝政乱,贼燃兵燹野田荒。
马嵬惊变蛾眉死,一缕香魂别帝王。

中国古代四大才女(新韵)

卓文君

临邛卓府有婵娟,新寡回闺才女闲。
赋圣琴勾弹雅曲,文君身许缔良缘。
情移遥寄藏谜信,智守悲传怨婿篇。
札写诀别郎懊悔,重圆破镜老林泉。

蔡文姬

闺秀多才郎病夭,生逢离乱举家逃。
文姬遭掠别桑梓,吉利酬赎归汉朝。
曲写情悲名气赫,诗陈命舛价值高。
续缘翰墨隋书载,承继什风有杜曹。

上官婉儿

博学聪颖美如璠，武曌初识擢显官。
雪恨弑君皇赐赦，弃仇效命手携牵。
文风引领诗词品，政务批签精力殚。
知遇大恩铭腑肺，辅周佐李启开元。

李清照

翠袖才名传启封，爱称源自颔联中。
相夫盛赞雄杰志，续帙勤花早晚工。
诗盖江南称圣手，词压塞北谓文宗。
比肩钟隐分秋色，遗韵流风后世崇。

中国古代四大女英雄（新韵）

花木兰

村姑武艺胜杨郎，父老童赢无顶梁。
扰界牧族侵境土，从戎孝女扮男装。
拼杀征讨殊勋大，罢战回归故里忙。
解甲投戈身在野，思源饮水敬高堂。

樊梨花

八年习武始出山，花貌琼姿姬苤凡。
三纵三捉秦晋订，三休三请册书传。
沙丘藏女埋忠骨，神策劈竹过险关。
破阵助夫戕道帅，西征戡乱凯歌还。

穆桂英

盖世之功神女传,明眸皓齿美婵媛。
平辽挂帅关关闯,斩将搴旗阵阵裁。
西讨舞枪驱恶寇,南征挥刃扫顽蛮。
虎狼峡里拼杀勇,嫠妇英杰惨宇环。

梁红玉

父兄授艺武功强,窈窕仪容压众芳。
宴饮妓官酌醑喜,情投宗玉缔缘良。
飞骐传诏平臣乱,桴鼓激卒阻寇狂。
救婿遭伏身涉险,抗金殉难永传扬。

中国古代女历史学家班昭(新韵)

安陵名媛数班昭,雾鬓风鬟容貌姣。
晨续汉书勤涉笔,暮思文赋苦挥毫。
律规坚守德行正,梨枣熟读才智高。
女诫束闺如梏锁,瑕疵瑜掩把兄超。

五朝元老周嘉谟(新韵)

刚直睿智股肱臣,辅政朝堂国务频。
戍守边陲防境土,弹劾昌祚救贫民。
治洪筑坝殚穷力,擢宦凭才回避亲。
迫李反妃遭贬毁,复职卒赠后人尊。

清末黑龙江巡抚周树模(新韵)

奋勉荣登进士门,忧国为宦淡浮沉。
贪官罢黜除仓鼠,危岸督修赈梓民。
粉碎俄谋疆土卫,拒绝袁赐晚节存。
任职巡抚声名好,勤政清廉励后昆。

史可全将军(新韵)

习武牛倌总角年,投身革命敢为先。
迓难担任维红委,涉险甘当卫政员。
打倒王朝援弹炮,驱逐倭寇送粮钱。
功标青史黎民许,花甲荣膺少将衔。

国祭(新韵)

鼠岁清明华夏悲,庄严旗帜半低垂。
黄河怒吼瘟情诉,扬子奔流泪水飞。
义似昆仑哀逝者,功如泰岳树铭碑。
齐心圆梦承遗志,告慰英灵国永辉。

高峡平湖咏(新韵)

双龙横卧起高墙,曦照平湖波淼茫。
滟滪堆前门锁隐,南津关外楚江藏。
皇叔返殿山无路,神女观峦岭有冈。
两库蓄存东逝水,明珠万斗耀八方。

贺第七届世界军人运动会在汉举行（新韵）

军柴盛会季秋开，迷彩七洲四海来。

扬子流波传友谊，江城迎客扫阴霾。

球逢强手拍功比，拳胜高人王冕摘。

华夏精英同竞技，斐然赛绩喜盈怀。

喜祝十九届杭州亚运会隆重举行（新韵）

秋到杭城盛事来，欢呼亚运兴盈怀。

武林水舞迎朋喜，罗刹江歌庆会开。

祈愿拼搏结友谊，祝福比赛获金牌。

续缘下届同携手，再领风骚共场台。

国庆七十周年礼赞（新韵）

巨人雄视屹东方，蹈厉发扬伟业昌。

北斗绕球精定位，蛟龙潜水敢称王。

机翔天宇七洲许，舰斩波涛四海航。

不改初衷同奋进，梦圆华夏铸辉煌。

人民军队颂（新韵）

雄师英武列前茅，果敢无敌斗志高。

八载舍身逐日寇，四年浴血捣王巢。

狮威击印官兵勇，虎猛援朝胆气豪。

抢险救灾生死忘，捍国砥柱小家抛。

赞嫦娥五号载壤荣归（新韵）

负任嫦娥奔桂宫，英姿飒爽傲苍穹。

吴刚迓客斟茶醑，玉兔接风敲馨钟。

似刃破竹精钻锐，如镝穿障宝舱雄。

揭开球秘凭珍壤，铭勒航天万世功。

贺神舟十七号飞船发射对接成功（新韵）

金素神舟发酒泉，雄姿靓丽绕球旋。

三英技好衔接准，万众心欢笑语甜。

目治手营频验证，寒来暑往待团圆。

探幽索隐遨环宇，问鼎苍穹谱锦篇。

乡村振兴之歌（新韵）

振兴政策惠村乡，步履坚实产业昌。

螃蟹鳜鱼殖大堰，泥鳅青鲩喂方塘。

畴腴垄垄姜茶好，地沃畦畦橘柚黄。

财路广开谋致富，千家万户赴康庄。

歌咏陆羽公园（新韵）

陆羽公园高雅称，风光旖旎远扬名。

华楼靓榭迷眸眼，澈水红荷激客情。

柳翠桥白秋色丽，瓦青墙赤寺门盈。

观花赏景游人喜，疑是明湖迁竟陵。

荆楚名胜白龙寺(新韵)

白龙寺建五华山,茬苒飞逾千载关。
富丽楼阁容壮美,堂皇殿宇色斑斓。
檐铃兽瓦风姿露,跌座碑文史料传。
肃穆脱俗堪览赏,无缘到此意难安。

鹧鸪天·党旗颂(新韵)

暗夜茫茫赤帜扬,镰锤映日耀金光。井冈星火燎原阔,遵义楼灯照路长。　旗灿烂,色辉煌,齐心万众赴康庄。复兴华夏崎岖道,重迈征程再领航。

鹧鸪天·喜庆二十大迈步新征程(新韵)

盛会空前国运昌,精英荟萃聚华堂。长街人海鲜花绽,广场歌潮赤帜扬。　责任重,路途长,红船舵稳不迷航。初衷坚定谋福祉,圆梦神州功永彰。

鹧鸪天·贺季儿茶荣膺金奖(新韵)

陆羽佳茗参展评,奖中魁首紫芽膺。季疵梦里良经论,黎庶晴中热泪盈。　欢打鼓,乐张灯,名声地位喜擢升。一花催引群葩绽,市场繁荣百业兴。

西江月·端午咏怀(新韵)

盛夏又逢端午,醇醪还酹名河。龙舟追祭竞江波,米粽投鳞忍饿。
天问宏篇奇著,离骚经典豪歌。激人情志耀华国,求索名垂史册。

【中吕宫·快活三带朝天子】飞夺泸定桥（新韵）

伯陵追剿疾,川军守江堤。索桥险沫水湍急,触景寒而栗。(带)雨急,乱泥,路远山多壁。四团奋力速奔袭,勇士河西立。飞上悬桥,机枪声密,虎贲猛反击。溃敌,灭敌,梦醒苍龙泣。

【越调·黄蔷薇带庆元贞】过雪山草地（新韵）

迓、寒风怒号,冒、玉蕊狂飘。携手挽扶体腰,逾岭频传喜报。(带)雨急风冷日难熬,腹饥雹猛志坚牢,沼危泥乱路遥迢。军骁过境笑,树理想崇高。

【商调·望远行】龙年清明凭吊抗美援朝英烈（新韵）

三千里燹火燃烧,志愿军、援助朝。九州儿郎挺胸腰,打败群狼豹,西方盗。名山守、战鏖,长津冷、志豪,雄杰赤血染江潮。家国卫、屡建功劳,年年春祭诚凭吊。

【黄钟宫·人月圆】狼牙山五壮士（新韵）

泸沟燹火倭贼纵,易县水奇寒。铁蹄蹂躏,虎贲勇士,鏖战敌顽。(幺篇)请缨掩护,转移劲旅,引寇狼山。壁绝弹罄,跃崖壮举,万世流传。

卢业高

作者简介:卢业高(1912—1980),字重林,乳名松伢,祖籍天门竟陵。祖父卢成瑜为清光绪十三年秀才,民国初年由政府聘为外地师范教师,父亲卢先熙开坛设馆从事私塾教育。

1940年日寇陷天门,卢举家迁天门西郊黄潭乡,躬耕田亩兼营小商。1948年元月联系早年在台湾任教的三叔,自备盘缠赴台。原打算一两年即返乡里,谁知滞留至1980年去世。卢在台30余年,或经商或代课教书,颠沛辗转游走于台湾社会各个阶层。在遥望大陆而又归家无望的绝境中,无限辛酸地拿起笔,写下了长篇叙事诗《六十自述》这首望乡绝唱。

2018年,卢业高在台亲属遵其遗嘱将骨灰护送回天门黄潭,入土为安。《六十自述》是卢业高先生遗作,由竟陵文友黄启富先生编辑、整理提供。

六十自述

岁月匆匆甲子周,算来虚度实堪羞。

书香世泽源流远,魁首梅花几代优。

细数生平多憾事,追思去迹少嘉猷。

才疏学浅雕虫技,衣食未为子女谋。

儿时聪颖冠群伦,疾病相侵有二春。

日日温情劳母手,杯杯苦水伴吾身。

长眠一榻经寒暑,久睡不知辨夕晨。

待到承嗣送葬毕,豁然痊愈岂前因。

病痊入学读书时,终日嬉游任所之。

惟望身强延岁月,那知腹俭变愚痴。

未开毛塞三余废，致令尘生一簧亏。

回首当年深忏悔，行如朽木枉伤悲。

少年时节好风光，游览名山意气扬。

野店吟鞭驰骏马，渔村古寺醉飞觞。

多情绿柳依依舞，可爱黄花处处香。

好友成群常结伴，三生有幸不寻常。

堪叹婚姻几变迁，池中喜看并蒂莲。

未同中表成佳偶，却与良朋结美缘。

相敬如宾情脉脉，瓜田似锦庆绵绵。

红丝系足皆前定，和乐家庭不羡仙。

年荒世乱苦相侵，大好神州寇贼临。

风雨飘摇惊鹤唳，食衣奔走听蛮吟。

蜩螗国事烦忧甚，归隐乡村感慨深。

十载市尘甘蠖屈，诗书课子乐亲心。

隐居喜得乐逍遥，野服葛巾避世嚣。

觅食躬耕勤垄亩，求知力学伴渔樵。

风云事业千古梦，泡幻功名一醉消。

玩水登山饶雅兴，良辰美景每相邀。

不善逢迎幼至今，生来傲骨孰知音。

利名荣辱交游少，离合悲欢感慨深。

万事随缘轻得失，百年过客任浮沉。

安贫乐道身心泰，古有规箴仔细吟。

他乡久客泪盈盈，驹隙光阴每自惊。

歌哭无端伤落拓，醉醒不辨误虚名。

思亲未被高龄减，惹恨偏从夜梦生。

年华似水去无痕，往事前尘不足论。

黄鹤楼高萦别绪，文昌阁畔系离魂。

寒温欲向亲朋诉，围聚希聆俗语言。

未卜何时归故里，饱看出岫火山云。

逃名避利是耶非,息影山林已倦飞。

鱼乐水中忧患少,鸟翔天空稻粱肥。

征鸿阵阵从南返,社燕年年自北归。

只有栖迟羁旅客,回乡夙愿总相违。

苍生霖雨喜沾仁,气象光明日日新。

文化兴衰关百世,乾坤扶挽倚人民。

荣华过眼皆成幻,荆棘惊心却是真。

沧海桑田多改变,传家孝友要遵循。

离家背井廿余年,一事无成百感牵。

精卫哪能填恨海,娲皇岂可补情天。

折腰不惯陶潜隐,旷达何妨毕卓眠。

刘子飞升骑铁鹤,台留仙迹古今传。

巍峨梅墅好风光,树木峥嵘气自扬。

手笔俭勤庭训句,家居和睦怡心堂。

小桥流水通幽径,垂柳迎风近横塘。

四季花开香远溢,昔年情景永难忘。

吹箫击剑与吟诗,酒醉悲欢只自知。

缘浅缘深常惹恨,花开花落总成痴。

登楼触感嗟王粲,久客何人说项斯。

聚散频添离别苦,侧身天地欲何之。

岁月匆匆转眼更,光阴流水最无情。

夜间梦语羁人痛,野店鸡声旅客惊。

亲友故乡均作古,孙曾后辈不知名。

迎风花草无忧闷,姹紫嫣红向日荣。

多读诗书识古今,广栽桃李望成林。

豪情如昔休言老,闲话少谈独苦吟。

劳燕分飞悲聚散,沙鸥浪迹叹浮沉。

迢迢万里乡音断,隔水隔山未隔心。

得失无关任毁誉,黄杨厄闰困愁余。

途穷每感囊空涩,寝废却惊瓶罄疏。
不食嗟来寒至此,听钟饭后窘何如。
源源未断西江水,细细长流救涸鱼。
久客他乡楚客魂,心随夜梦绕家园。
哪有勋名垂宇宙,更无钱帛到儿孙。
世间只羡石崇富,人海孰闻张翰尊。
举目遥观空感叹,今朝却少古风存。
纷纭百感涌如潮,骇浪惊涛那可描。
诗酒流连消永昼,琴棋遣兴度良宵。
北窗高卧风光好,金屋梦醒粉黛娇。
二十年来虚岁月,闲云野鹤乐逍遥。
天涯旧地又重游,喜晤良朋夙愿酬。
黄鹤楼头归鹤杳,白云起处海云浮。
眼前兴废三缄口,客里漂流一叶舟。
我似高空飞倦鸟,来栖昔日故枝休。
嚣尘闹市苦难支,今是昨非自笑痴。
豪情元龙轻得失,高人和靖费猜疑。
儿孙纯孝承欢日,戚友深情话旧时。
梅墅重临同醉酒,筵开畅叙写新诗。
老至高歌杜牧狂,扬州一梦悔荒唐。
雪泥鸿爪空留迹,沧海桑田实可伤。
寂寂胸怀多少恨,茫茫世事去来忙。
他乡久客嗟离乱,自写诗章泪几行。

吕桂田

作者简介:吕桂田,字雲耕,武汉知青。做过工人、教师。爱好文学、音乐、书法、美术、篆刻。曾在各地报刊和电台、网站发表各种体裁的文学作品数百件。已出版约九十万言的现代诗评论集《精美诗歌赏析》四卷。

次韵奉和守成弟"秋行赏红"纪略

佳句常寻冀适逢,径攀岑岭看霜红。
疑为曙色融乌焰,信是胭脂染雁风。
叶题清诗随碧水,胸涵豪气贯长虹。
枫林着意勤恩赐,赏玩何妨效稚童。

次韵奉和守成道弟
"与桂田兄屏中对饮并再约羊城"

临屏浮白一何欢,顿觉襟怀比海宽。
妙语烹肴堪助兴,好诗佐酒促加餐。
隔山隔水偕忧乐,抛利抛名忘苦酸。
聚首羊城应有日,豪倾玉液与君干。

垂老吟

检点浮生是槐梦,云烟过眼剩榆桑。
始知藏拙方为好,惟愿守愚何必忙。

雪刃但求终似雪，囊锥无妨久居囊。

老来忘尽功名事，弄草栽花看夕阳。

观耄耋翁妪打铁视频有感

叮当成韵叩宵晨，锻铁夫妻耄耋身。

寒暑无关凉与暖，悲欢罔顾苦兼辛。

一炉半夜三更火，两个千锤百炼人。

黔首终天劳牛计，珠楼宴饮举觥频。

贺挚友齐传贤先生《旦复旦兮花有知》付梓

巨著皇皇费运思，四年心血汇鹏池。

阑珊灯火鸡鸣月，零落星光裳染曦。

笔底华章成宝鉴，案头卷帙化甘饴。

先生夙愿谁能悟？旦复旦兮花有知。

网购霍山石斛，上盆两月余见花

出于幽谷徙余家，徒见空枝不见芽。

劲节嶙峋坚似竹，气根纠缠乱如麻。

春风一拂琼苞绽，夏雨三滋玉叶华。

呵护有加知报效，感恩赐我满盆花。

为人作嫁戏题

为人作嫁费周章，酌句斟词苦裁量。

老眼昏花方寸乱，枯肠涩滞凤毫僵。

隐身帝虎须明辨，浃背汗流任猘狂。

膏血沃肥群树果，谁怜瘦骨立残阳。

步韵奉和良原先生《六八初度》

花开时短恨零凋,处世何须必屈腰。

老态已萌情尚炽,童心未泯意犹骄。

拏云前路应磨剑,击水中流敢弄潮。

放眼夕阳无限好,余辉兀自照重霄。

新冠疫情后有感

雪雨风霜年复年,劫波渡尽始安然。

江山依旧人趋老,日月轮回志弥坚。

名利皆为身外物,酒茶即是盏中天。

权衡得失休嗟惜,莫教愁眉对逝川。

初春日戏作

岁首亟寻春信息,俨然久旱望云霓。

余寒未尽花慵发,残雪犹存鸟倦啼。

涉笔弄文旋忘字,启喉唱曲不如鸡。

百无聊赖蒙头睡,好梦圆时日已西。

观双龙洞探险视频有作

洞天诡谲匿迷宫,变幻风云气势雄。

寒水潺湲失津渡,奇峰崔嵬怅樵翁。

遗存贝阙形犹在,传说双龙影已空。

欲觅仙踪不知处,原来探险是初衷。

水调歌头·中秋寄友人

今宵召玉兔,陪我过中秋。即时吩咐清风,连夜扫闲愁。试看花前月下,绿女红男如织,形影互绸缪。把酒开怀饮,尽兴一歌讴。云外山,山中水,水边楼。寄身何处?且把逆旅作兰舟。亲近虫鱼花鸟,看淡是非荣辱,不过一浮沤。聚散寻常事,只要意情投。

忆江南·竟陵东湖即景

东湖美,沿岸尽繁英。入眼榴花燃赤火,临汀鸢尾举黄绫。人在画中行。　　应时雨,最合绿池听。翠盖翻珠冰玉滚,红蕖摇泪暗香倾。玉韵叠金声。

【正宫·塞鸿秋】思乡念亲

世间何物牵肠肚,重山阻隔思云树。登高望断乡关路,去留未决难移步。骊歌不忍闻,涕泗倾如注。伤心最是凭栏处。

【月照庭】咏夏荷

启曙乘兴,满眼芙蓉染红,瑶池鳞浪起香风。访离踪,追旧梦,与欲谁同。诚斋颂,茂叔恭。

刘 斌

作者简介:刘斌,湖北天门人。现为天门市诗词楹联学会、湖北省中华诗词学会、楹联学会、散曲分会和中华诗词学会会员。

近十几年来在《中华诗词》《诗刊》等全国各省(市)县级以上文学期刊及台湾《乾坤诗刊》、美国洛杉矶中华诗会《中华诗词》等300多家文学期刊发表2000多首作品。出版个人诗词集《浮云集》。

爷孙乐

坏蛋谁来演? 剧由孙子编。
爷爷双手举,恍惚又童年。

放风筝

放飞希望在,绿地试青鸢。
还借东风力,春光一线牵。

陨石

划过星空世外来,长拖光焰落尘埃。
残生何必言身价,无力回天究可哀。

"难得糊涂"别题

难得糊涂奥理深,官场常用卖良心。
每临窘境醒装睡,且保乌纱报好音。

土地神生日有题

一方土地一方神，也育桑麻也育人。
他日建房田卖尽，不知何处可安身？

观山

起伏延绵展未穷，巍然尽揽古今风。
仙踪鹤迹何须考？纵不知名气自雄。

过蠡园

欲觅行踪日色昏，空留传说一园存。
蠡湖波映千秋月，不见扁舟载梦魂。

下象棋

拱卒行车步步营，犹闻炮响马嘶声。
眼前将相皆棋子，岁月闲敲乐晚晴。

人日走笔

先抟富贵后抟贫，千古流传信亦真。
欲请女娲重造化，可将贫富再均匀？

春笋别题

野岭荒坡抱节眠，虚心有志向云天。
谁知挖采终成菜，梦破残身值几钱？

竟陵派文学研究会成立有寄
——步陈竹松会长韵

再树吟旌别样红,竟陵流派梦无穷。
楚天代有才人出,潮涌西江唱大风。

夜饮

对月凭栏意未央,相思无处寄彷徨。
忘形且饮三杯酒,醉抱西风舞一场。

咏竹

苍翠赏幽篁,摇风雅韵扬。
虚心无媚骨,有节透清芳。
披甲腾龙远,悬钩钓月长。
七贤何处去? 欲与话炎凉。

大暑浅吟

桑拿七月天,热浪地生烟。
岸舞梳风柳,波摇映日莲。
炎凉浮眼底,苦乐入诗笺。
可否均寒暑? 人人好梦圆。

泰山神游

神游登岱岳，望顶入云巅。

叠嶂重峦耸，虹桥辇道悬。

封松人可在？祭鼎境还迁。

过客匆匆去，尊卑莫问天。

咏长城

禹甸多奇迹，城修万里长。

携山牵晚月，入海托朝阳。

弹洞秦砖厚，狼烟汉树苍。

险关成胜境，谈笑话沧桑。

中秋漫吟

玉镜云空照，清光洒客楼。

无诗徒对月，有酒莫悲秋。

俗事多烦恼，禅心少怅惘。

键敲开境界，美韵一笺收。

浮云

秒变身形各不同，随风飘荡路无穷。

舒张未敢生闲意，卷合谁知掩苦衷？

厚薄沉浮千载怨，高低浓淡一天空。

但求早晚追奔鹜，好借日光霞映红。

春访三佛寺

古寺犹闻三佛名,枝江江口播禅声。

看穿俗世甜连苦,参透流年喜伴惊。

欲海勿忘寻退路,空门休得问前程。

晨钟暮鼓敲千载,几断红尘不了情?

沪上闲题

喧嚣闹市亦林泉,勘破浮华别有天。

塔矗珠镶谁得月? 花开叶落自随缘。

三千韵语三千梦,半世闲吟半世仙。

敧看云遮鸿影杳,清茶一盏品超然。

天门石家河古文化遗址赋兴

史前文化早驰名,遗址沧桑现土城。

线刻圆雕花独秀,刀耕火种月三更。

烧陶恍见先民影,狩猎遥闻野鹤声。

追溯长江寻旧梦,石家河蕴古文明。

谒天台国清寺

丛林古刹不虚传,梵呗松涛接涧泉。

隋塔仰瞻多驻足,信民叩拜几参禅?

五方八教千条路,万法三乘一朵莲。

宠辱偕忘丘壑少,尘心涤净了前缘。

黄山游
——依老舍先生《咏黄山》韵

好就初春揽岁华,轩皇遗址觅灵砂。

空悬日际云头树,雾幻峰巅天上花。

叠岭当年留秀色,游人何处种烟霞。

登高坐石吟瑶句,不得奇山泛海槎。

鹧鸪天·"天门市诗词楹联学会刘斌先生《浮云集》作品研讨会"召开感赋

翰墨春秋五十年,穷通笔底化云烟。听风经历晴和雨,伴月轮回缺与圆。　人有境,爱无边。纤尘洗去洁如莲。高朋满座迷津指,信借东风再策鞭。

一剪梅·秋分(周邦彦体)

暑退寒生露点匀。昼夜平分,秋色平分。丰收节里振精神。不问前尘,且抖征尘。　秋水秋山入目新。落叶无痕,节气留痕。长空大雁掠高云。画也成真,梦也成真。

行香子·秋思(晁补之体)

落叶飘零,丹桂扬馨。望云空征雁飞鸣。离愁无寄,归梦难成。忆故乡人,故乡景,故乡情。　流年逝水,斜阳炫彩,看繁华落幕无声。窗前翠竹,梦里黄莺。对镜中我,杯中酒,水中萍。

酷相思·春问（程垓体）

绿绕长堤情可可,倩谁约,湖边我。问湖畔红花多少朵? 不必忆,曾来过;更记得,同来过。　　幻影依稀何处躲,杏蕊绽,惊梦破。叹春景迷人人独个。谁与伴,君知么? 曾有梦,春知么?

长寿乐·辛丑年终寄怀（柳永体二）

江南少雪。故乡远、连网无形飞帖。缭绕云烟,浮沉蜃海,依旧当年明月。客边人、尘愿休许,忧乐谁关切? 叹离乡失侣,严霜几度;问萍踪浪迹,心笺几页。　　一年别。夕霞红、炫洒残阳余热。笔墨春秋,吟怀未了,吊影幽思千结。对孤灯、漫码文字,心事同谁说。慕渔樵、怎得东篱淡泊? 就初心未改,征篷再挈。

万年欢·建党百年走笔（王安礼体）

百载春秋,贺生辰圣诞,乐满神州。遥想当年,南湖画舫筹谋。赖有明灯指引,云帆挂、谁阻飞舟? 宏图启、屹立东方,举旗一领潮流。

长征承前启后,赖和衷共济,同绘宏猷。探月巡天追梦,赶美超欧。荡腐扶贫强国,借东风、一统金瓯。看华夏、再领风骚,誉满全球。

【中吕·醉高歌】某公

平时自诩清官,几日捞成大款。一朝败露囚装换,却恨黄粱梦短。

【仙吕·四季花】芦花

蒹葭转瞬又深秋,湖畔伴闲鸥。摇风独向霜天秀,清韵荡波流。入青眸,芦花同我共白头。

【双调·沉醉东风】琴台怀古

湖映月、摇波弄影,月照台、鉴古潜声。流水吟,高山应。瑶琴破、恰见真情。隐隐琴音耳畔鸣,但空对、风轻月冷。

【中吕·山坡羊】秋鸿

茫茫天际,浓浓秋意,排空列阵腾云翼。印鸿泥,盼归期,声声鸣叫听凄厉,一路迁飞情未已。家,在梦里;身,寄万里。

【小石调·青杏儿】琼花

谁与伴瑶芳? 性清高、不喜张扬。更传佳话扬州放,仙根有种,俗尘不染,淡对炎凉。　[幺篇] 信占世无双,绽奇葩、白雪新妆。八仙护绕群芳妒,古人赞誉,今人赞誉,翰墨生香。

【双调·雁儿落过得胜令】蝉

夏鸣身未疲,秋唱声犹脆。高枝且庇依,逸客何嫌弃?(过)临夜露充饥,入世梦成谜。土里十年匿,林中百日栖。伤悲,难尽平生意;忧凄,怕逢秋暮迟。

李洪雄

作者简介:李洪雄,湖北天门人。中华诗词学会会员,中国诗人作家网终生会员,《中国乡村》杂志社认证会员,中原诗词研究会会员,华厦精短文学作家协会会员,竹韵汉诗协会会员,竹韵荆楚诗社秘书长兼主审,《作家文苑报》特约记者,天门武术协会理事。

秋日私语

金秋景丽醉平湖,隔岸飘香似却无。
屏息聆听叨念语,何时圆梦共联珠。

秋干

秋风躲进竹篱房,蝉躁音消叶里藏。
半月高温无悔改,农人汗水灌枯粮。

琴

夕阳西下鸟归林,老伴帮工久隔音。
望月怆然弹一曲,高山流水亦知心。

暖冬

农言八月躲田墙,癸卯仲冬蛙浅藏。
莫讶山川多秀丽,民心孕育暖时光。

大寒

朔风呼啸百枝残,白兔躬身觅雪团。
陌野何时生嫩绿,龙来有望不心寒。

梦想与现实

久有豪情注笔端,磨穿砚底拥香檀。
如今夙愿烟缥缈,不可移心壁上观。

元宵节

切葱揉面乐翻天,老少齐心一线牵。
热闹锅中添点蜜,平常日子更浑圆。

育人

经年教幼学,笑脸沐朝晖。
督导情尤注,帮扶意岂违。
青丝霜露染,紫燕旷原飞。
翘首中秋节,欣闻弟子规。

拜谒金鼎寺

只身参旧寺,顶礼莫知孤。
堂阔高僧在,天干浅井枯。
听经行后院,唱偈绕前厨。
面授掏心肺,言真晚返途。

秋景

骄阳似火总多晴,垂钓艄公舟自横。
鱼跃浅滩寻草暗,鸥游深水逛河清。
疾风狂扫荷翻浪,翠竹斜摇叶发声。
果熟瓜甜车载满,星光璀璨荡山城。

水乡(孤雁格)

江汉乡村景色新,风光旖旎醉行人。
采莲带走欢歌杳,撒网迎来笑语频。
满目琼芳添异彩,无边稻浪舞青纶。
兴高折返浓荫处,流水潺潺又一屯。

汉北河畔

河边独坐眺朝阳,碧水银波映晓光。
隔岸佛山茶采热,邻村黄嘴树栽忙。
才闻曼妙歌声起,又见悠闲舞步狂。
胜景当知谁蘸墨,春晖普照满华章。

棋趣

一局棋盘巧布兵,楚河博弈可心平。
炮拖卒后伺机炸,马阻车前并驾行。
缺象当头擒老帅,卧槽侧耳探虚声。
悠然落下收官子,漫品时光非显荣。

喝火令·习武

皎月星光照,晨曦雾气缠,八哥声里睡难眠。汗洗衬衣长裤。屏息舞单鞭。　　自幼江湖梦,成人套路专。乃风吹日晒挥拳。苦也情真。苦也愿功全。苦也齿关咬紧。俯首寄流年。

调笑令·迎亲

迎喜,迎喜,雀鸟枝头飞起。鼓声激发琴丝,连理凤凰见思。思见,思见,缱绻幽情不断。

【越调·小桃红】西湖

高楼灯火映西桥,浪里光相照。舞曲悠扬步奇妙,共良宵。湖中露出情人岛。裙花闪耀,知音欢笑。直抵玉栏腰。

吴天才

作者简介:吴天才,男,1950年出生,中专文化,中共党员,公务员退休。现为中华诗词学会、湖北省中华诗词学会、天门诗词楹联学会会员。《杨柳枝》主编。

忆当年(古风)

常思牛背友,不期遇从前。

席间斟队长,把盏忆当年。

五更钟声响,闻鸡植稻禾。

晨晖映碧野,田垄漾绿波。

婶娘串幺叔,抛秧逗姣娥。

小姑和新嫂,两个花脸婆。

正午雷电急,麦场云脚低。

有雨西边去,诓我汗洗衣。

众说热不得,阴处柳笼溪。

瓢舀渠中水,嘴叼大公鸡。

晚风轻暑气,纳凉唤儿孙。

孩童追萤火,大人咵古今。

河边笛音脆,月下蒲扇清。

廊燕喃哥子? 少女梦未惊。

历历往日事,浓浓乡土情。

接句话故旧,佐酒弗用羹。

元春榭随笔

逝水无猜总向东,寒河有幸育文宗。

心怡沧海涛声漫,情满青山月色融。

真契忘年评七子,知音和韵矗双峰。

身经世事荆榛路,独树新旌启后鸿。

天门义河蚶

沙锅盛乳液,一勺齿留香。

哪得舌尖美,由来故事长。

绣鞋沉义水,宋祖护京娘。

千载天门味,红炉蚶子汤。

冬日回乡偶得

迷了乡关路,不期逢故人。

高声呼乳字,执手向新村。

垄上鲜蔬绿,缸中老酒醇。

霜浓火锅暖,漫话小阳春。

鹧鸪天·古渡新桥

南岸香葱北岸椒,欲将买卖隔波涛。朝来暮往千声唤,雨骤风狂双桨摇。　　依古渡、架新桥,长街碧水弄商潮。乡村如市人如织,故旧相逢酒一瓢。

张楚毅

作者简介:张楚毅,男,1956年3月生,天门市石家河人。中华诗词学会会员,湖北省诗词学会会员,湖北省散曲学会会员,天门市诗词楹联学会会员。其作品散见于《中华诗词》《老年教育》《湖北日报》《湖北散曲》《新周报》《天门日报》《天门诗词》《天商》《竟陵风》等报刊。

春思

茵茵芳草长新芽,燕子高飞泉水哗。
雨后夕阳无限好,更思篱下那枝花。

冬雪

朔风横扫万重山,树上乌鸦不敢攀。
雪地红梅心里喜,绽开笑脸唤春还。

北湖早春

湖水蓝蓝冰雪融,小鱼嬉戏喜渔翁。
亭亭桃李朝霞映,远处吹来杨柳风。

种树

迈开大步吻朝霞,我给青松安好家。
沐浴春光花自笑,神州大地绿无涯。

依毛主席《送瘟神》韵赞白衣天使

自古神州豪杰多,新型冠状又如何?
今天防毒居家院,明日开春唱赞歌。
天使医生驱鬼怪,英雄壮举震山河。
瘟神送走长江笑,喜看红船逐浪波。

美丽乡村

朝霞射出满楼房,椿树围林掩白墙。
辆辆车行新国道,声声鸭叫小池塘。
银屏轻点观天地,异地交流会爹娘。
美丽乡村贫困脱,家家户户笑眉扬。

春到农家次韵陆游《临安春雨初霁》

北汉湖边雾似纱,朝阳升起放光华。
小舟破浪吟佳曲,蝴蝶飞来吻李花。
岸上禾苗淋雨露,田间村妇采新茶。
湖光山色晴方好,杨柳春风暖万家。

沁园春·天门

江汉平原,璀璨明珠,闪闪发光。看棉花洁白,阳光灿烂;渔歌欢悦,稻谷幽香。汉北河流,绕城欢笑,一路翻腾向远方。秋清里,望红红硕果,笑醉农庄。　　天门历史悠长。古遗迹千年宝地藏。有石河遗址,闻名华夏;陆翁茶著,誉满他乡。竟派文风,飘香万里,故地如今旗帜扬。观儿女,正风流尽显,再创辉煌。

卜算子·重走长征道

八月桂花香,重走长征道。万水千山看不完,遵义灯光耀。好汉是红军,陕北山丹俏。宝塔山前倩影留,倚着延安笑。

临江仙·红船(纪念中国共产党百年诞辰)

七月南湖花朵耀,招来远处红船。光芒四射暖人间。中宵燃火炬,华夏露新颜。　　奋斗百年旗帜俏,绕开水底浅滩。笑迎风暴谱宏篇,小康铺彩路,有梦梦能圆。

菩萨蛮·咏牛

严寒酷暑田园走,风中雨里高昂首。欢喜入柴门,不嫌农户贫。三餐尝野草,一世无烦恼。年老所无求,美名万世留。

蝶恋花·竟陵西湖

垂柳英姿人赞美,万里东风、吹绿西湖水。舟上举杯朋友会,花香熏得游人醉。　　入夜湖边娇小妹,舞步翩翩、倩影歌声脆。冬去春来辞旧岁,新冠剿灭人欢喜。

江城子·悼袁隆平院士

愿他禾下正乘凉,看家乡,稻花香。手里有粮,心里不慌张。要叫那荒滩献宝,人变富,享安康。　　把全球打扮梳妆。变粮仓,少灾荒。壮志未酬,还我好儿郎。华夏英雄挥泪眼,抬首看,气轩昂。

【双调·清江引】悼袁隆平院士

奋斗一生三农记,不怕身心累。功德千秋耀,华夏禾苗翠。君看故乡多壮美。

【双调·沉醉东风】红梅赞

腊月里、青春不老,寒夜中、身体还娇。冬雪狂,眉头笑。雨雾中、扭动蛮腰,呼唤春天我自豪,睡梦里、花开正好。

【中吕·喜春来】朱德的扁担

呕心沥血打赢仗,涉水爬山来运粮。平凡扁担闪红光。心向党,路上不迷航。

【中吕·卖花声】池塘秋荷

秋风习习蝉儿唱,黄叶纷纷落小塘。看流萤夜放光芒。秋荷消瘦,梦中难忘,夏天中,那般模样。

罗国舫

作者简介:罗国舫,生于20世纪50年代,曾任皂市镇委书记、天门工商银行行长、天门市诗词楹联学会副会长。

题小孙为我拍照

柳翠桃芳绿草丛,小孙推我站当中。
爷爷也学时髦女,拍个花红映脸红。

铅球

烈火焚烧煅炼多,无心无肺又如何。
平生不做轻浮事,落地留痕便是窝。

题天门蒸菜美食文化节

理罢鱼虾又宰羊,当街摆甑献厨忙。
先将好梦和甜拌,再把真情裹嫩装。
灶上一笼才荡气,坊间十里早飘香。
只今解得蒸滋味,便是行中夺冠郎。

参观天门华丰农业合作社

举目何堪陇亩荒,邀君合作种精粮。
千年土地凭流转,一带乡村向富康。
朴实依然庄稼汉,风华仿佛状元郎。
琼楼建在人心里,夜夜禾香伴梦香。

庆祝天门市老年大学建校三十周年上学来

淡了炎凉喜路宽,欣欣恰似小儿般。
只因心愿只因乐,不为文凭不为官。
可笑师生皆白发,谁知园圃尽幽兰。
我来想做高才子,页页诗书仔细看。

瞻仰白龙寺革命烈士纪念碑并拜谒谭元春墓

热自薰薰兴自浓,村翁遥指过桥东。
连天劲草添秋色,拔地新碑纪伟功。
学倡幽深清誉远,情怀壮烈战旗红。
躬身墓道骄阳里,满目生机正好风。

胡市印象

湖光草色接天青,满座皆呼闾巷宁。
衙显清幽稍简陋,院居老弱却温馨。
千年冠市焉为市,几届披星竟摘星。
昔比今非疑是幻,彩旌迎面舞娉婷。

临江仙·回老家

几栋新楼挨阔道,果真富丽堂皇。邻家店面正开张。彩旗歌舞里,锣鼓好排场。　　老嫂群中知我到,手机微信慌忙。新诗一首待磋商。题为农事乐,韵选向康庄。

周运潜

　　作者简介:周运潜,男,中共党员,大专文化,高级政工师。曾任荆州市外贸实业公司总经理、书记。现为中华诗词学会会员、湖北中华诗词学会会员、天门诗词楹联学会会长助理。在《中华诗词》等国家和省级十多家报刊上发表400余首诗作。曾多次获全国全省诗词大赛奖。出版诗集《枫叶》。

十九届新常委瞻仰一大会址

奔赴源头觅动能,重瞻烟雨百年灯。

初心铭记告先辈,追梦登高又一层。

观宣誓就职有作

胸存宪法举拳头,誓语铿锵暖九州。

恪守情操谋大略,富民强国写春秋。

赞全国两会"部长通道"

坦诚自信对媒体,开放包容话未来。

亮点频频传壮语,神州一岁一高台。

开封西湖金秋

西湖秋水巧梳妆,穿越时空有御香。

今版清明彩图出,骚人醉入画中央。

有感武汉市民疫中宅家在窗台前共唱国歌

义勇军歌气势扬,吼声一抖筑城墙。

而今这串音符起,重叫中华挺脊梁。

天门人民茶经楼送别山西援天医疗队有作

风清云淡柳芽新,桃绽樱开碧草茵。

玄武山前迎壮士,茶经楼下送征人。

涅槃再抖凤凰翅,跨步重开枥骥尘。

饱蘸汾河汉江水,难书晋楚一家亲。

沁园春·开封掠影

溯史追源,七立王朝,开土启封。望汴梁遗景,龙游凤舞,环城风水,地瑞人聪。画创先河,词开盛世,引领中华唱大风。峥嵘里,看八荒来贡,堪谓巅峰。 故都灿烂昌隆,引多少贤商竞建功。聚群英大智,以文兴市,旅游牵线,整体联通。堤柳生烟,繁花吐艳,勃勃生机融画中。瑶池下,赞汴洲儿女,绩伟功丰。

临江仙·西湖金秋

碧水撩欢鸥鸟,金风相伴荷莲。一年一度再生烟。紫薇花又绽,抬首望飞泉。 欣喜枫华诗兴,重逢浅水仙湾。弄潮追梦总争先。清辉依旧照,芳草看年年。

夏柏祥

作者简介:夏柏祥,天门市经信委退休干部。下过乡,当过兵,经历丰富。爱好格律诗词。多篇文章、诗词发表于省、市报刊和微刊。现为中华诗词学会会员、湖北省中华诗词学会会员、湖北省楹联学会会员、天门市诗词楹联学会常务理事。

偶感

落叶枯藤冻雪中,残枝无力御西风。
欲催新笋生春色,当庆姚黄与魏红。

无题

安巢远在五环外,一片蛙声兰草香。
飞絮飘花迷乱眼,房奴也笑也浮觞。

为长缨诗社年会而贺

新春年会话长缨,把酒吟诗剑气生。
遥望镇南关上月,犹闻荡寇鼓戈鸣。

晚春随笔

三月随风絮雪轻,柳林深处唱黄莺。
寻芳细看落红地,明岁春花香满城。

贺石家河牌楼岭诗社成立

文明源远五千年,宋韵唐风著锦篇。

岭上牌楼兰草绿,乡村处处尽诗仙。

贺天门《张家湖》创刊

柳画清波菡萏娇,张家湖畔涌诗潮。

拟将词赋集瑶简,令尹相知也弄箫。

栀子花

清风玉树琼花好,一片幽香溢满怀。

不向春光争丽色,偏簪粉黛共荆钗。

天门端午竞渡龙舟

西江鼙鼓助神威,竞渡龙舟跃浪飞。

屈子有灵知舜世,九歌新唱御风归。

读《精忠岳传》感怀

赵构昏庸贼子骄,大鹏金翅上灵霄。

几番故国凄凄雨,重铸金瓯仗盛朝。

初夏

春华渐淡柳丝长,菡萏娉婷著艳妆。

哪处新蝉歌咏早,声随玉蝶舞翩翔。

题阳台玫瑰花开

盆花惊艳色明黄,冠玉丰姿翡翠裳。
莫道楼廊天地浅,越王台上溢馨香。

癸卯九月京华行(五首)

(一)北上京都

桂子中秋映月华,西山红叶揽云霞。
来春雨顺京都地,新柳相依魏紫花。

(二)与友人夜登盘古大观楼

玉树琼宫水立方,鸟巢星汉共辉煌。
登临盘古说秦晋,红叶题诗著锦章。

(三)大雁南飞

云边朔雁喜春阳,楚水燕山万里长。
寻梦北漂栖冷暖,解忧何盼少陵郎。

(四)寻房

广厦难寻寻小窝,南征北转苦奔波。
京都楼市叹金贵,两袖清风奈若何。

(五)癸卯重阳

今岁登高意恐惶,蜃楼海市梦中房。
当除悬沫三千尺,荡漾春风满画堂。

南溪春早

东风作伴到南溪，燕舞蓝天垂柳低。
夹岸红桃花烂漫，盈池碧水草丰萋。
金蜂恋蕊殷殷采，翠鸟无忧恰恰啼。
美景连连寻不足，春芳醉我卧长堤。

茶苑春行

佛子钟灵山麓西，繁花玉树瀑飞低。
苍松带雨生青雾，嘉草含烟润紫泥。
得见纤珪拈嫩叶，遥听古道响轻蹄。
直须三眼泉中水，骚客放歌杨柳堤。

步韵陆游《临安春雨初霁》新岁感怀

淡淡星河月笼纱，凭阑远眺向京华。
春风又绿依依柳，杏子先开灿灿花。
醉眼三盅吞浊酒，忧心一盏品清茶。
蓝田种玉当须早，紫燕双飞落我家。

春日偶成

竟陵三月春光绮，红杏珠樱映小乔。
义水晓波新柳弱，西湖烟雨早莺娇。
乘风白鹭舒长翼，恋蕊黄蜂敛细腰。
忽见陌头犁耙响，农家筑梦弄春潮。

壬寅重九与儿函书

又是重阳桂子香,燕山北望意彷徨。
红枫似火秋趋晚,寒露如冰水更凉。
好羡邻家翁戏稚,当催汝辈凤求凰。
推崇美德唯忠孝,一曲关雎乐四方。

建军九十五周年感怀

每忆南昌射大雕,犹经暴动震灵霄。
工农举戟红旗艳,将士同袍铁马骁。
尽挺长矛驱日寇,唯依信仰建新朝。
几番征战边关靖,安得神州分外娇。

端午有感

汨罗江水悠悠淌,沅芷澧兰两岸芳。
击鼓飞舟争楚霸,怀情献粽祭忠良。
当除荆棘申椒美,欲倚於菟社稷昌。
敢问章华台可在,离骚万古愈辉煌。

国庆七十二周年感怀

枫叶如霞金菊煌,红星闪烁耀东方。
百年创业开新宇,遍地丰收颂瑞祥。
神骏奔空云汉远,英雄靖国海疆长。
遥知故梓山川秀,袖舞嫦娥戏满堂。

黄启富

作者简介:黄启富,男,湖北天门人,1962年毕业于武汉水产学校。原天门市轻工业局干部,工贸总公司退休。爱好文学写作、摄影。作品发表于《天门文艺》《鸿渐风》公号、《美篇》等新媒体约30万字,点击阅读量达19万人次左右。著有《天门地区黄氏世谱研究》一书。会计师职称。

照墙街往事(古风)

(一)引子

忆昔小街百步长,四季飘香酿酒忙。

青石铺成石板路,街头矗立一堵墙。

左行儒学过泮池,右转后濠放生塘。

北门大户多居此,缘是龙脉风水旺。

曾现蛟影腾云起,遂让朝廷起惊惶。

掘地三尺寻蛟窟,砌墙施法镇妖狂。

墙高九尺宽三丈,似城非城作屏障。

可叹倪家帝苑梦,风水龙脉止照墙。

历经风雨双百载,残垣断壁渐颓唐。

四周依然香火起,墙上苔藓着青黄。

岁月留痕风云过,往事依依最难忘。

(二)初 恋

六十年代破四旧,毁了泮池又折墙。

破旧立新新何在,只见人间风雨狂。

风雨丛中照墙娃,年方十八名小霞。

明眸皓齿花容正,轻颦浅笑气韵神。

举手投足现优雅,鸟语空山音绝伦。

街坊邻里齐称道,照墙花开一锦屏。

五月榴花初绽红,照墙街头始相逢。

点头示意莞尔笑,欲言又止娇态萌。

再逢还是榴花月,姊妹双双打粽叶。

采罢嫩香提篮满,微微娇喘正小歇。

君家本是罟鱼人,恰与小妹同回程。

莫辞更坐礼相邀,两情相悦好精神。

三里水路九里情,藕花红菱总相迎。

欢歌笑语一串串,轻舟已到小北门。

拢船近岸歌声停,相向凝望默无声。

凝望半晌道归去,归去离恨茫茫生。

碧波浪涌轻舟进,遥遥又对美佳人。

罟鱼人正戏锦鳞,岸边美人洗衣巾。

官噋湖水明如镜,明镜见人不见心。

只见站篙击水起,一片晕潮莲脸里。

湿我衣衫深几许,看我棒槌槌向你。

揽衣提裙意欲行,玉露冰肌水中停。

停得心猿奔奔去,停得意马两腾腾。

(三)变故

家本陆羽故居里,五十年代父横死。

全家株连成反属,惟望门前三眼井。

三眼井中文学泉,融融泪水水涟涟。

君将温心化月牙,挂在天边散幽辉。

风起云涌乱纷纷,特殊时期特殊兴。

贴了勒令作检查,大会小会挨批斗。

秋风起兮秋草黄，寒蝉无声夜色茫。
东濠堤上再相见，泣不成声痛断肠。
自惭形秽珠玉侧，望君且把小女忘。
今夕已是缘分尽，远走高飞不见君。

（四）支边

重过照墙万事非，照墙小女不再归。
此去新疆严霜后，雏雁凄凄戚戚飞。
洗心革面出门庭，脱胎换骨进军营。
前有湘女西域去，八千娥眉在乌城。
劝君更尽一杯酒，西出阳关无故人。
懵懵懂懂立奇志，热血沸腾新魂灵。
大漠孤烟羌笛起，渐行渐远渐伤心。
不见楼上与楼下，更无电灯和电话。
只有内心空荡荡，只有沮丧变坚强。
穹庐为室旌为墙，以肉为食酪为浆。
垦土屯田配军婚，死要埋在天山上。
三星未落出营房，晚上挑土看月亮。
箩筐筬箕虽原始，肩挑背驮也疯狂。
水库建在戈壁滩，夜寐土坑心也甘。
工程浩瀚工期长，再押犯人出牢房。
这边犯人那边兵，劳动改造两区分。
光头玉米我吃面，帘子一扯好方便。
沙袋做成卫生巾，擦破双腿疼钻心。
半年光景挖十里，库深挖成十余米。
蓄得雪水与血汗，屯田可灌五十万。
南疆北疆十万兵，巴里巴盖最艰辛。
铁镐起处银屑溅，雨打风吹雪扑面。
连绵边陲四千里，垦出农场五十八。

戈壁滩上起炊烟,怀抱火炉吃西瓜。

不闻娘亲唤女声,只闻劳动号子嘿啦啦。

君不见,华夏西域两千年,二十四史汉书篇,

前有张骞通西域,后有昭君出塞嫁单于。

更有江都王女刘细君,远托异域死乌孙。

今有湘鄂鲁辽四万女,天降大任于斯人。

苦其心志在边城,劳其筋骨在肉身。

郎朗金瓯颠不破,心的炼狱始促成。

我听司令一席话,献了青春献终身。

无言凝噎语梗塞,泪飞为我尽倾盆。

尔若不信湖南去,湘江边上竖碑文。

每当唱起乌孙曲,彻夜难眠到五更。

慷慨激昂疆一代,丰功伟绩传子孙。

我今为君歌一曲,不成曲调只剩情。

黄继海

作者简介:黄继海,男,1940年出生于干一长湖普通农家。高中文化,1964年加入中国共产党,曾任马湾区、马湾镇委副书记、镇人大主任。任《侨乡纵楼》副主编期间,将10余万字的刊物发送海内外华人华侨。湖北省中华诗词学会会员、天门市诗词楹联学会会员,天门市书法家协会马湾分会会长。有100余首诗词在《天门诗词》《天门周刊》《竟陵风》《天门日报》《湖北诗词》等报刊上发表。2019年将平生之兴、观、群、怨汇著成《青松集》一书,有诗词楹联400余首(副)。

站起来

镰斧铮铮响在怀,南湖画舫运筹开。
领航掌舵谈何易,劈浪绕礁从未徊。
北伐南征驱鬼怪,西攻东讨扫尘埃。
三山压顶终推倒,四亿神州站起来。

富起来

解放翻身长过度,住行衣食几多愁。
鼎新施策风帆展,革故为民成果收。
僻壤穷乡通大道,危房陋舍变高楼。
庄严宣告脱贫困,美好明天福祉谋。

强起来

往日贫穷遭外侮,今朝御敌有良材。

蛟龙探底潜深海,北斗导航环九垓。

铁马金戈神鬼惧,天兵骁将虎狼哀。

民安国泰升平世,屹立东方强起来。

习主席宣布港珠澳大桥正式开通有作

一桥飞架港珠澳,举世无双宽又长。

鬼斧劈涛浇立柱,神工斩浪置横梁。

蛟龙跨海九州乐,血脉连心万代昌。

领袖怡然挥巨手,轻车劲马奔康庄。

安居工程赞

为民解困动真功,寒士安居凉热同。

玉宇廉租施善举,陋房改造化愁穷。

门迎晓日祥光照,户纳晚霞瑞气融。

广厦万间千载梦,今朝入住在楼中。

亮剑

锄奸惩腐效前贤,天网恢恢明镜悬。

老虎巨贪该问斩,乱臣贼子应施鞭。

风清气正乾坤朗,水笑山欢黎庶阗。

中国复兴常亮剑,党旗招展映红天。

喜迎二十大召开

群英指日京都赴，使命在肩同运筹。

华夏复兴圆国梦，乾坤再振上琼楼。

大江南北莺歌唱，西域东疆燕舞酬。

宗旨初心从不改，谁能比我九州牛。

观湖北第十二届龙舟大赛在天门举行

深秋气爽赛龙舟，楚地精英争上游。

十里府河掀巨浪，万千观众立潮头。

争分夺秒号声喊，协力同心金鼓收。

文化传承新活力，炎黄儿女砥中流。

贺天门诗词班开班二十年

学海飞舟二十年，扬帆掌舵仰群贤。

良师益友劳心志，椽笔华章誉楚天。

时雨催开桃李艳，晚霞辉映菊梅妍。

传承国粹争朝夕，创建诗乡任在肩。

油菜花

风和日丽花争艳，遍野漫山披盛装。

蕊粉幽香招客醉，叶枝茂翠抖群芳。

惹来彩蝶翩翩舞，诱去金蜂咕咕忙。

更喜丰苞枝满挂，春华夏实放醇香。

游张家湖湿地公园

一

碧波荷浪望无边,野景湖光浮眼前。

鲫鲤成群翔浅水,鹤鸥结队掠高天。

湖堤树上黄莺唱,芦苇丛中白鹭穿。

不与西湖同媲美,桃源可有避秦仙。

二

雏凫港汊嬉游物,老汉滩边扬钓荃。

小伙船头情意露,姑娘舱后爱心牵。

秋收金果知原味,夏采红莲品上鲜。

生态资源同保护,天然湿地蕴佳篇。

水调歌头·建军九十周年习主席阅兵

盛大阅兵式,展示我军威。国歌雄壮高奏,环宇响惊雷。地面奔流铁甲,云海啸呼战队,基地上空飞。不惧炽炎烤,壮士阵容巍。

党旗飘,国旗舞,战旗挥。雄狮万计,受阅行进树丰碑。铭记光辉历史,推进强军战略,天下系安危。一旦烽烟起,视死便如归。

水调歌头·陆羽故园感赋

西塔寺庙览,陆羽故园游。兴登经塔九重,舒目瞰丹丘。绿岛遥遥沉醉,碧水依依含笑,落日彩云悠;修竹茂林处,花草蝶蜂勾。

茶圣屹,音泉舞,廊桥稠。流光溢彩,沉缅浮影诱人休。古有岳阳鹳雀,今有斯楼耀楚。各自有千秋。茶香溢天际,经卷誉寰球。

程志雄

作者简介:程志雄,政府公务员退休,三级调研员。

故园春

一园花草吐芬芳,燕舞春风戏水忙。
杨柳依依裁绿色,游人款款缀红装。

游都江堰有感

广济王前颂伟功,都江堰口胜天工。
龙王到此幡然悟,雨顺风调润蜀中。

游梵净山有感

梵净山中披雨露,虔参弥勒洗心田。
宽容始觉乾坤大,笑口常开我胜仙。

游黄果树瀑布

皎皎飞流挂翠微,纷纷细雨闪银辉。
近看彩练当空舞,远听惊雷响四围。

退休感怀

花甲之年兴味长,酒酣胸胆亦开张。
喜看峻阪盐车路,昂首高歌向夕阳。

故园春

春风杨柳万丝条,池撒金波点点摇。
陆子祠旁歌载舞,茶经楼上鼓随箫。
老翁奕剑锋三尺,童稚追鸢趣九霄。
毕竟故园春月里,迎面清爽景争骄。

退休感怀步唐刘禹锡韵

群英荟萃三乡地,四十年来奋斗身。
百舸争流飞棹客,几船靠岸锦衣人。
如今老树结新果,恰似枯枝获再春。
喜看夕阳无限好,黄昏一曲长精神。

祭陆羽

青灯古寺亦为家,邹子门中富少华。
六羡歌吟明永志,两辞朝诏乐天涯。
爬山涉水寻嘉醴,宿露餐风伴玉芽。
三卷成经天下效,千秋万代陆公茶。

祭外公

三旬五载长相记,万里仙山梦里徊。
每忆少年求学问,常思先辈佑英才。
春风化雨滋庭树,蜡炬成灰耀讲台。
我欲衔环来结草,一枝一叶寄蓬莱。

傅万运

作者简介:傅万运,男,湖北天门人,1941年9月出生,企业退休职工,喜爱看书、写作、摄影、摆弄花草。曾有部分格言和诗作在省市级报刊、诗刊发表。现为天门诗词楹联学会会员,九州诗社会员。

端午思贤

端午粽香飘,汨罗江涌潮。

屈原千古恨,忠义万年昭。

蝉

高树蝉欢唱,悠悠夏日彰。

餐风承露滴,清韵向天长。

赞螳螂

翠影立枝间,双刀欲战先。

威风秋意里,独守一方天。

夏至

夏至日初长,骄阳似火扬。

林荫遮暑热,心静自然凉。

华严湖美

湖美韵无穷,华严情自融。
景幽侬已醉,诗意绕心中。

昙花梦

昙花夜半开,梦幻丽姿来。
瞬息芳魂去,清香久绕徊。

昙花

昙花绽放夜中明,素影娇姿转瞬惊。
月下仙葩留雅韵,清香一缕伴风生。

春柳

妙龄玉女立河岸,秀发三千满面羞。
疑是东风挥巧剪,裁来春色报神州。

咏荷

蛙噪蝉鸣日影长,柳垂荷杆满池塘。
波涛不动清风起,绿伞亭亭遮太阳。

茶韵

茶香四溢韵绵长,绿叶沉浮泛玉光。
品味人生甘与苦,悠然自得意飞扬。

小暑

小暑初临夏日长,荷花绽放满池塘。
蜻蜓点水鱼儿跃,柳岸蝉鸣韵味扬。

初伏

入伏初临暑气煎,骄阳烈焰煮长天。
芙蕖映水随风舞,蝉噪高枝意未蔫。

赞都江堰

青城天下秀,古堰世间奇。
分水波涛涌,奔流沃野滋。
千年传古韵,万载润新诗。
游此心沉醉,悠然忘返时。

咏端阳

蒲节粽飘香,龙舟竞渡忙。
艾蒿门上挂,彩线腕间扬。
屈子英魂在,离骚古韵长。
千年风俗续,岁岁念端阳。

梅雨

梅季雨如烟,阴云久蔽天。
湿风侵牖户,潮气漫阶前。
花落无人扫,蛙鸣伴客眠。
遥思晴日后,绿野满山川。

七月十三暴雨有感

暴雨倾盆落,街衢变泽乡。

莲折珠泪滚,燕避屋梁藏。

叟坐阶前叹,童嬉水畔忙。

云开虹彩现,风过稻花香。

油菜花

春风拂面菜花黄,沃野千畴尽吐芳。

金蕊层层迎晓日,绿枝袅袅舞斜阳。

蜂飞蝶戏丛间绕,燕语莺啼陌上香。

最是迷人三月里,田边沉醉忘归乡。

茉莉花

冰肌玉骨韵悠长,翠叶琼花清雅妆。

雪魄凝枝添淡影,香魂绕舍漫幽芳。

风摇素蕊情丝舞,月映娇容意未央。

不与群葩争艳色,独留清誉满庭堂。

红莲仙子

亭亭玉立水中央,仙子凌波舞霓裳。

粉面含羞娇带露,绿裙摇曳韵藏香。

风吹碧叶连天涌,雨打红莲满沼芳。

心醉瑶池云作美,情迷尘世意悠扬。

温国庆

作者简介:温国庆,男,1965年出生,别署藏龙客,号水天居士,湖北天门人。1984年开始学习创作格律诗词曲至今,存诗词曲作品近八百篇(首)。中华诗词学会会员,中国硬笔书法协会会员,著有诗词集《华汀写意》。

风城笔阵喜归根(通韵)

一

风城笔阵喜归根,香径穿行试叩门。
微信殷勤欣会友,天涯咫尺感同群。
浅吟词藻宜乘兴,轻触心弦最动人。
暂借疏狂追旧梦,钟惺故里重诸君。

二

终是故乡一片云,风城笔阵喜归根。
如麻往事难求正,似水流光已忘真。
盛世休疑夸好景,迷途应悔负青春。
余年有爱心无碍,何必叨叨徒乱神。

三

常忆五华山上月,长汀河畔情深刻。
风城笔阵喜归根,荆楚文坛新造册。
静野霜晴雁旅空,韶容夕日秋飞叶。
寻诗琢句雨轻催,入眼销凝山水色。

四

承蒙接引破迷津,步入桃源吐纳新。
古寺禅机明见性,风城笔阵喜归根。
难言苦乐游尘网,疑是往来踏印痕。
遥对华汀唯写意,但求精品可藏珍。

五

登临望远殊欢惬,相就澄明着意写。
经历炎凉已豁然,寄怀桑梓仍亲切。
风城笔阵喜归根,梦幻人生谁悟彻。
羁旅争知去复留,忘形物外思飞越。

六

坐看窗前病眼昏,痴悲迟暮犯贪嗔。
感时厌弃虚荣事,敲键欣成格律文。
伯敬篇章愁解意,风城笔阵喜归根。
长飙当赞遂人愿,乡味扑鼻熟复闻。

七

垂老消闲多默默,逢时忽省光阴迫。
思源顿了古今长,纵目方知天地阔。
养性随缘品好茶,修行习字读名作。
风城笔阵喜归根,不禁豪情抛寂寞。

八

知音慰藉苦吟身,期待红尘倍馥芬。
始信浮生由命运,拼将作品注灵魂。
激情和墨调颜色,高致温馨爽气氛。
我共亲们须酩酊,风城笔阵喜归根。

再谒白龙寺

摩碑着相别情浓,拱绕莲池小白龙。

宝殿依依方寸地,香园念念幼儿踪。

追思外祖修墙瓦,疑种佛根历夏冬。

忽恍曾经蕉下梦,当头又响一声钟。

【仙吕·后庭花】五华山游园

栅门入露庭,轻凉歇子亭。寸土坡街转,五华山上行。健身坪,轮番开练,扭腰复按颈。

套曲【中吕·粉蝶儿】并序

戊戌年正月十三,家乡举办2018天门市皂市镇第二届民俗旅游文化节闹元宵活动。余回乡巧遇久违盛况,年少记忆,纷至踏来,感慨系之,遂作套曲应景以寄:

(君不见)街市(人)如潮,忽一声、(谁放)响冲天炮?喜洋洋、惹众人瞧。打莲湘,敲腰鼓,大头先到。领踩高跷,踏歌行、古城心道。[迎仙客]花袖招,大娘娇,秧歌扭成杨柳腰。彩绸抛,忙聚焦。尾摆头翘,劲舞人虾跳。[喜春来]腾龙九转朝天啸。不枉临凡这一遭,尘埃扫荡起狂飙,兴未了、犹比叫声嚣。[满庭芳]良辰正好,人狮抖擞,锣鼓喧嚣。绣球一滚双双闹,头彩高叼,昂首雄姿矫矫,翻身怒目昭昭。晴光照,浓情未消,太极秀今朝。[尾声]威风锣鼓敲,渔公蚌壳撩。采莲划唱龙船调,盛世强音上元绕。

桂枝香·观天门2023年"迎中秋庆国庆"诗词晚会

霓虹一梦,正月满天门,西江潮涌。今夕风情万达,瑞光奇纵。诗桥连接天涯路,化乡愁、直拨心动。丽人才子,唐装汉服,举觞端拱。

享经典、联欢接踵。醉丝竹歌舞,华章吟诵。即兴飞花令出,快哉观众。彩云追月新词寄,望家园茶艺堪用。刷屏闲客,怕逢佳节,此时谁懂?

千钟醉·天门好吃佬

一钟醉

甜酸鲜嫩香酥脆,炒炸煎蒸烤煮煨。
豪华大宴,休闲小吃。最馋家乡味。

二钟醉

七荤三素晨昏备,十碗六盘冷热齐。
满庭香袅,全家福到。眼花嘉肴汇。

三钟醉

海参蚕蛹切熏腿,野兔鹌鹑拼捆蹄。
泥鳅煸炒,田鸡酱焖。举杯倾村醴。

四钟醉

宫禽酱鸭姜蓉翅,凤爪泡椒蒜瓣鸡。
蛇羹强壮,鳖裙滋补。舌尖穷精细。

五钟醉

姜丝料酒蒸螃蟹,肚片菌菇焗笋衣。

黄瓜生拍,豆苗清炝。素荤皆堪脍。

六钟醉

砂锅土豆烧牛块,铁板洋葱爆鳝丝。

芋环柔嫩,河蚌爽滑。美哉时鲜配。

七钟醉

虾仁木耳番茄粒,芹梗香干榨菜丝。

藕煨排骨,膘烧腐竹。色香留唇齿。

八钟醉

肥肠碱面高汤沸,瘦肉稀糜小火炊。

顶糕春卷,麻花抄手。上齐加零食。

九钟醉

油窝油绞油墩子,锅贴锅盔锅仔儿。

糍粑轻炸,菜包慢煮。早将童心系。

十钟醉

养生八宝炖莲子,可口三鲜炒豆皮。

醪糟蛋酒,糊汤米粉。饱餐夸肠胃。

百钟醉

草莓龙眼红榴籽,荸荠凤梨绿荔枝。
冰糖柑橘,拔丝苹果。太多甜如意。

千钟醉

馋虫爱饮茶消腻,饕餮羞言人减肥。
喜称酒鬼,甘当吃货。只为吾心遂。

蔡启江

作者简介:蔡启江,男,1950年出生于天门岳口,天门市中医院退休医师,现居武汉。 爱好诗词写作、风光花草摄影 ,为武汉市诗词学会会员,曾在国内期刊及微信周刊上发表诗词作品千余首。

竟陵夜色

檐挂红灯靓两濠,风吹碧水起波涛。
当年陆羽煮茶处,慢舞轻歌共美醪。

花园

吾家有景似蓬瀛,满院春光耀福营。
季到深秋花更绚,枫红菊灿诱仙行。

秋景其一

西风过北冈,秋到觉身凉。
宇碧飞云渡,山遥旅雁翔。
江滩摇苇雪,桂子共枫香。
心醉家乡景,诗吟慨以慷。

秋游

久旱逢时雨,随风暑热收。

丛林铺锦色,霜叶挂晶球。

顾惜稀龄乐,含欣旷野游。

稻掀千顷浪,一路醉金秋。

说节俭

节俭一家人,时时是吉辰。

余钱留大用,细水汇长津。

有备常年乐,宽行四季春。

好风温小宅,笑脸守清贫。

储蓄

福似长流水,时时存散银。

侈奢无富贵,节俭远清贫。

积少能宽路,修行可造神。

精勤治家者,成就有钱人。

老友夜聚

登楼望景万家明,耀彩流光不夜城。

人立高台星月朗,风吹白发脑神清。

周身热涌奋蹄劲,两耳欣闻咏赋声。

老友欢歌奔耄耋,稀龄畅想再征程。

蝴蝶兰

红黄彩蝶舞厅堂,靓丽风姿放异香。

一片深情金玉抱,漫天雅韵户庭昂。

相传幸运连蓬荜,每见清纯透雅妆。

选择不分贫与富,修来大美任人扬。

盆栽水仙

傲世繁英赛锦妍,芬芳沁脯比香莲。

移根更许新芽旺,改土犹令艳瓣悬。

气韵非凡开眼界,风姿绰约立庭前。

含红透绿千般美,醉我晨昏梦也鲜。

游杜塞樱花园

樱花甬道作优游,古木繁英红紫酬。

串串花邀蜂劲唱,条条溪纳水长流。

天鹅曲项歌萦耳,草甸铺绒翠染眸。

杜塞河边迷胜地,乐将大美向天讴。

合欢树

邀云炫彩一凉亭,鸟唱枝头美视听。

昨夜西风过大野,今晨满地落金星。

开花亮眼妆尤艳,入药宁神梦亦馨。

但愿合欢安世界,万邦交好护生灵。

苍柏园

古木参天蔽日光，香樟月桂绕回廊。
清风艳卉溪桥影，绿瓦红墙石堰塘。
细赏图文敬忠义，追思湖父热肝肠。
闻涛似近南洋岸，忽觉仙游锦绣旁。

秋景其二

草衰叶落渐霜浓，阵阵芦花舞半空。
浪起长湖秋水碧，歌飞暮日晚途雄。
凝神穹顶观鸿雁，驻足林边赏劲风。
岁月峥嵘风雨后，人生最美夕阳红。

蔡海波

作者简介:蔡海波,天门市陆羽初级中学在职教师。先后从事英语、物理、数学和历史等学科教学工作。爱好格律诗词,梦想有朝一日能成为语文学科教师。

小白狗

洁白无瑕享自尊,一身富丽立乾坤。
常嫌修剪银丝丑,待在家中不出门。

《百年孤独》马孔多镇

赌场门开赌客栖,狂欢夜纸醉金迷。
一村记忆无寻处,忘了从前吃土泥。

汉北河堤眺望

黏鞋犹记是泥沙,衣上黄浆染似花。
才立长堤心觉喜,隔河对岸是家家。

冬晨雨夹雪

月季羞红偷抹粉,滋声调短自成歌。
桃花枝上梅花落,青菜田头白菜多。

校园樱花

星星点点引回眸,且把闲心一并收。
学子三千拼课业,樱花几树解春愁。

读杜《阿房宫赋》

万世居然二世休,穷奢极欲是缘由。
阿房宫若今还在,贻笑千秋烂尾楼。

状元故里蒋家场

铺街青石映辉光,叙说繁华纸万张。
红色胡同传火种,状元墨宝散清香。
远流碧水古河曲,曾载商船财路长。
年少同窗名第一,慧根源自蒋家场。

忆年少到舅伯家拜年

身背书包饼子残,泥途奔行地天寒。
时看美味娃娃喜,今道花销舅舅难。
一桌顽皮皆老俵,四条长凳满心肝。
新年正月方初二,乳臭才干斗酒欢。

三月县河堤

满坡新草绿油油,碧水泛波浮白鸥。
枝叶飘摇风戏柳,青黄交错面含羞。
海棠怒放嫌唇淡,红粉偏完把嘴揪。
两岸沿堤春色秀,今春该建几多楼。

西湖樱花街

游人珍贵相机提,咔嚓频繁声整齐。
玉蝶酣眠栖树静,冰花洁白压枝低。
云光烁烁驱愁雾,气势洋洋策马蹄。
草帽犁锄从此过,春风得意到东畦。

重做高考语文试题

浪静波平一道河,暗流涌动险滩多。
舒心吸眼分偷送,绷脸愁眉费琢磨。
偶得便宜凭感觉,细思诵读未蹉跎。
文科考试知风向,还看家兄老大哥。

又见蒸汽火车

冻雨寒冰线上居,滞留引得语唏嘘。
龙头停摆龙头急,水货麻烦水货除。
快递三江情暖暖,高歌一路气舒舒。
初心仍在雄心有,革命精神入史书。

武汉自然博物馆

林立高楼气势雄,尽藏珍宝似迷宫。
树成硅状硅成树,东变西方西变东。
仰首才知龙老大,看巢便识蚁高工。
蝶摇双翅飞南美,北美洲将起大风。

卜算子·拔河

呼号响冲天,朝气今时盛。紧握麻绳向后倾,拼出浑身劲。
聚六十余人,且把成功庆。纸袋飘香分发时,喜吃葱油饼。

临江仙·下雪

冷雨纷飞天亮白,课堂静热情高。安宁欲保出高招。问题钻习,
难答把头摇。　　愁苦多如何是好,顿时喜上眉梢。玻璃敲打响如
涛。偷看窗外,心伴雪花飘。

临江仙·武汉园博园

古老北欧茅草屋,常居黄发阿娇。江南绿竹柳丝条。池塘后院,
散步乐逍遥。　　孔雀秀姿偷点赞,画眉箫响相撩。穿林小鸟语滔
滔。梦圆心欢,栖桂有新巢。

临江仙·孔乙己

脏破长衫藏学问,阔谈惹笑颜开。抄书为业显奇才。贪杯误事,
丢饭碗哀哉。　　七尺身高男子汉,行偷窃动长街。能将力气换钱
来。只图安逸,枉有好身材。

魏会军

作者简介:魏会军,男,出生于1972年,皂市镇人,中华诗词学会会员、湖北省诗词学会会员、天门诗词楹联学会副会长,现供职皂市镇人民政府。热爱诗词、摄影、书法、写作。

悯农

淫雨霏霏入闷怀,黍田望眼尽愁哀。

可怜壮月无寻处,我待天公慈眼开。

岁半感赋

暮愁由此生,唯恐又年更。

静夜夯歌远,长河波水平。

院前刚满月,枕上再秋声。

身是青云客,可怀枝叶情?

访白土山陆子茶园

夏木阴阴野径斜,西郊十里去探花。

山间满是芬芳树,枝上尽开青嫩芽。

垄垄勤耕歌万里,杯杯新煮进千家。

已随陆子生前愿,谁说天门不产茶!

又逢端午

又逢端午起长歌,迎面风来忆汨罗。
橘颂九章明壮志,离骚一卷洗沉疴。
远山翠与晴云秀,逝水流将夕照和。
细数生涯今过半,怀人诗里乱愁多。

蝶恋花·送友人之西京

犹在风城思旧友,汀水涓涓,别绪浓如酒。此去西京留许久,送君再折堤边柳。　　渡口桃花还忆否,世路红尘,常带心酸走。寄语吟笺三尺厚,归期不问长相候。

满江红·皂市桃花节

丹灶新开,频问讯、游人雅客。看十里、古都风韵,太真颜色。雾里西山林傅粉,晓中东日云窥赤。又重重、明艳不能遮,春消息。临佳境,当珍惜。怀壮志,犹乾惕。喜初心如故,长汀非昔。六届繁花称盛事,一湾笑语传嘉绩。且陶陶、便与蝶蜂喧,香中觅。

满江红·元旦晨语

薄雾浓霜,铺就了、玉尘银界。恰元旦,笼光照日,泛清浮彩。地渐阳回经腊雪,天随岁改含春霭。这风城、早市正开张,欢颜待。新笋碧,邻媪买;鲜鲈白,渔夫卖。有五华山酒,长汀蔬菜。肯信寻常游子梦,依然恋旧相思债。将更好、念此际家乡,平安在。

六 竟陵风絮

天门女子诗社作品集

竟陵风媒

正雄题

王 燕

作者简介:王燕,中学教师,中华诗词学会会员,湖北省中华诗词学会会员。原天门市诗词楹联学会副秘书长。已出版纪传体散文集《我们曾经这样走过》《感悟人生》及诗集《庚子之春》。

纪念抗美援朝七十周年

铁师报国赴戎关,号角声声越万山。
鸭绿江边旗正烈,天狼不灭怎回还?

左宗棠收复新疆

一统湘军勇戍边,西征举帜战前沿。
陕甘平定新疆乱,外寇瓜分家国残。
生死何须谁定论,抬棺取义自长眠。
亲提三尺青锋剑,直捣敌营再凯旋。

画堂春·歌唱祖国

中华大地两条河,长年起舞飞歌。流金岁月暖心窝,胜比春波。
守望边防原野,情融哨所巡逻。清风化雨夏花多,开在山坡。

金缕曲·遥寄边防战士

边塞听风恣,正飞扬,黄沙细砾,紫云飘沸。飘到天涯和峡谷,但见戎装赤子。节日至,严然守岁。五月鲜花开圣地,看千门万户歌新世。满腹话,载情义。　营中节日军歌起,尽开怀,琴箫锣鼓,畅怀无际。连长巡察还未到,独自深山征辔。疆域外,高山仰止。且看英雄多奇志。盼人间,个个添才艺。歌一路,令陶醉。

渔家傲·奔向延安

雪里行军情未了,烟雨知多少。重振山河营角号,东方晓,整装待发新风貌。　万里长征尘路杳,湘江血染敌嘶啸。但望军中传捷报。人欢笑,阳光普照延河道。

满江红·过三峡

大浪滔滔,川江涌,高峡飞越。山影动,险峰突兀,树苍石冽。神女悠然添雅韵,巫山云雨悬明月。屏住气,直取向夷陵,心潮阔。　猿猴叫,音啭绝。游艇过,情难灭。看前方风景,号歌回彻。汽笛扬帆精气朗,壮心竞技青春热。已靠岸,霓彩傍新村,金辉熠。

忆秦娥·读王昌龄《塞上曲》

风声切,征人仰望萧关月。萧关月,当年出塞,岁寒飞雪。　黄芦秋草中秋节。故园梦里荷塘叶。荷塘叶,轻轻摇动,宛如呜咽。

风入松·纪念《朝鲜停战协定》签署70周年

腾空烽火毁根据。十万庶民呼。国门驻守传军令,心如焚,马作的卢。大雪纷纷鞍辔,丹东急急登途。　一拳打得百拳无。战地建功誉。同舟互济中朝结,长津湖,铁骨如初。激战云山飞捷,板门协定欢余。

艾 玲

作者简介:艾玲,女,中学一级美术教师,爱好诗词书画,湖北省中华诗词学会会员,天门市竟陵派文学研究会副秘书长。

踏青

日照茂林下,雀鸣繁叶中。

久行迷草径,一笑问春风。

夏夜

旷野繁星卧,离群远噪声。

闲蛙低嗓跃,不忍破清平。

秋思

林荫沐夕阳,枫叶扮红妆。

形影未言别,流年已泛黄。

秋歌

叶落风霜袭,林萧燕雀依。

余音游劲草,轻羽坠寒矶。

严冬

迷雾锁长路,凛风侵弱树。
布衣难抵寒,泥巷暂留步。

拾光

昨夜滂沱雨,今朝旖旎光。
人云天变色,谁解世流芳。

梦

夜深听雨眠,误入水云天。
辗转青烟里,茫茫到海边。

莲

雾弥莲朵盈,凝露沁飞蜻。
浮叶蛙声远,氤氲近水明。

野草

隐身沙砾下,朽木可安居。
一缕流光过,风华自有余。

春华

堤上遥闻喧闹声,穿桥摇橹野凫惊。

一湖云卷晖添暖,半壁藤牵草蕴盈。

风驭纸鸢嬉稚子,柳衔甘露护黄莺。

绿荫蝶羽蹁跹处,翘首拈花莲步轻。

感怀立春冰灾

冰天冻雨雪苍凉,道阻乡亲情义长。

游子神萦桑梓地,椿萱梦盼子孙堂。

炊烟袅袅流云聚,灶火腾腾笑语扬。

落叶何曾飘远处,衔泥春燕返檐梁。

忆江南·远山黛

斜阳褪,月笼翠湖寒。偶借渔光浮夜幕,空眠山色隐人烟。何处觅清欢?

长相思·望春

阴霾消。白雪飘。望断冰封行路遥。幽灯冷夜熬。百花凋。梅蕊娇。霜剑融泥暖日高。春芽攀树梢。

思帝乡·春雷

光影闪,震雷延。烛火难消余悸,奈何天。可幸安身陋室,笔开颜。散尽红尘纷扰、畅心田。

蝶恋花·春景

骤雨初停春水绕。双燕穿飞,旷野余晖照。柳眼微澜情正好。韶华何惧红颜老。　　芳草噙珠星靥笑。风引桃林,灼灼弥香道。暮色渐沉人渐少。回眸一掠云缥缈。

浪淘沙·吟中秋

遥看广寒宫,乍起秋风。温情暖意去无踪。寂寞嫦娥哀往事,只语飞鸿。　　香径步匆匆,桂影朦胧。几家团聚几家空。一缕忧思牵两地,何日重逢?

代翠姣

作者简介:代翠姣,笔名暗香盈袖,麻醉师,诗词爱好者,中华诗词楹联学会会员,湖北省诗词学会会员,湖北省楹联学会会员,天门诗词楹联学会副会长、执行主编。作品散见于全国各大刊物《中华诗词》《湖北诗词》《心潮诗词》《竟陵风》等,多篇作品刊登在微刊《竹韵汉诗》《南溪诗社》《楚凤诗社》《荆楚文学》《世界海内外诗歌创作集团》金榜头条等,发布个人公众号《暗香盈袖诗词曲》共42期。

无题

三分膏雨雾含烟,润得春荣态万全。
一叶轻舟飞野渡,半江流水荡云天。
桃花烂漫莺声里,燕子迷离柳浪前。
最喜今朝寒食近,踏青人在画桥边。

无题

满纸馨香绕梦飘,音书人事岂寥寥。
清谈易醉如沧海,久习难精是洞萧。
含笑寻诗青玉案,畅怀把酒木兰桥。
风流不减当年趣,纵使无名也自陶。

游庐山

披风直欲上峰巅,几片流霞在手边。
漫步花丛听妙语,置身峻岭揽轻烟。
横琴弹动五湖浪,竖笛吹欢三叠泉。
掬捧清波洗凡俗,隔山还唱美庐篇。

落花

谁怜红粉几分痴,瓣瓣随风入砚池。
梦里孤寒谁得见,人间绝美是相知。
凭栏远望江湖水,展卷漫题冰雪词。
莫道今朝零落去,此心犹在最高枝。

元旦感怀

品端不肯过时妍,转借寒花装酒颠。
迷眼看天高影动,忧怀事世寸心悬。
曾经折柳情尤切,依旧吟松志更坚。
一醉猛醒抬首望,冰清玉洁待谁怜?

罗浮

罗浮四顾又花黄,难阻心帆向远方。
鹰隼盘空飞羽疾,江河掠地卷潮忙。
平生快意临山水,岁晚陶情对雪霜。
别有襟怀清且淡,不违风骨傲何妨。

望春

不觉匆匆岁似波，欲从何处觅烟萝？
梅无雪压春行早，竹有风梳韵响多。
花事迷离催柳色，香尘撩乱布阳和。
看山乐水兴犹在，吟醉诗心更放歌！

步范恒山先生《闻湖北遭逢暴雪》韵
记冻雨加暴雪天晚上机场接亲人

连天暴雪掩尘嚣，阻道封车又失调。
电母无言惊惨淡，雷公有意破寥萧。
冰凌频折高低柳，冻雨时摧远近桥。
一夜行来险中险，归心并驾念如潮。

秋荷

别也匆匆暗自惊，哪堪着意叹凋零。
几番隐去清姿色，一度重生养性灵。
无事闲来同醉月，有缘散后各飘萍。
渐枯渐瘦波间曲，唱到秋风不忍听。

梦惊蛰踏青

踏青何必待春深，直上城郊绝处寻。
带雨玉兰初染色，含烟嫩柳未成阴。
帆轻似叶无时定，水缓如歌且自吟。
不觉形神多恍惚，一场大梦到如今。

听风

听风谁唱半壶纱,入耳声声感岁华。
人到多情都化泪,年来渐瘦不言花。
邀朋且饮三巡酒,遣兴还煎一碗茶。
润德桃红夸李白,只因春色润吾家。
注:半壶纱是歌名。

惊蛰

湖神许我灌其涯,就此酬勤自不差。
雪润冰心风卷浪,雷惊蛰梦草微芽。
红情绿意偏留客,雅咏清谈岂在花。
试问收成今有几,满担春色尽相夸。

孙　宁

作者简介:孙宁,女,网名子雯,曾用名孙玲,1956年12月出生。文化系统退休干部。现为中华诗词学会会员、天门诗词楹联学会理事、女子诗社副社长。出版《子雯诗词集》。作品散见于《中华诗词》《中华散曲》《中国当代散曲》《诗词月刊》《陆羽研究集刊》《湖北诗词》《农村新报》《中华女子诗词》《速读》杂志,2020年荣获"武汉金色大脑杯"全国诗词大赛"优秀诗人"称号,2021年获"全国第三届茶文化节及第六届蒸菜节"诗词类优秀奖,2023年获得《荆楚田园文学作品》优秀奖。

邻家老爹

忙了一身汗,累时抽口烟。
常拿杯内物,自酌比神仙。

双天鹅

交颈颉颃戏碧波,轻舒雪羽舞婆娑。
终身比翼苦相守,似此恋人今不多。

见村姑驾机插秧有题

妹驾铁牛犁浪奔,绝胜七姐下凡尘。
一梭织出千畦绿,装点烟村锦绣春。

人字吟

只须撇捺字能安,相互支撑看简单。
谁解其中藏奥妙,写人容易做人难。

圆规

目标笃定任轻旋,止步终和起步连。
一点初心坚守住,依规绘梦自能圆。

自在咏叹调

身如候鸟客天涯,漂泊心安四海家。
无愧无忧多自在,凌霜傲雪笑梅花。

诗朋

寒舍唯余书满架,诗朋来访一杯茶。
不谈物欲青蚨事,平仄磋商到日斜。

农民工回家(通韵)

数载打拼今日回,娇妻掩面喜梢眉。
孩儿躲在娘身后,贴耳悄悄问是谁。

寄天门中学七四届高中同学五十周年联谊会

翅插梦中桑梓行,缠身琐事阻云程。

五旬聚会成痴念,三载同窗结友情。

离绪如山方遣去,归心似箭又滋生。

乡关望断唯诗语,遥向西江吟几声。

春望

丽日晴晖映粉墙,小村处处绚霞光。

燕传芳信南来急,儿整行装北去忙。

麦垄阿婆锄野草,温棚大嫂育新秧。

农家春种丰收梦,待到金秋酒满觞。

春风

无影无形偏有情,山河过处骤堪惊。

吹开红杏万千树,唤醒黄鹂三五声。

忙助纸鸢翔碧落,慢摇烟柳绿芳城。

诗心一片因君醉,敢驭飞廉画里行。

山村夜舞（新韵）

视屏发给打工人,今日田园处处春。

夜景还同山色美,情怀常与月华新。

挑灯村口旋飞燕,起舞禾场醉睦邻。

留守乡关非寂寞,开心件件寄郎君。

农家写春联

农家人也爱风骚,佳节楹联品亦高。
婆捡书台爷撰稿,孙研松墨子挥毫。
字含梅韵香三舍,红映天光耀九皋。
贴上门楣春幕启,楼前莺燕早翔翱。

玉兰花

玲珑雪羽粉妆身,向意春光自媚人。
洁白无瑕添淡雅,孤高不染显精神。
冰唇细细香风远,芽眼茸茸秀色真。
欲举银毫写诗语,惹来骚客复三巡。

回眸童年

天真烂漫小丫头,身着红裙面带羞。
鬓挽乌云长辫甩,瞳含秋水碧波流。
常因伶俐逗人喜,也会刁蛮令客愁。
荏苒韶华弹指过,如花岁月梦还留。

赞郑钦文巴黎奥运网球夺金

梦逐巴黎斗志高,场中竞技卷狂潮。
球飞利剑银光闪,身驭轻风红影飘。
苦战群星威冠世,勇拼名将气冲霄。
体坛博命精神在,熠熠金牌汗血浇。

重阳

吟唱重阳诗未成,登高远望雁南征。

莹莹白露浮珠玉,阵阵金风碎叶声。

自插茱萸思挚友,当钦墨客淡空名。

只期借取陶翁笔,赋就东篱一段情。

【仙吕·后庭花】初夏紫藤

长长藤蔓牵,柔柔卵叶连。串串铃儿吊,翩翩花朵悬。任缠绵,春风难挽,香留一段缘。

【双调·步步娇】农家报喜爹

孙录清华通知到,梦里还含笑。一大早,买了冰糖几十包。见人抛,喜讯全村报。

【越调·黄蔷薇带庆元贞】秋日过桃林有题

记春含嫩红,曾夏拥葱茏。博取佳人爱宠,赢得名诗赞咏。(带)何愁今日满枝空,不悲眼下一身穷,但知心里意犹浓。情融摇落中,明日笑春风。

【双调·楚天遥带清江引】穷汉娶妻

锁呐响山湾,鞭炮鸣芳甸。脱贫汉娶亲,书记牵红线。十年苦打拼,命运今朝变。光棍结良缘,喜办新婚宴。(带)精装小楼如画卷,花蕊香庭院。红绸系大恩,彩带连宏愿,扶贫赞歌尘世传。

【中吕·喜春来】七四届高中二班群新年猜谜（新韵）

猜迷打字临屏笑，七嘴八舌兴致高，拜年贺岁有新招。猜对了，班长赏红包！

【双调·沉醉东风】送两会村代表

遥相送、殷殷代表，喜相迎、滚滚春潮，村民事记牢，提案包装好。为家乡彩画重描。盼得东风胆气豪，京城望魂牵梦绕。

【越调·寨儿令】初恋

翻旧篇，忆当年，芸窗共读结错缘。晴等村边，雨送门前，三载影相连。说爱他、春去花残，说忘他、梦绕魂牵。传书托锦笺，寄语动心弦，然，遗恨漫情天。

【仙吕·一半儿】网上广告词

飞来柳絮说成花，飘过浮云称是霞，自古王婆能卖瓜。任他夸，一半儿真来一半儿假。

任爱华

作者简介:任爱华,网名兰月亮,湖北天门人。系中华诗词学会会员、湖北中华诗词学会会员、天门诗词楹联学会会员。

赠人

辞镜朱颜泣,美人迟暮时。
花明经柳暗,月朗待云移。
五味酿成酒,寸心装满慈。
夕阳沉寂后,和梦入清诗。

晚风

暮色四围染,凭栏衣袂扬。
细闻香入鼻,微感鬓生凉。
探苑抚孤影,翻山劝夕阳。
何由能系挽,不让过横塘。

春约

东风开绮宴,燕舞伴莺哼。
梨白雪缤纷,桃夭红迸溅。
游蜂赴约来,迷蝶倾情恋。
衣带瘦三分,经年思一见。

花间露

枝头初绽蕊，月下待卿卿。

影动玉人至，更深魂梦惊。

惜缘嫌漏短，恨别愿风轻。

空有前盟在，嗟无一世情。

冬游张家湖赏芦雪

沿堤看雪景，入眼白茫茫。

荻绽飞千朵，风吹醉一场。

碧波湖里潜，靓女鬓间香。

怀揣青云志，高天任意翔。

早春

总有晴光暖世人，一园花草动芳心。

老梅还未残红褪，樱蕊已然羞意深。

露冷无声消旧迹，风清有意扫前尘。

每临逆境君须记，当最寒时便到春。

蒲公英

白首漂零无定期，也曾揣梦盛开时。

嫩黄滟滟向天问，玉指纤纤为底迟？

清夜倚楼徒望月，芸窗展卷枉凝眉。

空中淡荡随风舞，留待伊人赋楚词。

寄岭南楚客

竟陵惜别见霜明,篱菊难言风里情。
楚客且休终日累,岭南幸有一枝生。
三冬凋落稀疏叶,六出纷飞寂寞城。
邀约何人同赏雪,浮香阁下独吟行。

无题

一

愁怨萦心罩面纱,拨开或可悟南华。
自然守静我为道,何必管他谁是花。
欲把从容行到底,拟将寂寞煮成茶。
虚无大有庄生晓,是也非耶惑自家。

二

一字吟安心便休,红尘振羽乐蜉蝣。
清贫岂肯起邪念,厚德由来作远谋。
春去欣看原野绿,秋临戏说古人愁。
半生只爱诗词好,不管当今谁是侯。

甲子心语

浮世行经六十春,可怜仍是一痴人。
生来原本愚而鲁,时去尚留纯且真。
曾向佛求安静处,也拈花笑拜怡神。
如何觅得护心法,葆我初衷不染尘。

刘平娥

作者简介:刘平娥,网名罄罄,1967年出生。现居家弄孙。步入中年后,生活中忽然多了诗词,喜欢诗词曲的清新优美和深邃含蓄,从此便用它们来记录生活,与心交流。

咏梅

幽香引我向层台,岭上谁将此树栽?
龙骨虬枝昂首立,凤姿劲蕊报春来。
经霜兀傲邀明月,带雪疏横见紫苔。
欲赞芳卿无好句,静心烹待玉壶开。

玉兰花

东风妙舞艳群芳,最爱木兰轻素妆。
洁似清莲尘俗远,志如修竹道心藏。
高枝皎皎云摇影,细蕊层层蝶采香。
玉盏银樽文酒满,人花两醉赋新章。

油菜花

阳和三月已春深,遍野黄花如散金。
无意欢娱争草色,只怜辛苦悯农心。
虽然不比牡丹贵,也自能迷蝴蝶寻。
待到青衫香褪后,香油醇美解忧襟。

游天门园有感

策划园林堪入神,工程精巧忆先人。
亭中仿佛煮茶影,井里还见漾水银。
寻访名山辨繁绿,备尝霜雪得道真。
平生淡薄名和利,一部经书万世珍。

自嘲

糊里糊涂懒得愁,平生无绩梦虚浮。
当年下岗茫茫海,此际居家渺渺秋。
每对亲朋心有愧,更因谈笑爱长留。
从今勤把字词习,咏月吟花乐不休。

蝴蝶儿·樱花

如雪堆。似烟姿。暖风轻拂总依依。蝶儿自在飞。　　犹记初相见,繁英惹我痴,舒怀吟醉步难移,十年存永思。

定风波·梦莲

又见圆荷绿满池,微澜起处漾芳姿。玉洁冰清香四溢,冲谧,丹青绘就惹人痴。　　远别故乡难再见,凝恋,魂牵梦绕问谁知? 思绪万千难纵意,挥泪,与君相约待何时?

倾杯令·松

针叶葱茏,虬枝错落,直耸入云娟妙。谁道寂然深杳,飞雪英姿更俏。　　幽心一片遥空抱,历春秋、炎凉一笑。霜侵不改青色,月拥冰清共老。

张品梅

作者简介:张品梅,女,湖北天门人,中华诗词学会会员,湖北省中华诗词学会会员,曾任天门市诗词楹联学会副会长兼秘书长。

无题

残腊阑珊新岁近,难成一事恨蹉跎。
唯求日脚稍停步,待我整装追过河。

和周运潜先生《落花怨》

喜看浮堂花满院,千枝万朵灿如霞。
心忧风劲天寒紧,吹落阶前最艳花。

读曾腾芳先生《寒山寺寻禅》

千年渔火万年钟,不老寒山夜转篷。
不是诗人愁羁旅,荒桥古寺怎横空?

金口参观中山舰

沉没江心六十春,一朝出水费艰辛。
千疮百孔弹痕在,遥想当年蒙难尘!

感事

四时鲜果满琳琅，带露荔枝几大筐。
竟惹当年安史乱，名重盛唐实可伤！

贺《竟陵古韵新吟》问世

旋踵钟谭有后人，竟陵诗苑一枝新。
清词丽句传心曲，列入仙班倍足珍。

题戴元清先生画作《春山又绿澜水兰》

一幅霜纳咫尺余，无边山色鸟道徐。
澄江如练高桥下，三二野人隔水居。

听音乐《苏南小曲》梅影清风

人道苏南风物好，吴侬软语曲中求。
滑如回雪弹如絮，珠落玉盘鸟醉秋。

樱花

又见樱花红满天，春风四月景如鲜。
朝开未忍暮飞去，且携花魂入锦笑。

为周彩霞女士题照

二月春风巧剪裁，练金吐玉菜花开。
等闲识得佳人面，疑是仙姑下紫台。

观《王冕画荷》图

贫寒不屈田家子,好学功成身后名。
偷得牧牛闲片刻,池边画取碧莲生。

听音乐《步步生莲》

彩女宫娥鱼贯入,御沟腻粉出罗帷。
小蛮腰细面如玉,长袖扇低柳似眉。
夜漏迟迟金殿暖,馨钟杳杳月华移。
掌中飞燕轻随舞,赢得君王笑捧尼。

鹧鸪天·时光冉冉

鲁酒当邀青眼干,清筝喜与会人弹。时光冉冉水中逝,俗事纷纷镜里看。　心大傲,意难欢,天高且畏几分寒。红尘卸却出门去,踏访名山又一滩。

西江月·贺爱孙文韬降世

七月呱呱坠地,三天巧笑靦然。腾芳兰桂伴华年,满室欢声一片。　大志当须早立,成才可效先贤。男儿忠孝应两全,弟友兄恭堪羡。

和沈中海先生《一剪梅·荷塘月色》

为赋新词引颈望,星月潜形,河汉无光,难堪镜下赏妖娆,碧叶如新,粉瓣凝霜。　常读周翁绝妙章,金菊含羞,梅等同伤,凭栏且喜映霓虹,形自玲珑,气自芬芳。

疏影·天门一医樱桃花

秀如可掬,叹翠囊雾鬓,情倚槛曲。雨打疏根,露冷香阶,高楼步步繁促。风情犹忆当时盛,放眼望、花光紫气。雾雨收,粉湿芹泥,车毂玉鞭凝绿。　　还谢江淹妙笔,赚他媚眼青,梦里相逐。昨夜梨花,今日黄花,谁与安排金屋?官梅月下凭栏楚,算只有、仲言幽独。怕倚楼、风雨黄昏,满眼落红来触。

沁园春·中同传统色之青金石

日造神奇,月修精魂,旷世大观!现云边几抹,矿中一绝。世间难觅,唯见宫宰。气夺蓝玉,质羞宝石,三彩生辉入画坛!凭远古,只徽宗点黛,药圣衣冠。　　青原本色无间,只金贵、焯焯羞比肩。入幕才相拥,清荧淡雅。帝王色系,佛指仙丹。东方古韵,审美高标,光耀朝珠相比天。喔吾辈,只梦中拥有,且护神安。

杜在新

作者简介:杜在新,1952年5月生。与儿子合著出版了畅销长篇纪实小说《登峰,从无声世界走来的北大学子》和《登峰,从无声世界走来的清华博士》。诗作发表于《湖北诗词》《天门诗苑》《荆楚田园》等刊物。现为中华诗词学会、湖北中华诗词学会、天门市诗词楹联学会、巴黎中华文学会会员。

京城立冬新雪随笔

鹅毛漫舞倚窗观,琼蝶纷飞落玉盘。
庭树远山披洁锦,朱楼碧瓦戴银冠。
边关将士寒冬苦,海内黎民暖室安。
围坐红炉歌赋雅,举杯绿蚁咏诗欢。

敬贺叶嘉莹先生百岁华诞

百载春秋风雨稠,漂萍总念故园忧。
弘扬国粹倾资献,播种诗田沥血酬。
有爱琼林培玉树,无私杏苑助金瓯。
仙姿鹤骨期颐健,律海垂勋领韵舟。

纪念毛主席《向雷锋同志学习》题词六十周年

题词六秩树丰碑,大爱之花绽满枝。
匡正行端传美德,剪裁歪脖焕新姿。
恰如日月千秋照,还似甘泉万世滋。
抱柱慈仁魂不朽,常存善念煦风驰。

喜贺骄子研究项目获批国家社科基金

倚枕书眠数载功,阳台斗间作轩蓬。

键盘敲打迎春绿,文献翻开接晓红。

揭秘智能云破雾,探研计算雨携风。

寒窗几度梅花月,感悟欣然入梦中。

忆父亲

今年是父亲百岁生辰。父亲三岁母逝,七岁断续读私塾,十二岁到鄂西读免费高农。1949年始任家乡小学校长,1956年选送武大读书,后一直在中学任教,曾任四届县人大代表。文革中藏书和诗稿焚毁殆尽,留遗著《残稿拾零》。

(一)负笈求学

少年负笈闯天涯,百里恩施凭脚丫。

越岭翻山云下榻,挖根采果雪寒牙。

无娘孩子常挨饿,免费黉门暂做家。

怀揣救民兴教梦,万般苦难启髫华。

(二)投身教育

历经暗亮两重天,心向光明执教鞭。

继往修章衔浩气,履新治校写雄篇。

几分圃苑深情注,三尺讲台真爱连。

惜别杏坛珍折柳,还期来世续承肩。

(三)衷情诗词

偶逢抄本结诗缘,从此随心写玉笺。

借得东风圆绮梦,迎来春色秀毫妍。

笔耕不辍寻元亮,书种宁辞效乐天。

痛惜遗珠尘世憾,拾零残稿集华篇。

（四）父爱如山

父女修来三世缘，流年碎影拨哀弦。
尊妻爱子恩光远，养性观身德泽先。
勤俭持家门户旺，忠清处事儿孙贤。
高龄驾鹤杳然去，祈愿椿庭笑九泉。

鹧鸪天·喜贺登峰晋升教授兼出版新著

（一）

双喜临门感万千，为儿一赋鹧鸪天。晋升教授天荒破，出版雄文科学编。　酬日月，谢椿萱。耕耘最惬梦能圆。能言善辩传天籁，可是当初聵少年？

（二）

几世修来母子缘，为儿再赋鹧鸪天。江南毓秀泽童幼，陆羽钟灵惠后贤。　嗟一岁，惜医残。狂澜掀起淌清泉。名医访遍均无果，母爱升腾不卸肩。

（三）

家国情怀使命悬，为儿十赋鹧鸪天。五车学富织云锦，八斗才情垦杏园。　华夏梦，丽春篇。破冰科学走前沿。敢将风骨酬时代，直取丹心照百年。

青玉案·落叶

西风瑟瑟吹离赋,瞬间别,飘何处?难忘葱茏曾共度,翠枝结伞,绿藤垂布。一任群芳妒。　　如今客旅飞黄路,却叹行程近天暮。凋落孤身谁与渡?融情大地,化身泥土,梦里归根护。

南歌子·菊

柳翠三春景,寒英几度秋。浅黄淡紫隐含忧,雅韵翩翩绕舍总风流。　　霜雪重重恶　娇芳朵朵柔。一帘幽梦暗香稠,赢得文人泼墨处贞幽。

南歌子·枫

霜染秋丹醉,枫林别样红。漫山烈焰卷西风。落叶翻飞秀朵舞长空。　　尽显峥嵘势,江河铺锦容。飞霞洒落万千丛。妆点人间暖色意情融。

陈西娥

　　作者简介:陈西娥,石家河女子诗人,淡泊洒脱,打工之余以诗词自娱。

瓶花

莫言篱菊老,陌上萎黄匀。
娱目芳香莓,秋心一片春。

随笔

昨日雨如浇,今天朗碧宵。
若无肩上事,坐看白云飘。

浣溪沙·晚归

　　最喜归来身得闲,尘嚣天外整杯盘。凉瓜冰酒解劳烦。　　楼外禾田蛙鼓擂,云中羞月夜窗悬。清风入户梦催燃。

浣溪沙·加班

　　今个心情似酒直,斟杯春露映星空。香枝伴我夜营工。　　脚步匆匆凭往返,机声隆隆任西东。一窗灯火竞花红。

蝶恋花·夏晨

一夜荷风炎海败。移步楼台,月季温柔在。安得营营翻作债,经酸骨软成常态。　　懒倚花墙些倦怠。斜眼双猫,竟也芳香爱。莫道沧桑深似海,此生闲趣无更改。

喝火令·晨舞

日上无他事,烹茶慢煮诗。和风清雨恰当时。虽是影单还醉,乘兴舞身肢。　　步若方程式,情如化学题。笑看花底宠哺嬉。也算安宁,也算意相随。也算命中生定,尽管福来迟。

喝火令·老屋思父

后院厢房寂,前庭乱莓闲。一番伤绪锁眉间。偏又触眸惊见,遗像笑无言。　　躺椅依然在,呼声恍耳边。待回寻处未相关。只有窗开,只有雨轻弹。只有渗凉知觉。闷闷雾烟拦。

酷相思·吟怀

半世营营超负荷。叹今日、无何果。更犹是、依然风雨裹。怎解这、囚心锁。怎解这、连环锁。　　忆起曾经年少我。式烂漫、花骨朵。几年却、清霜头满播。名也未、曾安妥。功也未、曾安妥。

酷相思·自清欢

未叹今时身有恙。远名利、离风浪。日常事、如车无路障。忆过往、存心上。想以后、随心上。　　世上难能人一样。老百姓、经千唱。有谁可、疏清今世怅。劳累也、开心状。闲暇也、开心状。

陈云兰

作者简介:陈云兰,网名夏莲,1963年出生。湖北天门人,高中文化。近年诗词联作品百余篇发表于各级报刊、书籍。现任香港诗词学会论坛【长江文苑】区总版主、天门诗词楹联学会楹联研究会副会长、干驿分会副会长、湖北日报客户端天门频道通讯员。曾执行主编《香江诗评》《香江诗潮》丛书第三卷。

干驿风景河(辘轳体)

一

风吹四季荡清波,岁岁柔情献秀禾。
侧畔桥头弹雅韵,东乡庶子听新歌。
流来稻穗千田满,送去银棉万担多。
喜庆丰收诗不尽,摇姿岸柳共吟哦。

二

无愧家乡幸福河,风吹四季荡清波。
舒心水岸观云影,养眼花坛瞅绿萝。
鸟觅害虫匀啄木,鱼争诱饵乱穿梭。
闲鸦放胆落枝捡,直上高杨筑暖窝。

三

朝烟浮紫笼青柯,好似山峰点黛螺。
雨落三巡增底气,风吹四季荡清波。
先贤英烈丰碑立,才子佳人雅韵和。
两岸霓虹灯照水,不输昔日莫斯科。

四

晓色澄明浪打坡，自欣锦鲤扭秧歌。

岸边燕翅剪烟柳，桥外船篙惊早鹅。

日出三竿收暖气，风吹四季荡清波。

再观绿瘦红肥处，蝶舞蜂飞让客过。

五

时将怀里抱银河，心境常明任性磨。

不羡海中藏异宝，为骄幽处歇天鹅。

落花逝去分争少，瑞雪飘来感慨多。

三九未曾生冻骨，风吹四季荡清波。

干驿华严湖（辘轳体）

一

清幽十里好风光，日出金锣驻吉祥。

时映蓝天云朵秀，还忧百姓旱苗黄。

飞鸿绕域添仙景，垂柳生烟漫野庄。

最是灵心难静下，弄成平仄作诗章。

二

几度浇田本未伤，清幽十里好风光。

稻禾抽叶争莲秀，苞谷丰林是水良。

款款鱼游鸿雁喜，声声蛙鼓害虫慌。

渔歌唱得嫦娥醉，自赏湖中西子妆。

三

一朝细雨几朝凉,游客如云自八方。
惊叹平湖多景点,清幽十里好风光。
头鹅岔口寻鲜味,雉鸭芦滩避午阳。
最爱芙蓉尘不染,亭亭玉立水中央。

四

菱米莲蓬分外香,适时采摘是谁忙。
船头靓妹红歌起,岸上阿哥联对狂。
灵动千波多润绿,清幽十里好风光。
谢它一阵廉纤雨,舒展新荷叶可尝。

五

喜逢盛世乐安康,游子归来赞水乡。
春雨一湾灵气绕,夏云几朵晚晴彰。
秋收顿顿品鲜味,冬至家家煨藕汤。
爱我母亲湖伟大,清幽十里好风光。

回老家过年迷路一瞬间

琼枝自顾剪寒光,怎晓归车导错航。
苑竹修身摇画影,路人立雪看诗墙。
观河石板桥空座,放眼新城水一方。
几树梅花迎面笑,分明就是我家乡。

雪中归来合家先访梅

放稳茶盅步又开,争看仙子下瑶台。
芳心暗许岁寒友,红袖轻摇世俗埃。
宁可横枝疏影弄,不生护叶费人猜。
此时我羡清新雪,捡尽高端任吻腮。

赞干驿镇领导团队植树造林

大德同心掘地人,柳烟漫道又栽新。
不求玉树栖鸾凤,只盼和风送绿茵。
净化水源灾事少,守衡生态噪音贫。
今锹铲处一方土,回报家乡十载春。

颂天门之沉湖

晴空百里楚云新,生态茫茫四季春。
堆雪梨花盈瑞气,布棋杉木抖精神。
稻禾枥比风光好,莲叶参差雨露匀。
聚宝盆犹鲜类殖,是谁不负拓荒人。

读《竟陵风絮》寄二十一位女诗人

现代裙钗少浣纱,休闲洗砚斗才华。
山泉击石心弹曲,虹线裁云笔绣花,
抱本余生专品墨,弃壶几案不思茶。
怨无妙语遥相寄,文苑留名女作家。

雪

不负仙家造化功,撒银百万似分红,
江山点缀洁身献,世界清新本色融。
苦了灵鱼吞怨气,为难噪鹊叫寒风。
催春又怕春来抱,志在光流向大同。

路

一任长征不卸肩,航空水运是谁连。
莫嘲黑面曲弯体,然有香丛拥抱边。
侣步姗姗贪夜逛,车轮滚滚接龙牵。
感恩国路皆开放,探月轻松上九天。

杆秤

砣垂盘定默相邀,一杆毫提镇市朝。
识重知轻尤有度,卖廉买贵不中招。
公平选进文明馆,正直赢来时尚谣。
闲似青龙墙壁卧,金星朗朗欲云霄。

小河

两岸同心抱水柔,江湖闯荡有奔头。
续源汩汩嘉禾秀,纳景萧萧落木悠。
粮运船篙惊早鸭,柳垂鲤影诱灵鸥。
莫言小辈村乡绕,老大黄河盘九州。

吴宝珍

作者简介:吴宝珍,女,网名轻风拂柳。中华诗词学会会员,湖北省中华诗词学会会员,湖北省中华诗词学会散曲分会会员,湖北省楹联学会会员,天门市诗词楹联学会副秘书长,天门女子诗社社长。出版个人诗词集《轻风拂柳》。

迎客松

勿为繁华易素身,经年磨砺远纤尘。
深居幽谷梅交友,峭立高峰石结邻。
雪冷霜寒同傲岁,风和日暖共阳春。
虬枝舒展迎缘客,云度轻摇万象新。

咏竟陵东湖睡莲

冰清玉洁水中仙,脱俗超凡态万千。
映日花开香有致,迎风蕊展锦无边。
元春榭下舒心笑,隐秀亭旁惬意眠。
且把相思融好梦,一生自守度华年。

画梅

冰清玉洁远尘埃,绰约天然纸上开。
风月相知鸿渡去,烟霞问讯蝶飞来。
诗林久识蓬山客,画界深交翰苑才。
不必闲中惊鬓染,青春永驻在丹台。

"五一"知青农庄游

轻哼小曲绪飞扬,春物牵情话短长。
日映桑园蒲酒醉,风吹麦野菜粑香。
流莺隐去思犹远,语燕归来景更芳。
回首韶华多感慨,知青温梦在农庄。

夏访干驿华严湖

画卷清新节物殊,晴滩古镇母亲湖。
涟漪蘸色风间翠,菡萏开花叶上珠。
碧水长流迎泰运,丹丘大泽展鸿图。
旅游胜地如仙境,赏景吟诗兴不孤。

夏日感怀

雨涤尘埃旷野清,眸光远掠画中行。
池荷润色群芳悦,岸柳颦眉众秀争。
淡荡松风多感寓,玲珑鸟语助诗鸣。
蝉吟木杪传千里,唱响江南夏日情。

夏至抒怀

暑气炎炎夏日长,轻舟驶入锦云乡。
红莲照水天然秀,紫燕凌空自在翔。
柳影波摇惊画卷,松声笛响落诗囊。
风情满眼同题赋,浅醉归来已夕阳。

忆童年

烂漫天真趣事多，神驰不觉畅吟哦。

偷桃扑蝶捞渔网，窃枣抓蛙捅鸟窝。

牛背童横长短笛，谷中客醉古今歌。

无邪幼雅新娘扮，笑得阿妈玉颊酡。

初夏

婉转莺啼入画廊，榴花似火好韶光。

遥林积翠禾苗绿，沃野连云麦穗黄。

寄语蔷薇毫有力，题诗芍药墨生香。

繁华极目惊眉宇，锦绣山乡谱玉章。

赞九真张家湖湿地公园

波光潋滟映双眸，夏季风情一卷收。

水鸟争鸣湖上掠，芙蕖竞艳画中浮。

鱼虾美味思难解，雁鹜清欢享不休。

野趣横生仙境界，九真宝地胜丹丘。

贺天门诗联学会九真分会会刊《张家湖》创刊

湖光潋滟鸟声遒，胜景无边醉未休。

文气高腾歌世事，人才荟萃竞风流。

青莲出水新诗赋，翠竹成阴妙笔讴。

万里长天鹏展翅，扬帆学海弄潮头。

贺省老年书画家协会成立四十周年

骀荡春风四十年,枝繁叶茂碧云天。
银钩洒翰时光好,铁画浮香景物妍。
卷轴宏开传盛事,文章大写展新篇。
笔掀墨浪飞千尺,硕果丰盈永向前。

晚春

一望江南翠色盈,参差绮树唱流莺。
经途柳絮随云远,满眼槐花映日晴。
领略风光书咄咄,追寻蝶梦忆卿卿。
幽深曲径桃源路,触景微吟意自生。

赞干驿风景河

风吹四季荡清波,灌溉良田万顷禾。
荫满苍松藏鸟语,蜂亲黍稷泛笙歌。
南堤蕊绽幽香远,北岸花开秀色多。
浩浩诗情随碧浪,晴滩景美共吟哦。

赞横林九条河

风景怡人共咏哦,鱼翔浅底泛微波。
欣欣力作高怀远,娿娿深耕笑语和。
夹岸芦花相掩映,沿堤柳影自婆娑。
排污整治三乡醉,惠泽民生幸福河。

茶经楼

惊世茶经第一楼,西湖矗立耀千秋。
十章专著今还在,六羡歌吟永不休。
翘角飞檐惊宇内,流光溢彩誉神州。
登高远眺江南景,锦绣山河满眼收。

家乡新貌

万顷平畴黍稻黄,条条砼路达村庄。
堤南半染丹枫色,岭北时流玉桂香。
错落洋楼皆有致,缤纷夕照尽含芳。
年丰岁稔今朝醉,处处如诗赛画廊。

父亲节感怀

德高望重美名扬,正直清廉禀性刚。
切切归期萦脑海,谆谆训语刻心房。
时光荏苒经年事,岁月峥嵘两鬓霜。
父爱如山何以报,唯求体健福绵长。

春风

袅袅馨风进万家,桃梨吐蕊草萌芽。
花如凤舞承朝日,竹似龙吟带晚霞。
紫气轻和银汉耿,彤云漫散玉钩斜。
屏前作赋同君醉,不觉西厢染绛纱。

李在琴

作者简介:李在琴,1979年生于湖北天门,毕业于湖北师范学院,就职于天门市育才小学,对生活怀着一份好奇与感激之心,喜欢捕捉日常中的诗意。作品散见于《语文教学与研究》《文学教育》《竟陵文学》《天门文艺》等。

雨后环城

谁吹淡墨痕,千里碧云奔。
本是追风去,陶然醉野村。

叔辞家进城前散尽驯鸽

放尽笼中鸽,皆成自在身。
长空无挂碍,怅望不回神。

鸟语林

密林深处鸟闻声,引伴呼朋相向鸣。
总在虫鸣天籁里,光阴流逆笑平生。

访景咏怀

梦倚回栏揽水光,思君未敢诉衷肠。
相随看月惊飞鸟,桂自氤氲一地香。

将军猎

树影昏昏夜未明,忽闻迅急马蹄声。
草枯风劲雕弓满,唤出麾间百万兵。

老家大妈

花木小葱俱水灵,场宽院阔乐盈盈。
儿孙在外忙奔走,几只鸡娃当后生。

见许姐南瓜图戏作

一片河山入肚肠,清甜软糯味偏长。
只因恋慕卿颜色,便使人间烟火香。

鸟窝

权丫错处一窠存,响翠皆为年岁吞。
霜雪来袭无挡阻,犹撑羽翼作春温。

小区路灯

青铜铸就状如刀,伫立花坛不显高。
耿耿独明长夜里,千家俱寂亮征袍。

端午吃虾馓

纤手折来脆玉新,舌尖齿上顿生津。
雁忧过了千余载,犹有香馨咀到今。

张家湖见白鹭

仙子缘何衣雪飞,凌空晾翅翼生辉。
因闻百里粼波荡,便倚乡音缓缓归。

婺源古村落

寂寂孤存任雨风,繁华褪去且从容。
红砖青瓦飞檐翼,一缕炊烟接塞鸿。

嘉鱼三湖连江日出

拂晓曲江闻鸟声,风来澹澹树影轻。
霞光恰欲穿云出,水底彤天分外明。

中国传统色之杨妃

本自天真生盛唐,如云出岫意扬扬。
红尘骑里她含笑,长恨歌中谁弄妆。
拂槛露华春去也,沉香亭北雁彷徨。
堪怜万古佳人志,依约丹青一色行。

鹧鸪天·磨盘

两块端方自在身,相连板眼即同频。研磨九转成稀碎,砥砺千回沁本真。　　如倾泪,似金珍,周遭玉色漉均匀。馨香软糯寻常事,谁化甘甜谁问津。

忆江南·东湖媚

东湖媚,雪后更风清。几束蒹葭旗样荡,两厢梅林火般明。能不啸歌行。

忆江南·凝神睇

凝神睇,眉眼意无穷。舞热歌酣情万种,花前灯下洒千盅。拼却醉颜红。

咏苏轼联

屡遭贬谪,犹可筵清风明月,陪玉帝乞儿,看密州胸胆,有如斯气壮;

未拟羁游,却能揽赤壁大江,惊孤鸿清影,闻岭地梅香,道此处心安。

张建英

作者简介:张建英(网名夏雨),中共党员,幼师退休。现为湖北省散曲分会常务理事、天门市诗词楹联学会副秘书长、散曲分会副会长。湖北省中华诗词学会会员,天门市诗词楹联学会会员,作品散见于《中华诗词》《中华散曲》《中国当代散曲》《湖北诗词》《湖北散曲》《天门诗词》及地方多种刊物。

见小园梅花有题

秋尽园花色已衰,窗前一树艳尘埃。
远山近水笼寒意,谁遣红梅傲雪开。

买菜归来见飞雪

擦肩过客面笼纱,买得青疏暗自夸。
适见天空飘雪朵,一篮祥瑞带回家。

小假回乡

老台新地起高楼,绕道长渠碧水流。
一岭红枫争入眼,葡萄架下聚朋俦。

端午

栽秧割麦两头忙,绿浪金波画卷长。
满载归来星伴月,炊烟袅袅粽飘香。

张家湖湿地公园

万顷清波碧映天,环湖翠柳拂堤前。
翱翔鸥鹭迎佳客,摇曳芙蓉绘美篇。
莲女乘舟红袖舞,渔家撒网笑声传。
春风惠政千般好,湿地公园丽日妍。

渔家傲·官兵抗洪

风卷乌云狂雨骤,雷鸣电闪洪魔吼。顷刻乡村堤决口。何处走,汪洋一片谁来佑？　天降神兵情义厚,快舟破浪将人救。忘死舍身勤固守。衣湿透,爱民一曲高歌奏。

【双调·楚天遥带清江引】广场舞

音乐响声开,翁媪激情在。霓裳舞步轻,婀娜娇姿帅。歌扬明月前,鼓震长天外。九九话重阳,尽展年轻态。(带)老有所为添异彩,幸福生活晒。只知求健康,不用愁年迈,霜涂两鬓情未改。

【商调·满堂红】小区便民店

小区小店店虽微,也波微。小区小店货非吹,也波吹。甜味辣味新鲜味,也波味。价相随,笑颜陪,客如归,网屏刷卡手轻挥。

【黄钟·贺圣朝】喜迎天门泰康大桥通车

锣鼓隆,震长空,飞彩虹。桑梓黎民期盼中,泰康东升建首功。车如水,客如龙,架金桥,南北通。

杨蕾

作者简介：杨蕾，昵称春歌。诗词、国画和昆曲爱好者。

春雨三则

一

犹带江南气，沾衣不觉寒。
无风花自落，青蔓上围栏。

二

清巷人行少，沙沙滴不休。
依稀灯火亮，何事上心头。

三

识得从前路，年年与尔逢，
江南多少事，留在雨声中。

章华台怀古

浮云曾上最高楼，楚水闲花未染愁。
遥想当年明月在，雄风猎猎会诸侯。

春在九九

江村隐隐画桥东，雨湿桃枝一片红。
烟柳依依轻说梦，人间何处不春风。

夏日燕黄堂·晚行

绿荫长,正晚风掠影,吹乱衣裳。烟拢暮色,更落寞村庄。天边黛影云痕渺恰无人、翠野苍茫。感悠悠天地,流年似水,漫过愁肠。尽处是何方。叹浮生梦里,谁悟无常。去年碧水,今又满荷塘。细推物理须行乐,且随风、来去徜徉。采白莲一朵,沾些儿绿,带点儿香。

浣溪沙·秋夜

入夜犹添几缕凉,虫声断续月如霜。韶光渐去作寻常。　　帘外清风飘进梦,心中字句染成香。星星桂子落轩窗。

鹧鸪天·杨家岭秋日

庭院红黄柿与橙,桂花吹落鸟啼声。夜深繁露浸孤月,人静红尘远帝京。　　忘冷暖,点星灯。幽怀犹自可扶平。开轩气爽通天地,梦比蟾辉一样清。

沁园春·癸卯初冬傍晚行于柘水

流水无声,零乱秋光,散落心间。感花开刹那,此时谁似,烂柯人事,独对天边。催晚鸦声,一江惆怅,两岸芦花如雪寒。长桥上,见往来车辆,恍隔云端。　　不知该向谁言,但何必,让人懂与怜。尽可和风语,可和草说,挚诚知己,皆在身前。残菊霜浓,梅苞待雪,来去山川应等闲。料他日,若春风万里,谁可遮拦。

徐章霞

作者简介:徐章霞,女,湖北天门人。中华诗词学会会员,湖北省中华诗词学会会员,天门市诗词楹联学会会员,天门市女子诗社理事。作品散见于《中华诗词》《湖北诗词》等。部分作品入编《中华诗词集成·湖北卷》《竟陵古韵新吟》《飞云集》《竹韵诗词选》等诗集。为人坦诚,创作由心,人生向真向善向美。

中秋月

似有幽怀欲吐之,凭空索句费心时。

感人最是中秋月,一夜圆成满纸诗。

陵园松柏随想

初生野岭自随风,移入陵园韵不同。

已把身心陪傲骨,脊梁挺直即英雄。

笔耕

合向蓝天借一横,砚田醮墨自躬耕。

蚕头有意藏清趣,燕尾随心共月明。

元春榭隐秀亭感怀

秀阁澄谭影，飞鸿来往嗟。
披霞波染色，载月水濛沙。
会意合双掌，倾心敬盏茶。
诗归留觅处，灵性得升华。

雪夜围炉

入夜寒潮急，天穹一幕遮。
茅庐披玉絮，篱脚积银沙。
煮雪闲敲韵，围炉浅酌茶。
冰心融苦涩，世味化清嘉。

咏板桥兰竹图

幽居山野又何妨，郑氏涂鸦别样妆。
画节如枝枝节秀，描花似叶叶花香。
形同姊妹淡生死，义若金兰共暑凉。
万物相依皆宿命，私心莫道短和长。

皂市桃花节于叶子村赏花

叶子林端散绮霞，千层碧玉衬红花。
香魂缕缕娇风韵，细蕊丝丝绣嫩丫。
艳若妖姬藏素面，形如洁李掩芳华。
桃园美景人间少，可喜仙乡即我家。

风入松·贺天门女子诗社成立一周年

吟坛结社一年功,琢玉惊鸿。贺诗且把心声道,喜耕耘、乐在其中。红袖笑藏鳞角,琼枝竞秀芳容。　裁云织锦意无穷,数叶听松。韶华易逝晴光好,惜流年、莫负东风。紫燕恰逢春绿,青枫欲待秋红。

卜算子·咏梅

故院一枝梅,傲雪生花蕾。缕缕幽香破苦寒,绽笑迎千卉。冰冻蕴柔情,飘逸弥高贵。只盼春光满世间,不计芳心碎。

水调歌头·古雁桥怀古

谁弃无名子,雁护有缘婴。恩师禅佑,鸿渐芦荡得新生。八载佛门茹苦,十载修心定性,从此正身行。煮茗品茶事,倾尽一生情。

世之水,木之叶,任之评。皇封两拒,歌发六羡似龙鸣。履印蛮荒山野,庐结茗溪河畔,沥血著茶经。天下怀君久,朝圣竟陵城。

程琳姣

作者简介：程琳姣，1964年出生；中共党员，公务员退休。喜爱唐诗宋词。中华诗词学会会员，湖北省中华诗词学会散曲分会会员，天门市诗词楹联学会理事。

八一抒怀

卫我中华是国防，金瓯永固庶民康。
难忘抗战戎心烈，更庆长征志气昂。
壮士除妖惊旧世，雄师挥汗发新光。
但看神州儿郎勇，铁作脊梁当自强。

观屏赞蒋湖

未访蒋湖情未央，欣闻诗友赋端详。
堤塍果绿家禽舞，陇阪禾黄酱菜香。
搁桨台边言感慨，红军沟上韵飞扬。
缅怀贺帅引清水，歌颂农工垦大荒。

访省十佳农民梁红清

率真军客倍精神，归梓兴农硕果频。
集众连塍酬地阔，潜心三熟溢仓囷。
梦怡陌上千篇景，根植秋中满目春。
榜样光辉照荆楚，一村一品惠乡民。

贺民盟天门支部成立十周年

民盟荣誉奖谁收,荆楚天门数一流。

风雅自能参国是,素心偏爱展鸿猷。

建言献策襄盛举,增信释疑思远谋。

坚守忠诚歌壮志,倾情华夏韵悠悠。

参观天门市第一个党组织成立纪念馆感怀

红色基因哪继赓,东乡卢市首堪荣。

平民夜校播星火,鸷杰横刀守长城。

耳畔军歌声急远,眼前芦荡影回惊。

英雄血战当年处,激我怀催无限情。

踏莎行·别春

花事匆匆,蛙声切切,催来谷雨清三月。蜂随蝶舞慕幽香,莺飞燕语怀春别。　　拾叶寻诗,举杯赋阕,人生好景皆葱郁。情归四季叹繁华,心藏五色嗟芳物。

清平乐·暮春

柳花几许,堤上飘无序。借有东风吹急雨,赢得沤肥沃土。

老节情恋芳辰,新枝叶傍残春。岁月总归流水,尘事尽付浮云。

【双调·新时令】赋闲学书法

赋斜阳,霜侵也情浓。挥墨宝,追风耍雕虫。练作临摹,潜形效柳翁。网课观屏,神追颜鲁公。学诸家笔弘,兼融一体著新风。书林隐短蓬;案头舞碧空。审视篇成,依然盼赞同。照比原碑,自嗟笔欠功!

七 玉凤和鸣

中华玉凤之乡石家河诗人作品集

王宪沐

作者简介:王宪沐,教师。生于僻乡世代农民之家,长于石家河文化发源之地。初教数学,加减乘除未谙人生算计;后授历史,鉴古察今使修家国情怀。笃爱诗词,尤崇杜陵东坡;苦劳笔墨,唯写气象肝肠。有作品见于《中华诗词》《湖北诗词》《诗词月刊》等。

深冬车过大别山

草偃林髡山作堆,纷纷疾逝若相催。
新修村路飘银练,串起粉墙过涧隈。

黄山挑山工

抖起精神咬紧牙,弓身奋力作攀爬。
万阶石级千斤担,肩上黄山是我家。

悼彭德怀元帅(折腰体)

百战归来澹世居,赤心未改志如初。
历代云台无敌将,终亏一纸万言书。

乌江

千秋仰止霸王风,虽败犹豪剑吻红。
铁血男儿甘玉碎,后人枉论过江东。

思亲

朔风鸣院树,凛凛岁寒侵。

客寄相离久,怀思与日深。

眉间悦屏影,梦里乞泉音。

年近归何处,犹疑正费心。

寄彭太山校长

一从分别后,十载梦相侵。

论品称端厚,裁文识博深。

流离君亦我,吟咏韵同音。

风雨迢遥路,般般自用心。

咏八一南昌起义

恶雨腥风时所忧,男儿怒起奋吴钩。

开天试看旌旗举,辟路深为海岳谋。

漫漫征途行万里,星星火种耀千秋。

长城今日巍巍在,护得春光遍九州。

北京冬奥会感吟

四海英豪四海宾,京都盛会喜逢春。

情多月殿水凝玉,功满松原雪赛银。

滑板生风聘龙虎,冰刀炫彩讶天人。

结缘华夏相携手,友谊长同岁月新。

戊戌一百二十年祭

海国春帆点点寒,天朝零落等盘餐。

时危累卵频遭劫,世乱干城未解鞍。

去弊维新支乱局,图强救覆挽狂澜。

功亏不掩英雄血,号角武昌闻揭竿。

宜昌行

势倾荆楚扼三巴,山锁重城浪卷沙。

路出八方深得便,风清四处漫生花。

已教水电传名远,又赚湖光映景嘉。

有兴来登坛子岭,探奇何必逐天涯。

咏深圳莲花山

形胜南疆扬远声,状同莲座享殊荣。

烟霞蔚荟疑龙隐,花木葱茏带露生。

圣像峰高怀伟业,大鹏海阔搏云程。

蕙风袅袅人如织,山不言高独有名。

初冬游吴淞炮台湾湿地森林公园

心动吴淞今作游,风光胜迹饱双眸。

分江造化咽喉地,阅水沉浮来去舟。

默踞烽台存战炮,怆怀烈士护金瓯。

园林不负晴光暖,枝有花开望举头。

黄鹤楼怀古

名冠神州千古楼,居高览尽大江流。

仙踪鹤影飞何处? 墨客诗章题上头。

倜傥周郎豪气在,精忠岳武壮心留。

凭栏历历风云事,都付今朝作胜游。

闻孙子喜讯有作

天厚端良祖上功,腾蛟起凤荜门中。

风云南国花枝秀,海日西畴霞曙红。

化雨千心施蕙芷,精钢百炼铸霜虹。

雏鹰展翅凤鹏举,直待飞天上九重。

送孙子入读深圳中学寄望

欲向层峰再夺标,何妨励志与天高。

名簧似隐风云气,硕学俱怀龙虎韬。

攘攘车从多郑重,翩翩儿女各清豪。

冀望拼博三年后,更使京都识凤毛。

同学会有作

嚣浮云散不知忧,再聚清明五十秋。

每对新人搜旧貌,多怜白发代乌头。

开怀往事千杯酒,击楫沧江一叶舟。

夕日作成朝日看,漫天霞彩慰双眸。

题外甥理发小店

小店当街门早开,菱花坐椅待人来。
勤身哪顾餐时过,敬事如临玉未裁。
功到苍颜换春色,妆成秀发衬桃腮。
一家之计千斤担,薄技谋生益勉哉。

搬家

都市蜗房视若家,搬迁无奈乱如麻。
衣衫包塞一床絮,碗碟箱加半盒茶。
客久原能经世事,檐低不碍觅生涯。
新居未必胜前好,费尽安排意自嘉。

游成都谒杜甫草堂

文坛巨擘令名殊,未谒斯堂万景虚。
流韵花枝疑不老,生辉茅屋孰能居。
心头黎庶秋风破,笔底江山瘴气除。
操作昆冈诗作史,古今屈指几人如。

窗

玉砌金装构画穷,石墙土壁洞成空。
能开气象能开眼,好共光明好共风。
寄梦凭栏千里月,囊萤折桂十年功。
无涯世界来今古,巨测人心窥两瞳。

夜坐

露台独坐意朦胧,夜幕沉沉几缕风。
隔树灯摇影成幻,近人月满旧曾同。
梦中桑梓情难已,天际儿孙思未穷。
奈我频年身作客,每将心事寄遥空。

夜宿小山村

客宿山村四境生,新奇欲探起巡行。
一灯破夜野逾暗,万斗垂空天转明。
静剩蛩吟如磬响,荒多枭啸蓦心惊。
前方莫测寻归路,萤火飞来篱外迎。

减字木兰花·秋叶

苍苍寒露,梦里斑斓同薄暮。几许萧凉,谁与山河可共长。
未曾牵挂?花缀芳春风伴夏。去也飘飘,百尺梢头更见高。

临江仙·嘉峪关前左公柳

老干犹含霜色,枝梢绿向云端。埋根边漠伴雄关。密阴撑一地,
眉叶舞清欢。　　名将当年靖乱,三军植树荒寒。荡平强寇凯旋还。
春风杨柳绿,何用勒燕然。

兰子雄

　　作者简介：兰子雄，湖北天门佛子山人，中华诗词学会会员，湖北省中华诗词学会会员，竹韵汉诗协会会员，天门市诗词楹联学会副会长兼秘书长，《天门诗词》执行主编，《天门诗苑》主编。

春耕

柳风清拂菜花香，蛙鼓频催黎庶忙。

籽撒一畦生绮梦，犁开几垄向朝阳。

倾心织就辋川景，热汗凝成粮米仓。

紫燕相迎归暮色，未掸衣裤醉霞觞。

冬访张家湖有感

冬临湖畔览高坡，浩渺烟霞动咏哦。

连片金蕖凋翠盖，成群水鸟隐清波。

霜轻云淡虚空碧，荻老身枯乱絮皤。

不恋春华耽此景，独怜幽静岁如歌。

初春感赋步韵陆游《临安春雨初霁》

天陲邈远挂青纱，睇眄郊原尽物华。

紫燕频穿庭外柳，皤翁细剪钵中花。

攻书偏爱嚼经典，醒脑还须煮绿茶。

寤寐常忧台岛事，春来游子好回家。

访横林镇危湾村

漫步危湾耳目新，天然美景羡来宾。
一渠水碧绕村落，两岸柑黄馥邑邻。
潭映雕栏凡庶赏，道连绮户远方伸。
风酥霞染飞歌处，疑似瑶台降世尘。

早春

消融春雪润膏田，绿野重铺染紫烟。
雨洒菜畦催秆壮，风疏麦垄弄苗鲜。
岸边杨柳嫩芽吐，渚上鸥凫暖水颠。
庄户绸缪耕种事，朝朝逐梦醉丰年。

春种

春野田畴渠水清，铁牛俦耜整泥平。
增温浸谷催芽发，播种支棚抢日晴。
风拂素襟身觉爽，燕穿绿柳影犹轻。
农夫知足无多欲，惟盼稔年仓廪盈。

春行

日暖田畴麦掩泥，柳芽岸上点清溪。
梅无雪压春行早，鸟有风追翼展低。
放眼远山衔碧宇，满坡嫩草没牛蹄。
却惊景美游人少，寂寞归来霞染西。

春晨雨霁

昨夜雨声惊梦醒，今朝红日透窗棂。

轩开拂面熏风暖，栏倚凝眸遍地青。

整翮黄鹂栖碧树，衔泥紫燕绕华庭。

兴来对镜楼前柳，摄得婆娑绿满屏。

又到橙黄橘绿时

霜覆初冬寒气侵，繁华褪去事惜惜。

菊残犹有馨香散，荷败曾埋玉节深。

张翰鲈肥生故念，子瞻柑熟动新吟。

稔年多遂平民愿，盘奉时鲜听抚琴。

携手

一朝邂逅结秦晋，共苦分甘几十春。

履职持家无享乐，育儿赡老倍尝辛。

风霜摧挫鬓斑早，岁月蹉跎体病频。

迟暮总将琴瑟忆，诗章诵罢看云皴。

夏夜怀远

袅袅荷风带草香，庭前独坐月光凉。

蛩鸣寂夜听蛙鼓，烟笼琼枝引鸟藏。

欲掬清辉盈手赠，空怀愁绪暗神伤。

今宵盼有鸿鳞过，遽把诗情寄远方。

红尘悟

人生百味岁华匆，往事如烟散蓼风。

宵小惟图私利活，丈夫笃守正途终。

是非纵论凭铅椠，深浅咸知映雪鸿。

朝露日晞空叹短，各遵本分乐融融。

境界

久经磨砺敞襟怀，禅意偏偏向老来。

休慕功名休慕势，不贪富贵不贪财。

常将余热献公益，偶赋闲诗寄雀台。

随遇而安怜陋室，纵情山水远尘埃。

寻

尘寰一坠俗缘成，亘古凡心志向明。

钱起十年频赋献，襄阳八月咏湖平。

若寻偏涉名和利，欲绝终关爱与情。

坎壈人生歇何处，但看摩诘辋川行。

读王勃《滕王阁序》

初唐首杰未虚传，今古齐吟旷世篇。

壮景千般高阁览，豪情万丈绮云襄。

拈来典故皆深意，迭出新辞似涌泉。

况乃途经成巧遇，鸿文挥就震宾筵。

菜园乐

亦如五柳不须猜，几垄青蔬院后栽。
浇水终因晴日晒，备肥更把弱苗催。
风侵户牖馨香入，影掠墙头彩蝶来。
更喜盘飧足兼味，拼将一醉莫辞杯。

跟往事干杯

一时名噪散如烟，坎壈曾逢境遇迁。
风雨彩虹穹昊事，宾朋雅宴彻宵缘。
莫生俗虑耽身后，珍惜光阴在眼前。
搁笔还将夕阳颂，举杯辞旧跨新年。

心无物

禅意何须替性真，潜心淡泊远红尘。
藜羹藿饭犹知足，褴褛芒鞋未觉贫。
偶驻渔矶听浪卷，常移松涧看云皴。
且将荣辱随流水，月朗风清入梦频。

冬日凭栏

已是初冬未降霜，斜阳透槛暖华堂。
青山隐隐凭栏看，碧水幽幽借鉴藏。
一掬金辉欲相寄，几酎清酒始流香。
晴空又见双飞雁，好托遐思绮梦长。

冬雪童趣

髫年冬雪每频频，先撒珍珠后撒银。
家犬相随寻野趣，火炉围坐羡香醇。
犹乘天霁仗中乐，更借冰封河上逡。
若问凌寒谁早起，开门吾喜眼前新。

咏竹

贫瘠莫嫌随处生，山河装点尽葱菁。
屡经冰雪亭亭立，常抱虚心款款情。
兰室彩宣昌倩影，骚人辞赋借金觥。
幽篁何止七贤爱，摩诘操琴照月明。

母亲节忆母

梦里常回髫岁时，亲娘灯下展慈眉。
纺棉织布莫辞苦，缝袄纳鞋犹恐迟。
光影朦胧黯泥壁，青烟弥漫吸尘缁。
今居楼宇霓虹灿，宜学孟郊诚赋诗。

悼杂交水稻之父袁隆平院士

今有悲哀举世同，青山含泪雨濛濛。
身当巨匠清贫惯，心向布衣畴亩躬。
报国惟望仓廪实，为民蠲涤腹肠空。
天堂此去路无远，争奈袁公行色匆。

烟火

总回梦里小村庄，青瓦石阶坯土房。

袅袅炊烟缠碧树，熊熊柴火映亲娘。

甑蒸肴馔新春乐，罐焖家鸡满屋香。

今困高楼空寂寞，醉心往事久珍藏。

暮春观落花

一夜风吹细雨凉，庭前几树卸残妆。

盛开暂为春添彩，零落难逃泥掩芳。

先圣尚传陈国困，凡胎更被俗尘伤。

人生坎壈如花事，待到来年馨故乡。

读史有怀

其一

开卷犹听鼓角哀，冰河铁马御风来。

秦王睿智赢麟阁，商纣昏庸失凤台。

轻冠陶朱延后福，恋侯韩信降横灾。

功成名就归何处？紫绶布衣难剪裁。

其二

流年似水岂无涯，最美潮头逐浪花。

公瑾飞舟强虏灭，嫖姚纵马武皇夸。

先贤励志倾青岁，后世趋风仰靖嘉。

叹我平庸悲鬓白，幽思一缕寄烟霞。

成宝平

作者简介:成宝平,60后,石家河诗人,曾任石家河村支部书记。

春梅

瘦影寒珠品最珍,风欺雪压不沾尘。
含苞吐粉微微笑,抖落雪花都是春。

怜香

地上落花堪可怜,拾来放在案头边。
恐香逐日徐徐散,藏入诗书与字眠。

无题

赊得儒家半亩田,平生写罢写前缘。
红尘多少酸辛事,落入诗囊尽化烟。

心思

谁知陌野这般狂,成海菜花风已香。
许我心中藏一朵,偷偷晚上送婆娘。

中秋晨语

自古相思寄玉盘,寻词搜句续残篇。
千年骚客万年墨,难写红尘一个缘。

闲庭随吟

半抹斜阳落院墙,闭门深宅对流光。
老藤又借东风势,织得青青网一张。

咏柳

争开眉叶揽春光,秀发垂丝绾又长。
莫笑纤纤无挂饵,随风依旧钓横塘。

咏笋

千层衣甲裹身眠,久附虚心质地坚。
若得春风三日暖,敢穿厚土敢冲天。

野菊花

一

秋日难将颜色藏,清风吻我为偷香。
一丛头顶千千朵,化作黄花闺女妆。

二

劲骨丛丛花淡香,未因色艳自称王。
秋来高叶随秋落,独守荒丘独傲霜。

三

多雨多风四野凉,三秋独少百花香。
身微但有真颜色,何必贪高枝叶长。

野菊花

一丛野菊附堤旁,碧叶层层点点黄。
懒去门前迎雅客,愿开路外傲寒霜。
晚衔明月千般媚,晨沐朝霞万种妆。
可叹盆中亭院景,家花哪有野花香。

枕头吟

成对成双一尺长,浑身圆满两头方。
常闻醉客话真语,偶笑顽童尿湿床。
四季独知新妇乐,平生不解故人忙。
几多情念随春梦,化作鼾声夜夜香。

咏石家河文化

史前文化现余光,别样斑斓不再藏。
已晓城垣环邑野,未知符号遍村庄。
红陶粗制陶轮巧,镂玉精雕玉凤强。
处处探坑呈旧事,一锹一铲尽沧桑。

我家蒸菜

蒸熟秋冬蒸夏春,蒸来五味待乡邻。
蓑衣丸子好陪酒,瓦块家鱼更诱人。
大碗端平千载事,玉壶洗净八方尘。
一笼高架香烟绕,你醉我醒他似神。

鹧鸪天·中秋无月夜

秋水望穿寒气增,长空不见玉轮明。都知岁岁哪天落,难有年年此刻升。　　人少影,夜无星,相思千里是窗灯。墨云不解他乡苦,辜负今宵多少情。

鹧鸪天·已把浮名弃路旁

一醉方休卸伪装,管他孔圣与诗章。且将俗事抛天外,早把浮名弃路旁。　　虽雅士,却轻狂,疯言疯语更嚣张。哥们相伴天长久,如梦人生兑酒尝。

鹧鸪天·初冬萦怀

白露凝珠夜渐凉,西风细剪落英黄。拾枚叶片赋冬韵,择卷书扉寻短章。　　心淡雅,笔痴狂。情丝信马不由缰。回思春暖缤纷季,妄念花开那段香。

鹧鸪天·自语

子夜多情月韵寒,复归楼阁避尘喧。案头聆听圣人语,笔底自流凡客篇。　　吟一万,写三千,不知不觉忘其烦。芸窗醉倚如斟酒,似梦犹醒好坦然。

鹧鸪天·自嘲

生在寻常百姓家,却亲文字写年华。拙诗常咏三春景,瘦笔还描四季花。　　朝访友,晚观霞,静看明月照篱笆。也闻雷电邀风雨,淡把红尘当碗茶。

鹧鸪天·醉吟

人写生财我写穷,身居寒舍壁空空。小偷入户惊无语,骗子敲门白费工。　家简陋,腹盈丰,一枝秃笔啸苍穹。作诗终日添情趣,把酒三杯即梦中。

鹧鸪天·岁末迎福

老朽生来不值钱,一犁耕我四方天。开门有客连天醉,闭目无词对月眠。　听犬叫,任鸡欢,几分菜地不孤单。有书搁凳窗前坐,唐宋之间论圣贤。

鹧鸪天·咏牛

寒往暑来迎露栖,忠心耿耿系铧犁。耕耘欲展一身劲,疲惫还扬四只蹄。　由鞭打,任人骑,头昂不怕腹融泥。生前只食田间草,死后还留寸寸皮。

蝶恋花·晨语

剪块朝阳铺脚掌,欲去哪儿?沿梦寻方向。宴请白云编个网,晓风扶着轻轻荡。　再把西霞偷二两,泡在怀中,静待花开放。一颗凡心诗里养,任他长出春模样。

朝中措·闲吟

春将情籽种泥巴,初夏便开花。结得玲珑串串,视他当作娃娃。大儿韵脚,小儿短句,三子词芽。整日欢声笑语,天天叫我妈妈。

南乡子·岁末萦怀

时令若轻舟。临岸千年总掉头。逝水如常人更岁，何忧。哪个青春可久留。　　尘事笔端收。两鬓添霜作字囚。早晚论诗邀日月，情投。彻夜明灯那栋楼。

南乡子·箫音

宿鸟叫清晨。移步匆忙未点唇。窗下细听花滴露，氤氲。惊见幽兰落泪痕。　　愁我一浮云。半世频频独拂尘。借管玉箫传雅意，情真。梦里谁邀奏曲人？

喝火令·问君

学浅难书句，情多怯上楼。问君何事不相留？可惜那年春景，覆水逝难收。　　梦里埋红豆，窗前寄月钩。别将此物落荒丘。乱了流年，乱了我心眸，乱这池萍水，何处系归舟？

一剪梅·紫薇

疑似紫薇发了疯。这里丛丛，那里丛丛。枝枝尽现美人容，香染东风，情染东风。　　处处花房醉意浓。诗窖开封，词窖开封。酿些韵味对苍穹，我在其中，你在其中。

虞美人·旧月

重望旧月还初梦，陷入相思瓮。秋寒风起草花残，此夜孤灯秃笔句难圆。　　香闺锦帐钗裙在，衣带归谁解。鸡鸣暮鼓失光阴，一曲清词含泪对天吟。

许泽华

作者简介:许泽华,男,69岁,天门石家河人,中共党员,大学文化,中教高级职称,中华诗词学会会员,湖北省楹联学会会员。

举头望月咏三乡

举头望月咏三乡,远古文明源水长。
凤舞土城传古韵,雁鸣苇荡蕴茶章。
独抒孤诣诗归雅,御点天门五世昌。
不夜竟陵灯火耀,笙歌一片话沧桑。

游开封府

府第南开傲汴梁,雄狮怒目镇八方。
不闻惊殿鸣冤鼓,唯见猎奇羁旅郎。
御铡三刀扬正气,史书一部颂贤良。
高悬明镜千秋鉴,河清海晏正沧桑。

咏石家河文化

遗存积淀六千年,掘土开渠始现天。
谜漫颓垣环兀岭,歌萦滋水贯平川。
红陶素面遍三野,玉凤神形翔九乾。
远古文明薪火旺,生生不息永承传。

中秋咏竟陵

月上高楼好个秋,万达齐聚亮歌喉。
诗吟经典和金曲,众数月花争彩头。
茶圣当惊故里变,游人同享水乡悠。
嫦娥自是常思楚,做客天门欲久留。

咏茶经楼

琼楼高耸入云间,鸟瞰西湖旖旎天。
幽岛栈桥飞紫燕,柳荫竹坞集鸣蝉。
一行白鹭当空舞,几阵磬音临殿旋。
但见霞光融月色,泛舟品饮忆茶仙。

西湖胜景

满湖云雾笼轻纱,沿岸莹灯晕月华。
幽岛早莺鸣翠柳,长廊游客赏奇花。
声声暮鼓千秋梦,汩汩清泉一碗茶。
登顶经楼观胜景,欢歌笑语遍民家。

【越调·黄蔷薇带庆元贞】
庆十九届杭州亚运会举行

恰秋高气爽,正桂茂花香。墨染江南水朗,朋聚钱唐浪涨。(带)谜城良渚玉琮祥,多姿西子并莲香,世遗漕运拱宸光。同场圆梦想,携手爱绵长。

汪兆二

作者简介:汪兆二,男,71岁,天门石家河人,农民,天门市诗词楹联学会会员。

拜谒谭元春纪念馆

心怀景仰拜蓑翁,古韵悠悠醉眼瞳。
天下文章匡俗弊,竟陵学派立新风。
迹留山水名川上,诗入性灵孤峭中。
铸得精魂焉肯朽,恰如星斗亮苍穹。

贺彭齐富老师八十五寿辰

执教黉门总是缘,惟将仁爱种心田。
胸藏锦绣酬今世,腹贮珠玑效古贤。
遥念讲坛犹有梦,漫吟诗社恰如仙。
春风得意长安路,桃李芬芳歌满天。

古稀学诗

弹指挥间过古稀,欣逢盛世自怡怡。
禅心作伴仍如旧,秃笔相亲未觉迟。
常向高贤询秀句,每邀明月润新诗。
仰天一笑春风里,平仄敲来花满枝。

汪长树

作者简介:汪长树,男,72岁,天门市石家河人,中共党员,中师学历,退休教师。

野艾蒿(新韵)

甘居荒野守清贫,毁誉枯荣集此身。
贱作荷塘肥藕料,尊为端午护门神。
干坚枝硬风难扰,味苦质糙牛不亲。
但得一丝人用我,任他蒸煮任他焚。

岁末抒怀

兔神赐我小孙娃,鹤发童颜融一家。
点亮心灯温旧梦,抛开杂念护新芽。
摇篮荡曲千般趣,笑靥藏诗万朵花。
七十愚翁虽半醉,再添苦乐慰年华。

老夫妻

俗世人情薄似纱,心中明月放光华。
悠闲共赏岭南树,浪漫同追水上花。
青岁无辜尝苦果,暮年有幸品清茶。
风霜雷电拆难散,牵手来生还一家。

杨竞成

作者简介:杨竞成,男,1947年生于天门石家河。爱好古典文学,现为中华诗词学会会员,湖北省中华诗词学会、楹联学会、散曲学会会员,天门市诗词楹联学会会员,京山市诗词楹联学会会员。

竟陵东湖怀古

斗拱元春榭,飞檐隐秀亭。

诗归张尔雅,文墨显清泠。

崛起竟陵派,传承唐宋经。

吟声鸣九曲,致远达天听。

咏天门茶经楼

雁桥芦荡弃婴呦,智积禅师侧隐收。

满腹奇才遗世界,一杯香茗饮春秋。

西湖活水年年煮,陆羽茶经代代讴。

但为中华文化聚,天门兀的起高楼。

【双调·新时令】再战新冠

陡然来,疾如黑旋风,从那里,直逼到村东。察出由来,天门下硬功;管控坚强,核酸不放松。十天坚守工,终于战胜害人虫。哎呀我的兄,祛除一大蛰。幸运当今,医钱政府供。感谢由衷,一壶老酒浓。

杨唐明

作者简介:杨唐明,男,1948年生,1969年沔阳师范毕业,2008年退休。湖北省中华诗词学会会员。

七屋岭一隅

院内菊花墙上诗,茶壶出水有新奇。
悬高无架隐支柱,形似神猴醉酒姿。

四月田间即景

雨洒甘霖溢满塘,铁牛爱打难平事。
插秧常忆背朝天,一粒半羹来不易。

充电器

形似乌龟两头牵,从无到有电源连。
驱车百里不嫌远,环保节能都占全。

小满乡村

农家五月几头忙,割麦锄禾带插秧。
稻粟稷迎风渐壮,鸡鹅鸭混养精当。
塘中莲藕荷花现,架上丝瓜笑脸藏。
谁不说咱乡下好,今年更比往年强。

陈定州

作者简介:陈定州,男,1967年11月生于石家河,初中文化、爱好诗词书法,湖北省中华诗词学会会员,天门市诗词楹联学会会员。

石家河镇喜建诗词之乡

古镇文遗华夏扬,又传喜讯建诗乡。
草根附雅寻佳句,一样雄风胜汉唐。

诗词班重阳诗刊随笔

铺笺捉笔话重阳,骨老颜衰气尚昂。
不畏才疏校诗稿,也藏些许菊花香。

天门女子诗社成立三周年有贺

红颜结社绽奇葩,词溢西江字带霞。
敢与须眉争霸主,频登国榜续芳华。

甲辰盛夏拜谒谭元春纪念馆

溯源寻圣客乡行,方晓蓑翁创派辛。
立异标新称巨匠,幽深孤峭一奇人。

张军

作者简介:张军,湖北天门人,1955年生于天门石家河,中共党员,退休医师。现为天门市诗词楹联学会会员。钟爱文学、诗词。时有作品在《荆楚风》《荆楚田园文学》《天门诗苑》《天门诗词》见刊。

立秋吟

秋风秋雨送清凉,晓霁林中百鸟翔。
千顷禾畦抽壮穗,万丘棉垄闪银光。
田田荷碧莲蓬满,漾漾湖波锦鲤藏。
村外盈眸丰稔景,农夫欣喜醉霞觞。

重阳抒怀

金风玉露菊花黄,柳瘦枫红归雁翔。
遍插茱萸思手足,独观蟾月恋家乡。
千层落木萧萧下,几盏流霞慢慢尝。
身在神州逢盛世,陶然逸兴赋华章。

赞天门三蒸

天门烹饪史流长,竹甑三蒸誉远扬。
泡鳝馏鱼鲜不腻,柴鸡扣肉软还香。
肴丰进馔嘉宾醉,色美引来驴友尝。
宴散临屏联续侃,人人发帖赞厨娘。

注:天门三蒸为粉蒸、清蒸、泡蒸。

霜降

深秋渐冷菊花黄,落木萧萧满目霜。
荷倒千湖红鲤静,棉开万垄靓姝忙。
铁牛破晓驰塍畎,农户适时增地墒。
播种玉田希冀寄,来年遍野好春光。

中秋寄怀

牖前遥望满清光,竟夕无眠思绪长。
离梓漂萍为异客,归根落叶恋吾乡。
九州儿女齐观月,两岸同胞共举觞。
华夏复兴萦绮梦,金瓯一统尽朝阳。

咏劲酒

物华天宝美名扬,兹酒瓶开满席香。
玉液晶莹溶草本,神功显著秉经方。
三樽入肚雄风振,半月窥帘蝶梦翔。
小酌伴吾添趣岁,古稀潇洒似檀郎。

观石家河遗址博物馆(新韵)

古城遗址史流长,发现惊人震四方。
陶俑陶杯天日见,玉龙玉凤馆台藏。
祖先睿智多绝妙,文物珍稀尽炜煌。
满目千年无价宝,老夫潇洒赋华章。

徐孝祖

作者简介:徐孝祖,男,1950年生于石家河,专科文化。现任南宁龙翔学校书法教师。中华诗词学会会员、中国书法家协会会员、湖北省书法家协会会员。2017年获书画学报"首届全国书画精品大赛"银奖。

咏笔

深锋彤管细精修,学海文山自遨游。
汉史秦风添道义,尧天舜日写春秋。
毫端秀蕊书骚赋,墨点清香入翠楼。
黑白分明描帝子,藏经著典述王侯。

咏墨

宝出西周古色悠,浓珠点点竞风流。
邢夷制黛功天地,子美吟诗誉九州。
松炭锅灰堪始祖,煤烟糯米配源头。
雕龙画凤金銮殿,染阁妆亭庙宇楼。

咏纸

竹简安归换白笺,翕张素页结情缘。
奇功尽显蔡伦智,妙语方知萧察篇。
点缀人间成败事,铺平世上是非诠。
山翁野客寻陶醉,渔子樵夫借琢联。

咏砚

自古良工精细琢,圆高扁矮四方多,

临潼野外红丝隐,安寨山边端石挪。

铁虎陶龙添雨露,铜池玉堰引江河。

家家户户书香案,子子孙孙舞墨砣。

杨沙洋

作者简介:杨沙洋,天门市石家河人,退休教师。中国民间文艺家协会会员,陕西省民间文艺家协会会员,陕西省工艺美术学会会员,陕西省非物质文化遗产产业联盟会员。爱诗词,研微雕。能在头发丝上刻字作画,作品广受欢迎与好评。

咏荷

出水芙蓉别样红,西施含笑舞轻风。
儿童不钓凝神望,心已随花入梦中。

观兵马俑

兵强马壮世无双,勇士昂昂向远方。
欲问阵前弓箭手,军中是否隐秦王。

江雪

漫天大雪漫天黄,恶浪狂风过大江。
贵妇凭窗观美景,艄公摇橹吼秦腔。

咏柳

迎春岸柳绿成行,恰似宫娥展丽装。
朝伴和风长袖舞,夕随薄雾散清香。

游黄鹤楼

秋风阵阵大江凉,落叶堆堆古道黄。
新雁楼旁南飞去,故人月下隐何方?

为陈金安同学微信朋友圈摄影大作《陆羽》点赞

小桥垂柳远游船,碧水雄楼雁叫关。
留步西湖观美景,茶神忘返火门山。

土城夕照

斜阳西下鹤翩跹,皓月东升兔步闲。
远古土城围闹市,而今白玉隐桑田。
小溪婉转歌天籁,岸柳妖媚舞婵娟。
宝地石河流古韵,明朝又是艳阳天。

登凤凰山望零丁洋怀古

凤凰西眺雾茫茫,利箭依稀射北狼。
强霸千帆围海岛,残军万命殒边疆。
山河破碎阴霾暗,忠烈成仁正气扬。
一片丹心汗青照,神州世代颂天祥。

中秋节

儿行千里母担忧,母在家中儿更愁。
夜冷唯求风不起,垄黄又恐麦难收。
天天闹市高楼盖,载载深山漏屋修。
闰土刷墙归寝晚,和娘梦里过中秋。

西湖夕照

一泓碧水映霞光，紫燕翻飞绕画廊。
雁叫关旁垂柳翠，湖心岛上野花黄。
千年古刹腾仙气，十里新荷秀艳妆。
陆羽依稀邀故友，茶经楼上咏西江。

华清宫观大型实景历史舞剧《长恨歌》（新韵）

鼙鼓声声千里闻，萧萧原野起风尘。
胡儿狡诈妖出洞，唐主庸昏国破门。
古驿荒坡埋怨骨，今宵妙舞慰香魂。
恨歌一曲清宫冷，唯有汤池唤故人。

思乡梦（新韵）

溪边垂柳碧丝长，布谷声声唱四方。
桃李枝头蜂醉舞，麦苗青处菜花黄。
岭南常忆西江水，漠北疑闻渔鼓腔。
浪迹天涯游子倦，一帘幽梦又还乡。

登黄鹤楼感怀

留步云端黄鹤楼，楚天极目忆王侯。
东吴帷幄生千计，西蜀锦囊藏万谋。
赤壁大船烟已散，华容小道草悠悠。
群雄踪影今何在？唯见长江日夜流。

黄金洋

作者简介:黄金洋,男,1967年10月生于天门石家河吴刘村。自由职业。身残志坚,痴迷学律,湖北省中华诗词学会会员,天门市诗词楹联学会会员。

插秧

入水知深浅,来回小步移。
秧苗根扎稳,稻穗与肩齐。

红菜苔

叶绿茎红花蕊黄,经风浴雪沐冬阳。
折腰何惧浑身剐,鲜味一尝唇齿香。

农家嫂

垂腰辫子扎红纱,大布荆钗缠野花。
从不双眉画青黛,爱随夫婿养鱼虾。

观无人机喷洒农药

蛙鼓蝉鸣五月天,农夫树下吸香烟。
病虫防治开遥控,喷药犹如放纸鸢。

慈亲

不必临行密密缝,长年俯首电机东。
丝丝缕缕牵游子,鬓染风霜岁月中。

斥贪

脏手频伸枉作官,人前人后锦衣宽。
如今镣铐加身上,饭碗依然铁一般。

避雨

蚁阵排高地,蜻蜓舞稻尖。
风鸣惊白鹭,雨骤洗青帘。
黢米茶香馥,农家嫂笑甜。
乡村光景好,何羡隐陶潜。

谒谭元春纪念馆

惟楚多才俊,谭公享誉隆。
厌烦台阁体,合创竟陵风。
孤峭桃潭水,幽深黄岳松。
诗归留逸韵,长恨客家中。

竟陵文脉奇

秀丽西江水,茶神六羡歌。
花园胡府阔,进士蒋门多。
千里响渔鼓,五洲翻碧波。
诗归留雅韵,文采继东坡。

彭齐富

作者简介:彭齐富,男,86岁,中共党员,天门市石家河人,中学高级教师,华中师范大学中文系本科毕业。省、市老年书法家协会会员,市诗词楹联学会会员,省楹联学会会员,中华诗词学会会员。

谒元春纪念馆得句

性灵孤峭主沉浮,仕海怡情弄小舟。

一卷诗归酬故友,开山立派竞风流。

咏岁寒三友(新韵)

松

挺立崇山幽谷中,年年岁岁炫清风。

惯听百鸟欢声唱,永驻青春不老翁。

竹

绿叶飒飒送暑凉,纤姿瘦骨展奇芳。

有节有品是诤友,难怪七贤爱此篁。

梅

天生孤傲守严寒,雪沁霜浸蔚大观。

崖上桥边均怒放,百花随尔舞清欢。

竟陵东湖怀古

远眺元春树,流连隐秀亭。

诗归传雅韵,文就吐清馨。

炼句春秋画,构思龙虎屏。

我侪添浩气,怀古仰天星。

苏州游

金风送爽到姑苏,园艺景观居上游。

留影虎丘无憾事,看碑古寺有名楼。

亭台隽秀云山隐,佛塔巍峨气势猷。

观止园林底蕴厚,风流千古在苏州。

【双调·白字折桂令】读皮日休《西塞山泊渔家》

泊舟诗兴起西塞,捉笔上吟坛。文墨斑斓,韵成动长安。有皮公,复州大幸,名压邯郸。文脉永远,灿烂乡关。

楹联

陆羽经年访百泉,暂不论径山石鼎,武夷烟霞,但凭煮雪圆茗梦；

茶经一部起西江,终可期班固骈文,相如辞赋,独望著书报故乡。

彭齐才

作者简介:彭齐才,男,出生于1941年7月,退休教师,中共党员,中师文化。湖北省天门市石家河镇人。爱好诗词书画,中华诗词学会会员,天门市诗词楹联学会会员,天门市老年书画研究会会员,天门市书法家协会会员,湖北省楹联学会会员。

过土城

城垣环曲倚丘河,野草芳茵印信坡。
行过泊桥林密处,但闻花外采莲歌。

瞻仰竟陵东湖钟谭亭榭

寻轩曲径幽,清露晓风柔。
江海平生愿,文章千古留。
高怀彰苦节,雅韵咏灵修。
亭榭铭神迹,诗归昭后俦。

游张家湖

澹然碧水透清凉,望远渔舟撒网忙。
曲岸幽兰舒翠柳,横波晨雾绚红阳。
三春芳草燕莺闹,万顷玉田鸥鹭翔。
煦煦和风漪涣处,英姿棹起泽乡郎。

咏石家河文化

八荒耕种情悠久,九极清明先祖求。

亘古土城迷胜迹,峥嵘岁月斗蛮陬。

谁教陶罐残垣掩,却有凤龙奇玉留。

阡陌纵横青史演,巾扬溪水奏春秋。

游土城遗址公园

风和日丽楚天晨,川岭泉溪淑气匀。

千载土城风雨韵,一坛玉器楚湘春。

尘缘造化菩提树,岁月常寻梦寐人。

织锦公园多创意,梅兰菊竹恋山滨。

【双调·步步娇】山村五月

四野遥青和风荡,蛙鼓荷塘漾。白鹭翔,夹岸堤坡见牛羊。柳丝长,满畈新秧旺。

【中吕·山坡羊】抗旱

风枯天拗,赤阳烧燥,殃及棉豆鱼疏稻。旱长嚣,众心焦。引来汉水清流到,浇灌农田庄稼保。苗,日渐高;民,快意陶。

管文华

作者简介:管文华,男,1948年2月生于天门石家河,中师文化,爱好诗词书法。中华诗词学会会员,湖北省中华诗词学会会员,湖北省楹联学会会员,天门市诗词楹联学会理事,天门市老年书法家协会理事。

谒谭元春纪念馆

青阶黛瓦立蓑翁,神韵悠悠万世雄。
七子屡匡摹古式,两贤首创性灵风。
幽深本是元音振,孤峭自当玄理通。
石测阴晴奇未尽,诗归博奥妙无穷。
开山劈系宗师范,拓野兴园谭氏功。
惟楚有才回本位,竟陵学派气横空。

蒸之源

古城遗址出陶甑,疱凤烹龙在竟陵。
云梦泽中薪火起,三苗国里灶炉生。
王匡赐膳养千士,嘉靖垂青品八珍。
本色蒸馐传百代,荣登国宴正方兴。

瞻仰殉国烈士纪念碑

勒石铮铮倍觉亲,铭文凿凿缅功臣。
抽刀汉水驱倭寇,驰马中原拯庶民。

殊死犹存英杰气,鸿勋更仰智谋身。

而今盛世安宁日,岂忘当年浴血人。

月满中秋诗韵竟陵晚会即景

缤纷炮仗绽云天,万达西江灯火延。

管乐吹簧惊玉兔,霓裳舒袖赛神仙。

拼诗兴起飞花令,竞舞情钟映月泉。

如织人流皆鼎沸,良宵盛会乐无眠。

行香子·秋游京山吴岭库区

库水茫茫,柏影苍苍。天高气朗鸽翱翔,沙鸥辗转,塞雁成行。更鱼儿跳,鸡儿唱,狗儿汪。　　炊烟袅袅,村楼幢幢,鼓锣喧嚣炮声扬,新婚喜庆,一派和祥。正枣花艳,棉花白,稻花香。

【双调·新时令】古城赋

探迷城,渊源五千年。云梦泽,三苗启尧天。血浴高墙,安民保邸园。斧钺行刑,引弓逐鹿颠。淘窑耕井田,摞缸祭祀悼亡仙。红杯海内传,陶玩巧而玄,玉制玲珑,龙啸凤蹁跹,上古文明,郧都禹甸先。

【中吕·快活三带朝天子】古城夏晚

城垣秀草夭,湖堰菡花娇,土坡溜板小蛮腰,暑晚乘凉到。(带)小潮、老潮,艳服人人俏。赛歌蹈舞抖音摇,各显神通闹。日渐西沉,仍倾情耗,此间景甚好。镇郊,镇郊,锦绣天工造。

八 编委放歌

《诗归竟陵》编委作品集

（以姓氏笔画为序）

向晚昱遠山主湖

東撐蒼紅波皺

竹呈影照清榭無

新月上林中園

依陽動大明以蒙養

都役拭之把之人浮

《不泥齋墨痕》

右録申學詩二宜秋晚迎克陵東明
池元喜榭隱秀七丁

是歲曰霜之日不泥齋淵父書

作者简介

　　白守成,本名柏守成,曾用名白云飞,男,1957年生于天门拖市庙河村,曾在《诗刊》《中华诗词》《中华辞赋》等刊发表作品八百余首,出版《失眠的雨季》《飘摇的心旌》《心灵的履痕》《竟陵古韵新吟》等诗集,湖北省作家协会会员。

白守成

雪后即兴

谁调钛白盖黄尘,巨画无框椽笔皴。
一扫人间不平处,劲风啸里唤红轮。

雪之恋

琼姿舞梦下瑶天,欲嫁春风化玉泉。
点点相思托谁寄,冰心缱绻腊梅前。

见村姑与桃花留照

蜂声蝶翼为谁旋,灼灼枝头笑媚天。
过路春风亲一口,红霞朵朵挂腮边。

老眼昏花生慨

昔日明眸变寸光,老花高度也无妨。
风难静处尘难止,眼不见时心不伤。
几度疏狂争曲直,而今淡默看炎凉。
迷糊岁月从容过,望里随它绿与黄。

步韵和良原兄《六八初度》

苍枝贞叶雪难凋,雨著风狂不折腰。
六八春秋心未老,万千骚雅韵尤骄。
凌空写意挥椽笔,震錾吟声卷大潮。
吾敬兄如松立顶,气追云雁击重霄。

与友人久违寄慨

华胥梦里践前盟，每泛涟漪扰五更。
花月非唯年少好，知交亦可老来成。
孤怀一片冰心在，愁鬓三千白发生。
忍似参商长阻隔，殷殷守望共天明。

冬钓夜归

轻车斜月载歌回，鱼获无多心不灰。
岁晚宜寻闲适境，风寒更俏蚴虬梅。
逍遥日子诗为乐，自在时光钓作陪。
老伴围炉烹夜话，开瓶犹可饮三杯。

岁末感赋

游子何时不望乡，一天更比一天狂。
梅无雪压春行早，人有愁煎日觉长。
羁旅途中思故旧，遣怀笔下念爹娘。
客舟未解归心切，还挂云帆在远方。

八同学佛山聚首感吟

秋朗禅城迓八翁，欲言百感叹词穷。
当年同秉郫都烛，此际齐吟粤地风。
弹指韶光形渐老，奋蹄夕照气犹雄。
难能邂逅饮须醉，明日云山又几重。

庚子除夕二弟一家自广州来清远团年随感

身寄他乡聚转蓬，团栾酒肆也融融。

勤斟杯满饮皆尽，懒带肴余扫一空。

季冷吾安暖怀里，疫凶人慑恶霾中。

唯祈天下多宁日，照野春光处处同。

秋读小记

逸老书虫迷似痴，只叹平仄悟来迟。

形衰不舍黄昏笔，才浅犹耽皓首诗。

常慕先贤多妙句，深惭俗子少清词。

芸窗展卷读苏李，一遣三秋寂寞时。

顽孙书法作品见刊《书法报·小书家》有感并寄望

八代农耕丁不识，今朝誉领小书家。

字呈眼底工翰墨，名跃刊头映彩霞。

炼石恒心能补阙，淘金苦汗可推沙。

望从书道修人道，气正行方立则嘉。

吃荠菜包饺子有感（孤雁格）

春来野采自郊畦，荠馅调烹累老妻。

我见时鲜杯满酌，孙逢乡味箸贪迷。

穷荒日窘忧箪豆，酒肉餐多恋藿藜。

往昔充饥犹厌涩，而今牙祭作珍稀。

过水乡见农友育秧

绿柳春风靓水乡,犁耙声咏育秧忙。
泥浆踏谷农人梦,塑膜铺畦种籽床。
光足能催苗翠郁,汗勤必酿日芬芳。
将声垫帽田头坐,吐个烟圈逗太阳。

九秩老父闲聊纪略

不立桓碑不占田,届时瘗我柳林边。
朝闻报晓鸡鸣曲,暮看归巢雀噪烟。
荒冢能亲牛马近,冥魂还绕梓桑旋。
尤怜方寸养家地,留与儿孙好执鞭。

题乡间赶酒艺人

粗衣简具赶场忙,小曲悠悠走四方。
云板敲来吉祥日,鼓筒拍在太平乡。
事分红白情缘贵,歌有悲欢岁月长。
莫作从前行乞看,为人助兴醉千觞!

观永讯兄分享视频《活着》有感

几度浑浑觉老遥,醒来岁月已然凋。
青春岂有回头日,侠骨能撑傲世腰。
未肯摧眉事权贵,不妨混迹效渔樵。
临江钓乐诗为侣,更遣闲情就白烧。

晚春京华逢挚友

陶然莺月话重逢,湖畔残春余片红。
别后思情萦脑际,晤时日色暖心中。
德能载物方为美,句到惊人始觉工。
酒入豪肠诗助兴,斜阳醉去月升空。

满江红·仲春登茶经楼览竟陵有感

欲接青冥,凭栏望,层楼鳞栉。邀玉凤,雁桥揽镜,映红梳碧。四野烟光天降瑞,三千画卷谁调色。待夜来,歌舞沸笙箫,霓虹煜。
钟谭火,传未熄。茶圣道,弘无佚。借文宽旅路,旅延文脉。胜景迓迎天下客,殊功看取碑中迹。敢为先,凌昊有鲲鹏,舒云翼。

蝶恋花·值贤孙保送广州培英中学有寄

八辈查来因尔傲。逆水行舟,汗拓人生道。莫使光阴虚度掉,苦寒经后梅花笑。　　树育苗时人育小。桃李成蹊,但赖修身俏。他日成材家国报,能孚众望方为妙。

作者简介

　　付牧扬,笔名牧夫,湖北天门人,天门市竟陵派文学研究会副会长。发表文学作品近百万字,散见《中华辞赋》《现代作家》《微篇小说》《中国诗词》《诗词家》《中国教育报》《诗词月刊》《中国诗词选刊》等报刊。

付牧扬

谭元春纪念馆暨谭氏天下文章堂宗祠联

鸣鹤朝阳,英豪武略煜青史
竟陵带月,天下文章骈谪仙

望族芳华,由赣及鄂,万代兴隆气象
文坛领袖,开宗承先,四时浩瀚儒风

游张家湖感怀

其一

佳处风光入画屏,共君游衍已忘形。
数声灵籁弄香影,十里烟波摇晓星。
风散芦花随地落,鸟啼莲叶逐舟停。
天涯促棹觅仙迹,不计浮沉任泛萍。

其二

柳岸风来千顷波,笑看童稚扑飞蛾。
绿杨树下钓微意,碧水亭边对酒歌。
春信难藏时序改,飘蓬不锁鬓霜多。
此身已在樊笼外,放浪江湖一苇过。

其三

小住竟陵逾五年,暇时纵棹兴悠然。
博观湖色宜风后,解赏岸花未雨前。
寥落羁怀沽绿蚁,峥嵘岁事问渔船。
寻思尘袂难抛却,侧畔能赊几亩田?

作者简介

　　刘政(网名都是缘),男,大专文化,湖北省天门市竟陵人。现为湖北省中华诗词学会散曲分会副秘书长。天门市诗词楹联学会副秘书长、散曲分会会长。作品散见于《中华诗词》《中华散曲》《中国当代散曲》《中华诗词杂志》《湖北诗词》《湖北散曲》《荆楚田园文学》《天门诗词》。曾获全国诗词大赛优秀奖、入围奖。并获第五届"税务杯"全国散曲、楹联好作品评选二等奖。合著诗集《竟陵古韵新吟》,个人诗集《仗剑登峰》。

刘政

夏夜

一缕清辉下,老翁忙席编。
金秋收获日,粮垛接云天。

小假试钩

绿水浓阴处,平湖钓柳丝。
放竿花一簇,情趣两相宜。

小聚唱和亭

金风弹晚唱,兴起忘晨昏。
一嗓农家乐,从头到脚根。

霜降

叶落荷枯老柳纤,霜凝露冷湿窗帘。
台前屋后三分地,大蒜香葱正冒尖。

神舟十三号航天员返回

万里东风着陆场,螺旋彩伞带尘香。
飞天儿女归来急,要与娘亲话短长。

秋日见闻

屋后村前道不孤,运粮驮果紧相呼。
三农旗帜飘扬过,百里秋收入画图。

夜宿山乡

初冬时渐短,新月待磨光。

绕径流诗意,隔厨闻酒香。

湖清山色远,夜静犬声长。

一片悠闲地,听泉入梦乡。

月是故乡圆

旧话中秋事,夜空轮渐圆。

云为归客近,月是故乡圆。

笔下诗篇短,心中杯酒圆。

离愁染霜发,别赋梦团圆。

咏诸葛亮

身隐青山道不孤,茅庐三顾出江湖。

百年谋略隆中对,半世功名车上驱。

夜火半江惊孟德,东风十里笑周瑜。

吞吴遗恨成千古,一缕忠魂长路呼。

鹧鸪天·夏游九寨沟

五彩湖飘五彩烟,步挪肘碰擦香肩。斜阳赤水堪留客,倒影青峰似过船。 溪上醉,谷中寒,七弯八拐漫无边。借它一阵飞花雨,九寨沟凉六月天。

行香子·潜江龙湾采风

刷过诗墙,踱过牌坊。拽秋风翰墨流香。幽花点点,啼鸟双双。伴歌声远,吟声朗,和声长。　诗承杜李,韵续江阳。看龙湾凤舞凰翔。归沾泥土,吼带秦腔。这草根亲,草根酷,草根狂。

卜算子·喜迎国庆

结彩挂红灯,调酒邀朋聚。同贺娘亲七十三,正把青春步。楼宇接云天,大道通商路。借得征帆八面风,一曲中华赋。

【双调·折桂令】湖北办税步入快车道

楚税通理税之魂。码上提交,掌上咨询。数据支撑,平台服务,网络传真。线上办省时快稳,集成办思路长新。一键亲民,简了流程。固了银根,便了乡邻。

【中吕·喜春来】观春晚彩排

一群可爱调皮兔,大地多情动铁锄,谁家似醉傲梅图。催战鼓,岁岁把春呼。

【双调·水仙子】步西湖樱花大道

高楼林立径轻舒,万木多情景不孤。樱花朵朵拼成句,唐街也在呼,且凭栏五彩追逐。闲吟客,许路途,醉了西湖。

【仙吕·醉中天】清洁工

抱月到三更,扫雾待天明。道阔林深露滴轻,草木摇疏影。碧水蓝天并行,除尘干净,细描古镇新城。

【双调·水仙子带折桂令】抖空竹

老来突发少年雄,闲去翻飞夕照红。诗情画意追春梦,屏中偶尔逢,有缘人、雅趣相同。心生动,意放松,一点都通。 (带)抖双杆荡起惊鸿,彩浪如弓,声响如钟。甩套勾捞,腾挪闪展,其味无穷。看和谐物和我轻,溯源头千古遗风,恰似儿童,玩转时空,乐在绳中。

【中吕·山坡羊】贺神舟十二号载人飞船成功发射

云呈祥瑞,船携神配,一声怒吼长空沸。箭船离,太舱集,千年探索终无悔,今日环飞姿态美。天,同贺喜;人,同贺喜。

【中吕·迎仙客】雨中环卫工

闪电长,雷声狂,倾盆自天如水莽。路行船,浪溅窗,远望荷塘,掀起千层浪。深色靴,橘黄装,竹片钢千疏堵枪。扫残枝,掏盖藏,汗水和浆,换个通行畅。

【双调·雁儿落带过得胜令】戏说自助餐

进门热气蒸,觅座神来劲。举家带口乐,馋客乘秋兴。(过)烧烤选牛精,鲜涮派羊灵。席卷舌尖累,云奔脏腑撑。停停,老伴呼毛病;哼哼,小孙叫肚疼。

【中吕·快活三带朝天子】又见桃花源

陶翁寻梦回,楚客紧相随。桃花源里几徘徊,绮景心头慰。(带)草肥,水肥,禽鸟鱼虾会。老街小巷见烟炊,晋太元中味。吊脚凭栏,酉阳拾贝,宜居留口碑。煮醅,品醅,月晕星儿醉。

【中吕·普天乐】晚归

暮云生,夕霞远。闲耕长短,满载回还。夫挂犁,妻牵犬。笑语欢声乡邻羡,甩长鞭醉了心田。归鸟返巢,鸣蝉歇柳,老舍炊烟。

【正宫·塞鸿秋】张家界国家森林公园

神功鬼斧奇天柱,遮阳蔽日参天树。溪流沟壑崇山布,游人如织随流去。天然大氧巴,自得金山富,休闲避暑敲诗句。

【中吕·山坡羊】村头便民店

夫看妻笑,妻看夫笑,开张小店门庭耀。铁锹锹,树苗苗,油盐酱醋随人要,童叟亲疏无大小。来,买个好;回,揣个宝。

【中吕·朝天子】陆羽

弃婴,护婴,雁叫芦塘冷。禅师收子伴青灯,钟鼓心宁静。遍访名家,独寻蹊径,茶经三卷成。你烹,我烹,千古呼茶圣。

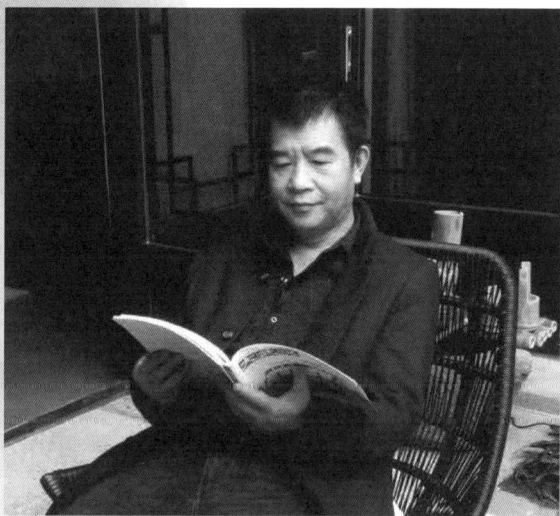

作者简介

　　汪志平,男,1965年生于竟陵,师从张世超先生,中华诗词学会会员,天门市诗词楹联学会副会长,天门市竟陵派文学研究会副会长。

汪志平

岳阳道中

忧乐关心仰昔贤,洞庭浩渺水连天。
我来为访名楼址,何惧巴陵路几千。

岳口题句

谁把明珠斯地投?四时风景胜瀛洲。
当年武穆屯兵处,悦耳笙歌满画楼。

题王昌龄先生《归梓拾遗》

风马云车过七年,长汀回首隔苍烟。
飞来青鸟传消息,又续新诗三百篇。

题陈先觉先生《追梦吟草》

莹莹佳句味无穷,梦影分明此集中。
自古义门多俊彦,明灯一盏透窗红。

邀友赏雪

关河开晓色,飞絮自迷漫。
冷日长天暗,枯林小鸟欢。
无为随意舞,不作等闲看。
岁杪围炉坐,清谈到酒阑。

吊小乔墓

当年韵事遍江东,顾曲人亡万念空。

莫道红颜真薄命,侬家夫婿是英雄。

题曹继万先生遗著《江渎轩诗文集》

荆楚多才俊,曹公享誉隆。

郢中歌白雪,江渎响黄钟。

退笔荒丘积,题诗翰墨浓。

遗篇留逸韵,临水种芙蓉。

睡莲

餐霞饮露枕波眠,梦里生涯梦里仙。

蝶吻腮边真妖媚,风掀裙角最缠绵。

半塘影落三秋尽,一缕魂销百丈牵。

怕惹无端是非祸,不妨昏睡钓船前。

岁暮游胡家花园

名园修葺景幽清,一睹新容两眼惊。

功业千秋随谤誉,故居几度证衰荣。

汾河何日别归鹤? 楚地此时飘落英。

回首繁华皆梦幻,尚留韵事话中丞。

再赴邵府赏花约

去年访客又重来，小院牡丹依旧开。
花压新枝环石径，藤牵香雾满楼台。
清幽只合惹人恋，娇艳最能招蝶回。
好境这般谁布局？全凭地主巧安排。

五十初度

其一

日斜甲午岁匆匆，一曲鹤南操未终。
结识鸿儒为本愿，应酬流俗岂由衷。
穷源竟委求真谛，守缺抱残存古风。
市上闻人唤夫子，俨然新妇颊绯红。

其二

知非谁可比蘧贤？树到深秋犹自怜。
半世愁多方信命，百年苦短且随缘。
龙孙罹病难为笛，犬子成婚怕借钱。
日夜吟哦妻懊恼，含嗔撕破案头笺。

别友人

故园久已买离舟，屡改行期屡唱酬。
一片浓云遮月色，二年往事注心头。
兴来岂饮三分醉，别去难消万缕愁。
安得长绳千百尺，系将西日驻吾楼。

辛卯重九登高感赋

蟹肥菊绽又重阳,玉露金风草半黄。

秋遣清光侵客鬓,天将寒气绕荷塘。

登高我自徒怀古,恋旧人真多感伤。

落叶飘摇征雁远,江河萧瑟异寻常。

悼汉剧大师陈伯华

驾鹤西归极乐天,牡丹凄绝折春前。

舞台谢幕余香韵,汉苑陨星浮紫烟。

堕泪声销何满子,落花肠断李龟年。

遗腔自有光盘在,栩栩神难笔底传。

蝶恋花·无题

寂寞平生非偶数,江北江南,一笑成虚度。水远山高多是误,韶华雨打风吹去。 燕语呢喃留小住,庭院幽闲,不扫蓬门路。落拓情怀同谁诉? 美人青眼时相顾。

蝶恋花·闺怨

恼得东风偏唤雨,作尽春寒,冷色迷朝暮。舞折柳腰真是妒,问花几度花无语。 多少红颜薄命女,蕙质兰姿,惜被婵娟误。香粉飘零从此去,人间哪有金铃护。

风入松·题《苍竹痕》词集

故交怜我惠春风,一卷作推崇。斗叉拈韵酬诗债,道崎岖、不悖初衷。长恨花开易谢,自惭词句难工。　　叹人生聚散匆匆,珠网落尘封。斜阳流水风萧瑟,雁南飞、霜染丹枫。寂寞平添愁怨,相思尽付吟筇。

一丛花·皂市叶子村赏桃花

相逢不信武陵中,云影满村红。轮波影动莺声啭,低回处,远景朦胧。烂漫销魂,红尘紫陌,依旧笑春风。　　春如短梦一场空,岁月改芳容。那堪花落难为主,凭添恨,逝水无踪。不畏飘零,艳痕留迹,过客兴尤浓。

行香子·西湖秋韵

曲径通幽,画阁香浮。卧虹桥、头枕清流。水天一色,雁阵鸣秋。看湖心泉、亭中弈、岸边楼。　　品茗催舟,叩枻惊鸥。效先贤、梦蝶庄周。逍遥自在,携侣遨游。且举匏樽、抱明月、抚箜篌。

作者简介

　　易永讯,男,年至古稀,武汉大学中文系毕业,新闻战线副总编辑退休,新闻作品曾获中央领导批示。闲来写诗,现为中华诗词学会会员,天门市竟陵派文学研究会顾问。

易永讯

江南记游·钱塘夜月

渺茫楚水拍空流,浪涌钱塘夜不收。
玉镜光寒花万片,依然天上一轮秋。

江南记游·别石城

月照空山鹤在松,复听耳伴石城钟。
今朝又向江头别,目断孤云意万重。

江南记游·净慈寺观景

十里湖山锦簇堆,花红柳绿步瑶台。
六桥春水天开镜,不着人间半点埃。

张家湖即景

登临一慨然,风物旧林泉。
高塔云端里,人家水那边。
翻飞寻食鸟,出没采莲船。
千古诗中画,何须独辋川。

过严陵台

汉室兴亡甚,英雄陷毁誉。
人才同芥蒂,天地属藘庐。
逃世难逃迹,钓名非钓鱼。
一钩台上月,独照子陵居。

访梅坊古风二十韵

书斋号梅坊,隐于东湖旁。

室雅引客羡,花好招蝶翔。

仲春夜飘雨,弟子拜雪堂。

相逢无俗语,文史叙家常。

先议屈子恨,放逐赋河殇。

再嗟张居正,浩叹兴与亡。

论及翰墨事,意气已飞扬。

秦汉篆籀隶,魏晋数钟王。

厚重颜鲁公,清逸董香光。

谈及兰亭会,似入桃花庄。

竹林仰七贤,出世效嵇康。

邀至古墨斋,列案满琳琅。

赏读国博册,篇篇尽玮煌。

徜徉复徜徉,端详又端详。

语至兴酣处,皆如少年郎。

击掌定盟约,笔墨易诗章。

家珍赏不尽,犹渴饮琼浆。

先生真高士,我亦具热肠。

师徒俩狂人,相顾鬓染霜。

临别茶一盏,胜却酒千觞!

登五老峰半山吟

闲坐看禅月,行吟向落梅。

半山依翠竹,五老岌崔嵬。

渴饮南山水,憩仰东林台。

拨槎思故里,欲去更徘徊。

白马龙潭寺晚钟

古寺钟传隐隐声,烟凝疏壑晚霞生。
居心不外龙潭径,酿酒何妨白社盟。
风递余音飘岭细,山随残照映江清。
旅窗却有天涯客,耳畔犹萦禅外情。

雪后赏梅

一番风信尔先滋,疏影横斜四五枝。
但爱白衣夸傲骨,何堪玉笛惹幽思。
月升东岭云收处,香满西湖冰冻时。
始信逋仙真世隐,年年向雪问梅妻。

吊屈原

早向湘流葬楚津,忍看天下悉归秦。
十余凫雁谁加缴,六里江山巧弄人。
稚子劝君逢虎口,忠臣忧国逆龙鳞。
偏怜多技妙辞赋,千古低头仰后尘。

姑苏览古

吴王台榭枕江流,歌舞三千赏此游。
桂苑霜荒鸦噪耳,长洲潮落客添愁。
花开逗引西施辇,月满思来范蠡舟。
步屧廊空卿不见,秋风吹断采菱讴。

作者简介

　　孟华,女,1970年生于竟陵,中华诗词学
会会员,湖北省中华诗词学会会员。湖北省中
华诗词学会女工委副秘书长,天门市竟陵派文
学研究会副会长,天门女子诗社创始人。

孟华

游汉江

山与水相依,芳春绿正肥。

盘烟峰半碎,受雨影全非。

猿啸征帆去,莺啼画幕围。

看多诗有债,不敢共光辉。

闲吟

且将岁月织成花,诗笔娱情赋晓霞。

借得春晖三色堇,吟成仙乐半壶纱。

人心淡泊随颠倒,天意从容辨正邪。

更有多情梅与竹,尽携清气护吾家。

无题

每因离别写无题,烛泪堆成夜静时。

应是有怀人不寐,可怜为客病相欺。

车声远似乡关隔,归意浓如帷幕垂。

未敢愁多惊顾问,还将短梦尽藏之。

祝爱孙生日快乐

生逢首夏正清和,三载含饴乐事多。

学步随心常谨慎,翻书信口起吟哦。

明光皎皎穿云月,逸性悠悠出水荷。

福有根源开智慧,龙驹振鬣待鸣珂。

辘轳体"信有初心定不移"

一

信有初心定不移,那年结社趁花期。
孤高每被人情陷,澹泊常为俗事疲。
所愿能诗皆尽兴,向来善学肯无私。
青山未必求青眼,便与青松话雨时。

二

穷冬雨雪正当时,信有初心定不移。
纵是繁霜侵瘦影,何妨静水照幽姿。
香深我寄横斜句,春暖君同慷慨辞。
可恨人间少和靖,啼莺个个向高枝。

三

渴饮醴泉饥啖芝,常随青女舞瑶墀。
独怜傲骨真无悔,信有初心定不移。
刷雨还惊颜色老,摩云顿觉羽毛衰。
一朝误落蓬蒿径,亦被鸥鹚侮与欺。

四

奔流那复计东西,林卧山游海作池。
竹影携云同晃漾,荷香拽月共清漪。
常怀素志求为善,信有初心定不移。
前路峥嵘弯十八,避高倾下且从之。

五

指点蓬蒿唱别离,待春便与白云期。
顿消寒雾风来壮,犹带清霜日上迟。
颖水浮光松影洗,商山积翠露华滋。
会稽应隔三千里,信有初心定不移。

初夏见榴

榴花似火夏初燃,一别春光更寡欢。
风景于今应罢酒,客愁自此只凭栏。
独怜红杏怀仁苦,还怨青梅余味酸。
雁塔楼高宜望月,归心却被夜摧残。

满江红·端午寄子

五色丝绳,结为佩、香蒲艾虎。牵肠处,风撩鹤梦,云浮鸿羽。应念少年初奋发,可怜客子多辛苦。细叮咛,明媚趁端阳,凌空鬲。
时正好,休辜负;行渐远,休迷误。当简淡尘心,清疏闲趣。忘却不如人意事,信他真是晴霞路。看古今,有志者功成,天分付。

八声甘州·己亥冬至寄子

恰山疏水秃净生寒,朔吹厉严冬。见梅开素雪,草眠冻土,岭秀孤松。听得谁家横笛,曲尽意无穷。更有云中翅,百折从容。　　顾我依然多感,望银州杳邈,年味当浓。待一番风雨,便是腊灯红。敛闲情,经纶铭志,敞襟怀,豪气任冲融。今宵好,上阳苏复,万象恢隆。

贺新郎·游平利蒋家坪茶山

地险丛林密。路蜿蜒,云垂雪岭,天连翠壁。追逐烟霞居其上,起伏莺声如织。且看取,茶田千级。秦女行歌犹采叶,竞绮罗,笑指苏公笠。当美景,蹑仙迹。　　相将峰顶晴光熠。近人家、竹深欲隐,花重未隔。紫阁堆檐帘烘半,炉煮清泉待客。问亲切,归耕得失。道是青山真不负,有圣明,赐予张良策。好日子,倍珍惜。

水龙吟·癸卯生辰

依然霜鬓青铜照,总是诗肠杂绪。生辰时候,乍收梅雨,正凝荷露。一念孤高,任他花落,任他春去。看西江水阔,东篱叶茂,其中我、谁为侣。　　肯信明光万缕。且从今,向贤避恶。林之木秀,难逃雪折,每遭风妒。委曲应抛,闲书堆案,粗蔬入箸。便吞声敛迹,心安何处,吾乡何处。

水调歌头·黄潭菊花节赋

宝地菊初熟,锦色满农庄。堆红围紫,谁肯输却半分香? 十里垂杨绵柳,几处池亭水榭,垂拱薜萝墙。晨雾荡清白,晚露湿流黄。踏水车,摘蜜橘,唱花腔。邀些雅客,醉洒文墨举琼觞。正是金秋时节,更有村箫社鼓,同奏岁丰穰。今日好光景,幸福万年长。

苏幕遮·丁酉春与众诗家长寿林场赏桃花

绿才舒,红应满。春色撩人,更向桃花岸。漫惹香芬双袖染。乳燕争飞,弄影摇枝乱。　　泮林幽,樵径缓。望处炊烟,迎日依山转。犹忆那年初坠艳,芳草萋萋,一笑千痾散。

沁园春·丙申末访新复胡家花园

闻复名园,乘兴相寻,巷僻景新。见飞檐俏爽,青墙静穆,楼台亭阁,尽洗前尘。堂镜初悬,帘松犹在,已是踌躇数十春。微吟罢,赏诗痕墨影,往事纷陈。　　当时巡抚之尊。重洋务推行科技真。亦行书万字,开山筑路,步程千里,保矿维民。甘苦由时,方圆在我,荷蒉休疑击磬人!凭栏处,有茅茨共隐,梅竹为邻。

鹊桥仙·夏至

依然梅雨,何妨夏至,长日炎炎滋味。闲门垂柳正成阴,攀不得、蝉鸣声脆。　　半窗花树,一池荷芰,各以芳姿明媚。曲江望处杏都红,谁唤道、归舟可系。

南歌子·观竹

谁种离离竹,依然瑟瑟图。长忧雨雪赖人扶。却是板桥铮骨,映窗虚。　　直觉迎风懒,何妨与世疏。被天磨折向天舒。若有一泓流水,更欢愉。

水调歌头·中元夜月

云涛犹待鹤,鳞甲已为龙。淡烟苍霭,明镜初出色偏红。还向落霞容覆,渐与疏星移转,虚白吐鸿蒙。灯火长安夜,城阙水晶宫。客行缓,歌听彻,露将浓。市尘孤蹈,豁达方可慰离衷。时见瑶台倒映,欲驾清风醉倚,未肯纳凡踪。檐响栖归鸟,廊静唱秋虫。

作者简介

钟波,1989年生于天门小板,师从辽东于文政先生。唐社秘书长,复州诗社社长,天门市竟陵派文学研究会副会长兼秘书长。中国对联甘棠奖连续多届最佳联手、最佳联作奖得主。任国内多家诗刊与诗集编辑。

钟波

剪头

陌上青春归一剪，人间往事落纷纷。
此生已作飘零计，除却年华可奉君。

望月

剪烛秋风影渐分，孤光万里共红尘。
从君别后天涯月，怕惹相思不照人。

摘星

年少问伊何所愿，含情不语指于天。
一生风雪依前诺，摘得星星满鬓边。

春日绝句二首

其一

燕子飞时了却春，光阴掌握见浮尘。
白云隔我桃花树，我隔桃花又一旬。

其二

野草高低绿到门，鸭浮花影涨苔痕。
短衣犁破清明雨，杜宇声微向水村。

秋宵

欲奏横枝月作弦,随抛白子散于天。
等闲参得迷关破,已是人间第十年。

春日感怀

弈世无长策,还家理旧园。
天飞云不系,水破石难藩。
坐破三年壁,修成一老猿。
锄春新得字,幽兴与谁言。

赠寄燕巢女史

茶香偎古卷,花色续春庭。
雕结云随印,簪余雪满瓶。
江南一夜雨,窗外几回星。
莫问思乡客,归心在画屏。

饮酒

吞罢杯中一日长,人人事事较茫茫。
枯肠不饮词将绝,笑面相逢梦已忘。
解万古愁抛世累,当三更月卸吟囊。
少年客满归何处,击箸高歌酌夜凉。

龙盖寺

茶僧送客未成归,虚室长留蛱蝶飞。
扫叶斋从云象变,拈花人坐夕岚微。
生涯露电今何是,泡影风尘较已非。
入暮钟声犹隔世,檐光如雪到中衣。

梅花二首

其一

宜雪宜诗待细论,前生于此种香魂。
枝摇满树飞蝴蝶,影皱层楼上石门。
妆白天将施粉黛,铺银月已补黄昏。
若教来世君为客,寻我花开何处村。

其二

入世香疏解者稀,岁尘寒裹冻珠玑。
来从众里花先片,去向人间雪满衣。
枯放生涯如此老,凌吹天地竟何归。
冰心吐破当时夜,哭隙窗风渐渐微。

牡丹二首

其一

曲栏红粉正宜簪,香入佳人笑面深。
国色从来居一品,仙株未肯易千金。
自怜朝露犹垂泪,何惜春晴更劝斟。
名压群芳千载过,还将锦簇付沉吟。

其二

红亦成妍粉亦匀,凡花枉自苦争春。
香传洛下仍倾国,俏立庭中更可人。
俊赏重因佳处得,诗情每较看时新。
扶头不语黄昏后,便惹东风辗转频。

春夜

远水群山各一端,楼台都在月中看。
鸟啼灯火风微动,柳压烟波露未干。
诗债来时愁似海,花枝谢后酒如餐。
安知乍醒春衣薄,不敌思乡此夜寒。

为学

为人学句苦犹耽,两字僧门力所参。
入想生涯飞白梦,无间风雨坐红酣。
枯云蔽日知松古,老鹤梳翎信井甘。
须发同将名利减,始因穷目有初谙。

冬日自遣

受此光阴暂得居,逢人恩劫各如如。
一经参到名无藉,四句删成味有余。
天上云翻牛马阵,枕边灰覆紫丹书。
寒门安卧新年近,笔蘸梅花试雪初。

窗前偶拾旧作几首

区区少作未宜珍,贬置闲窗接路尘。
一句删成天外语,几回愁死茧中人。
大名辩却元非马,奇货居然偶得麟。
补缺恨无金石手,且将收束供来春。

离乡小道

来去孤身一径存,越年风雨转无痕。
客心乍洗庄前水,犬吠犹追世外魂。
树隙光阴成永隔,天边梦影减余温。
青春已逐繁华过,又向双亲背此门。

东湖双子亭歌

钟公埋骨远谭公,各占荒台不再逢。
契阔如今私语夜,东湖水拍讲鱼龙。
去日百年犹可数,沿栽于此见风骨。
蔽阴何用久招摇,所托深情唯故土。
进士终年老六经,空留隐秀刺天青。
先生著笔无人识,但有乡民作戏听。
诗名幽峭轻如试,诗论挥扬雄万字。
水榭连横眠不波,斜阳忽忽来胸次。
我辈何能解式微,偶来凭槛吊诗归。
晴天历历蓝如海,坐看双云绕此飞。

满江红·冬日夜归

渺予深怀,谁相见,一瓯冰雪。都看罢,风尘人事,生香往绝。万里书成风烈烈,五更忆到愁时节。算有幸,几度共消磨,廉纤月。

想旧话,空成说,想新歌,空呜咽。把飘零饮作,闲词半阕。杨柳青丝终皎白,沿途嘉景成虚设。记归来,灯影下围杆,夜如铁。

长相思

长相思,西窗底。西窗日下楚江头,美人如花不可求。偶然一去浮云上,十里千里碧波流。　　万事心头都到此,描摹颜色费诸纸。依稀前梦同来时,守住桃花伴君死。长相思,何时已。

菩萨蛮·拟花间词四首

其一

春葱半掩眉山绿,灯花照破人如玉。宵转报更声,舞衣莲步生。盈盈团粉泪,拼作伊前醉。心字渐成灰,哪堪长夜吹。

其二

梧桐缀雨添新嫩,桃花满地飘香粉。溪水过横桥,春风得柳条。别来耽一面,桥上当时见。何处再相逢,青山几万重。

其三

鬟云绾就相思结,斜飞宝髻双蝴蝶。春去少人行,画楼和梦凭。黄昏一霎雨,坐把花枝数。心事被谁知,萍风吹柳丝。

其四

鬓蝉不耐春风剪,玉容敛破愁痕浅。微雨过长汀,醒来魂梦轻。妆镜描新月,一点胭脂雪。身世已多愁,桐花逐水流。

蝶恋花·冬日是夜火车赴湘

一己幽怀深未了,逆旅寒宵,万事来相讨。来去人间何草草,十年证得青丝老。　呵露车窗天未晓,灯火山村,远看星星小。欲遁天涯如逝鸟,天涯明月还相照。

金缕曲·与张雪斋、李东园、杨雪窗、素笛轩、草心斋主同游汉寿,分冷香飞上诗句得句字

舟刻于何处。是当年、滴雨梧檐,留人不住。湖海光阴催斑驳,旧日莺歌园圃。尚留存,桃花诗句。萍末相逢如开谢,结尘寰倒影于朝露。来也罢,去何去。　千里江山倾一顾。记缁衣,烟北风南,车尘无数。萧瑟寒花飘零尽,略把前生分付。剩今宵、相寻难著。好梦销残余温在,孤恨茫茫举。当此夜,竟谁语。

满庭芳

白马冠巾,红楼萧管,少年往事都过。银翻一隙,逝水涨痕波。难解东君意绪,闲吹起,烟柳婆娑。将无数,痴心恨笔,引入高歌。

若何。浑抛却,苍生饱暖,泣下情多。拱手谢春风,相共蹉跎。信有情天未老,携长梦,去去如梭。待归去,斜阳林影,顾我醉颜酡。

眉妩·春日试煎云姐相赠恩施新茶

握香围成阵,雾散余丝,盈露待吹醒。想小姑初剪,红囊满、山岚斜照相竞。素心欲整,弄鲜芽,光曲深镜。趁今日,小坐窗横里,品闲托空性。 佳兴。重添斜迸。卷碧丛生浪,清阁飞影。风住回烟直,浮沉里,前根知有无定。故人路迥。却正劳、来洗春病。结唇齿余甘,将此味,共谁领。

齐天乐

睡高衾被慵难起,孤城客心谁道。叶把疏肩,雨禁闲足,倚遍回廊昏晓。秋怀独抱。对簌簌珠帘,情天应老。离乱生平,梦魂长怕秋千扫。 欢游曾赋小字,漫题壁翻驳,愁思难了。落魄青衫,登临白发,分付斜阳江乌。归程空渺。叹人事凋零,生涯草草。惜取尊前,醉乡宜卧倒。

自题书斋(联)

半卷书留千里月;一檐风送百花香。

竟陵西湖(联)

云影入楼台,坐对南熏开藕叶;虹波飘律管,合听西塔打钟声。

西湖(联)

云投白舸;水揭青帘。

元旦自题(联)

天非健者;仆本恨人。

竟陵古城墙(联)

八友后何人重至,同来零落二三子;
一城留此角微霜,相证兴衰六百年。

舞龙舟(联)

趁好风箭去如梭,鼓声惊落天边白;
穿巨浪潮翻作桨,龙影飞来岭上青。

卧龙书院(联)

有读书声传于上古;用肝胆志固此中原。

读史(联)

志异齐人,但迎日出门,披星入室,也唯剩祭余酒饱;
身虽楚客,暂临阶对计,含絷操音,也何妨去后春涛。

梦(联)

是何时蝴蝶翅中,槐柯树下,相逢尽有年,人我交肩成旧识;
当此会黄炊熟就,烂柄空持,追忆将无地,海桑研面变新轮。

劝学(联)

耕耘岁月,莫空放一生事愧在无功,毕其功于学;
磨砺胸怀,细想来百业书读皆有用,贵所用在勤。

赠群友(联)

千百万里扯群为友,犹脂溶琥珀,困顿余生,爱清风之和籁,偶然来,偶然去;

有几人能由始至终,各天纪蜉蝣,勾连宿志,渺沧海之微观,如是果,如是因。

流年(联)

有那时我仍开谢其间,待棉云烘暖,柳影吹斜,桃花香烂,卜地结心斋,余生梦里常相顾;

到今日人亦分离无算,当黑夜声沙,青春光尽,白发星连,弈天终败局,此际风中似欲言。

自寿(联)

二十年红尘混就,花月销磨,于今留有香随骨;
一千代豪杰翻耘,文章叱咤,之后常埋义在心。

甲辰春日桃源世家槐花雅集

胜游人境外,拾级入晴光。
春意林梳翠,烟容山洗苍。
枝衔千片雪,风发四围香。
阔览天无尽,嘉情久激昂。

槐花雅集山亭小憩

采玉当风满,追香入画深。
芳茵分座伴,殊景到胸襟。
曲水千秋意,青山一瞬心。
慨然随长者,侍坐听高吟。

村边闲行

树杂参差影,草翻零落禽。
堤圆依废埂,波瘦错寒林。
浣久云心淡,栖迟夕照沉。
远村遥望里,又隔一年深。

偶忆

晴窗无日不云浮,霞烂将归晚树收。
睡倒临头千叠浪,醒来吹面一痕秋。
胜游残照霜楼月,相顾余生风马牛。
抱柱经逢陵谷后,偶招落叶问飞鸥。

作者简介

　　饶中学，民盟盟员、政协委员、高级工程师、注册建造师、装饰设计师、湖北凌华建设工程有限公司总经理、中华诗词学会会员、中国工艺美术学会会员、湖北省中华诗词学会企工委副秘书长、民盟天门诗书画院院长、天门市竟陵派文学研究会会长、《诗归竟陵》主编。

　　愿以手中之笔、心中之诗奔走国是、关注民生。

饶中学

寒荷

白水立寒荷,无端风雨多。
淤泥藏玉骨,好待破春波。

归舟唱晚

东风当有种,西日患无辞。
莫恨归舟晚,因将恶浪移。

剪石台寻秋

鹄影蓑风莫自哀,又闻诗客觅荒台。
秋情正待元春水,简远堂前红湿开。

提亲

喜闻月老递佳音,瘦柳轻摇雨湿襟。
怎借春风当彩礼,为儿迎娶美人心?

过访天宜学校寄杨帆诸兄

荆楚有儒商,功成报梓乡。
夷陵闻旅雁,汉水泛归航。
总念慈乌哺,还披游子裳。
一秋兴宝阁,数载立鸿庠。
石璞凭雕锻,秕糠须簸扬。
天宜传道处,满苑竞春芳。

壬寅秋晚游竟陵东湖元春榭隐秀轩

向晚寻幽意,湖东捧卷行。

波皴轩有影,照染榭无声。

月上流中国,诗归动大明。

蒙尘期复拭,今夜与人评。

过神农架登三省台

神游任快哉,雨后更登台。

冷翠流三省,晴烟接九垓。

胸中穷涧壑,物外洗尘埃。

直欲追云去,明朝随复来。

朝武当

琼台晓雨浓,太岳隐仙踪。

神道壁千仞,灵霄气万重。

临崖犹恐惧,登顶已从容。

傲立青云上,唯余天柱峰。

峡江归虹

雾渡云阳暖,香溪隐碧潭。

虹桥穿绝壑,玉带锁高岚。

雨化明妃泪,霞梳神女簪。

轻舟家万里,蜀道此何惭。

春到茶经楼

人间二月天,春醒水云边。

雨润催红萼,茶和蕴紫烟。

梁前新燕绕,壁上老藤悬。

洗尽古今事,犹思陆子泉。

贺天门女子新春结诗社

天女结新社,仙班花满楼。

诗吟元圃玉,曲映丽人眸。

笔橐期长舞,江山待远游。

阳春当约我,楚地竞风流。

贺竞陵画院马兵林马新平和张峰从心画开展
(孤雁格)

骤起竞陵风,江山画意浓。

卅年磨旧笔,八载创新宗。

骐骥绝尘出,凤麟高调从。

汤湖凝碧紫,借我染群峰。

春咏张家湖

云梦遣波神,遗珠落九真。

晴峦方入眼,圣水欲沾唇。

滟滟翻金翅,溶溶闪玉鳞。

晚舟摇野柳,清露化溪蘋。

花间渔村路,歌飘荻岸津。

频惊天上客,长作画中人。

湿地物华渐,竟陵乾象新。

还登观鸟塔,兴见满湖春。

登茶经楼

其一

天下茶经第一楼,凭临朝圣意悠悠。

檐飞紫气吞三楚,拱勒鸿名动九州。

槛外望穷风著雨,杯中洗尽苦兼愁。

竟陵多少兴衰事,都付西江亘古流。

其二

秋染竟陵催客心,迎延海内共登临。

影随玉宇浮江汉,经映琼楼烁古今。

一品天门茶事盛,三蒸楚户甑香深。

凭栏旷望潮头浪,六羡歌中继好音。

治沙决战阿拉善

其一

九级狂飙奈我何,边关犹唱大风歌。
敢为戍客晨吹角,愿乞甘霖春润坡。
退化林深除乱莽,草方格阔育柔柯。
逢人畅叙征西事,荡定惊沙欲入魔。

其二

万里黄沙奈我何,天兵齐唱出征歌。
贺兰山裹软金甲,额济纳披柔绿梭。
轶漠经年甘旨少,锁边三北苦辛多。
巴丹处处春潮涌,夜月无声映玉驼。

其三

雪侵瀚海领流光,冬植未停除漠荒。
打孔栽苗天愈冷,凿冰取水帜犹张。
风传金柝征途险,月照铁衣归梦香。
定远营中笑相问,春来何处觅沙黄?

壬寅守岁

夜半焚香宝鼎前,紫光摇曳烛生烟。
携家守岁接遐福,教子知春鄙盗泉。
忙碌尚需千万里,团圆犹少两三天。
乍闻爆竹声声起,云虎俄然跃日边。

五十学律自嘲

莫笑东君春怨深,青丝总被冷霜侵。

何堪壮岁无珠履,已恨空言老布衿。

平仄添愁难任意,宋唐入梦岂随心。

但看妻子临书案,终觉一诗逾万金。

拜谒邓初民陈列馆兼寄石首农工民主党

炎日登临石首巅,两湖葱郁渺如烟。

桃溪膏润红军树,笔架遗镌碧血篇。

携手农工添胜绩,同心荆楚向新天。

大江潮涌千帆过,读史还来湘鄂边。

建党百年忆古田会议

武夷溪暖忆犹深,百载荣光胜处寻。

笔架山前人肃肃,彩眉岭上柏森森。

工农轩举乾坤帜,将士同和风雨心。

九月信来驱毒雾,八闽雁过送佳音。

终须伟略开天地,何止雄文贯古今?

建党强军基业定,且看华夏又龙吟。

议两会迎元旦逢新雨

庚歌一曲醉何妨,梦起西江夜未央。

云上天门观盛事,雨中春树洗华章。

群英秉烛谋篇紧,众士披衣献策忙。

破晓寺钟惊入耳,莫非催汝备行装。

参加民盟湖北省委新盟员培训感怀

半百入盟行未迟,耳濡马列纳真知。

阶前争睹荆山玉,台上欣逢社院师。

犹恨新冠曾裹足,当抛旧我待扬眉。

和平大道秋声起,万里尧天化散丝。

随政协赴遵义培训有感

高铁风驰遵义城,通途涌翠意难平。

青山总待群飞雁,赤水犹闻四渡声。

惯把精神融伟业,新将肝胆续长征。

回瞻转折惊魂处,楼外雄关月正明。

天门民盟赴基层送清凉

水润瓜甜唇齿香,盟员劳问下多祥。

暑情同与社情解,天意皆由民意彰。

愿效尧行施雨露,还生舜德洒清凉。

放歌江汉描新景,志远不辞征路长。

《望道》观影有怀

愁看风雨寇重围,东渡求真含恨归。

国破春残民怨沸,宅寒薪糙夜灯微。

豪芒独出惊风采,劲节无双慕曙晖。

传译宣言吾岂忘,当随负戴泪翻飞。

华润贺州大平风电率先并网兼寄张卫兄

古道新晴景郁纷,犹添处子美冠群。

银弦弹落千峰雨,玉树披开五岭云。

舟放封溪春载酒,山延郢匠夜挥斤。

腾波粤桂先行远,源网荷储堪策勋。

早春奔沪上与妻书

愧奔沪上欲驱驰,不忍湖边折柳枝。

西塔寺钟催晓日,东冈堂草逐春时。

望遥始恨襟怀小,行远方知步履迟。

半百光阴虚过眼,能谋几斗与妻儿?

夜过蒸湘

辗转子时山愈苍,我衔秋月入衡阳。

雁峰望断腾佳气,雨母祈来进紫光。

莫叹单车驰楚粤,且随二水下蒸湘。

清波淡洗名和利,不使离人愁满肠。

贺多宝移民文化节暨萝卜丰收节

总闻乐境在天西,盛景今呈泪眼迷。

丹水十年离故土,宝湾百里整新畦。

金沙永铸兴隆坝,石鼓长存幸福堤。

喜看平畴生白玉,三农发展破难题。

端午感怀

哀郢何须泣汨罗,应知蓬发化湘波。
艾符承运开三户,蒲酒绐民闻九歌。
吟苦长怀家国恨,赋雄犹荡古今疴。
丹阳鼓角连天起,已射龙舟沸楚河。

楚商诗社东湖成立有怀

其一

极目湖天瑞景开,儒商雅聚放鹰台。
欲随诗梦追云去,还逐心潮踏浪来。
翘企江山多大贾,歌呼荆楚尽雄才。
以文载道征途远,莫可长醺自乐哉。

其二

一朝结社两肩沉,宏愿胜如涵碧深。
更待高怀资众望,终因热血淬初心。
诗湖落雁风吹影,商海听涛月满襟。
敢问惊雷何处起,楚天台上迸强音。

注:听涛、落雁、放鹰台、楚天台均为东湖风景名胜,湖北诗词学会编有《心潮诗词》。

闻华丰攻克青沙育秧难题见赠吴华平兄

绿野频闻布谷声,亲如翁媪唤阿平。
苦心借日三农稳,痴愿催春九省征。
足裹青沙同雨露,眼收碧浪共耘耕。
天门山下华风劲,独领神州垄上行。

天门女子诗社成立周年有贺

欣闻女社效苏黄,风起竟陵文运昌。
但爱素颜朝弄笔,独怜红袖夜添香。
诗中自有霓裳咏,物外宁无琥珀光。
我借瑶池三斗酒,谁邀仙子举霞觞。

壬寅金秋诗教进天门外校

国际范儿声望彰,广庭高构立天庠。
圆通今古才方显,溶汇中西学定昌。
鸿影欲腾连梦影,诗香初覆染书香。
回看江汉斑斓处,万里霜空旗正扬。

敦煌天门诗词联谊有怀兼寄竹松兄

前岁诗缘逐梦轻,沙洲水暖月牙横。
烟垂大漠当雄起,日出长河焉躺平。
载得拾风归故里,捧来楚韵寄边城。
飞天邀我明朝舞,新唱阳关第四声。

庚子岁末复州诗社雅聚得"猿"韵草成一律以寄

客引春风归故园,金樽频举已忘言。
爱闻案上诗书气,喜见庭前车马喧。
碌碌半生惭过往,匆匆一载惜晨昏。
回眸庚子心潮荡,再越关山赛健猿。

遥寄扬州抗疫清零

梅花岭上战旗红，吴地英豪竞引弓。

一片丹心寄淮左，两分明月照江东。

应同城廓斗淫雨，岂有儿郎惧疫风。

二十四桥惊浪止，维扬生死待铭功。

悼袁公

稻粱未满尚含悲，苦雨凄凄洗半旗。

玉帝何堪招后稷，湘妃有泪哭长离。

已将瘦骨镶天柱，更捻藁秸缝地维。

此去蓬莱无憾事，隆音不绝饿羸移。

颂国医熊周清老先生

在党承恩五十年，银针素裹映高天。

青囊苦检三更后，皓首雄谈两会前。

更喜杏林多董奉，还看橘井尽苏仙。

楚中父老频称颂，独爱人呼熊委员。

闻孔圣坤先生《心曲》续集付梓有贺

白露凝霜又夜阑，披衣掩卷识心宽。

十年衷曲窥胸次，七秩豪情涌笔端。

孔席犹添乡里暖，高风焉惧道中难。

秋随雁过闻声远，觞祝诗翁长尽欢。

闻史翁《笛音车痕》集成有贺

四十年前识舫翁，天南勤政胜轻鸿。

村头柳暗陶溪月，垄上禾香史岭风。

纵老杏坛音袅袅，复闻诗苑步匆匆。

鸡虫蜗角何须论，皆付此生谈笑中。

喜闻《浮云集》付梓见赠刘斌兄

英姿尚憾无缘识，万里乡关竟耳闻。

闲坐湖山涵止水，轻看名利付浮云。

峥嵘笔底词能雅，慷慨胸中气自熏。

室陋茗清何所有，归来捧卷候刘君。

贺孙宁女士《子雯诗集》付梓

嘉莲玉立是孙卿，灵秀娵娴有美名。

捧卷正悬巾帼梦，望乡长忆梓桑情。

瑶池水涌文思阔，琼海诗来鸿绪生。

莫道天涯心久滞，还期雅集著西清。

寄赠《秦都雅韵》两周年

秦川高响垂千载，渭水流音新计年，

不弃疏才如我辈，惟钦大雅是诸贤。

拾萤应照珠玑箧，凿壁当偷锦绣篇。

何羡长安花夹道，老成再赴曲江筵。

读天宜学校联寄赠学子

春过天宜绿柳丝,宗推四雅发新枝。

遥思雪积程门处,正是阳回孔席时。

橘颂茶经香独在,楚材荆玉盛于斯。

攻书自古多磨砺,弱冠登龙舍我谁?

注:天宜学校倡导"优雅儒雅文雅娴雅"四风,更有联曰"登天阙宜于斯起步,昌族门当在此攻书"。

【中吕·朝天子】春满峡江

翠峡,巨闸,天崭横雄坝。青龙腾沸泻金沙,鲲化平湖下。楚水浮香,春山如画,惹来红杏若霞。木艖,竹筏,叹彩桥飞架。

【越调·天净沙】党恩颂(重头)

红旗卷碎长枷,火镰割断獠牙,巨手掀翻鸳驾。壮哉华夏,抚平天大伤疤。　春阳普照汀沙,德星高挂云涯,惠露滋培岁稼。壮哉华夏,黎庶争做仙家。

【中吕·醉高歌】夏游张家湖(重头)

张家勤快三郎,清早船头亮嗓。渔歌划破邱桥巷,惊得银鱼撞网。　柳河娇若新娘,柔臂轻摇绿舫。黛眉染醉长湖浪,抢得青莲作桨。

【双调·清江引】江城辛丑春祭

雨柔柳青江汉渺,又挂清明吊。白云归帝乡,芳草侵幽兆。黄鹤嗷呼疾去了!

作者简介

　　唐必达(网名寒石),1944年9月出生。中共党员。中华诗词学会会员,湖北省诗词、楹联学会会员,省散曲分会会员。天门市诗词楹联学会常务理事。曾任老年诗词研究会会长,《天门诗词》编委。2016年被评为湖北省优秀楹联文化工作者,2021年被授予湖北省楹联学会"联坛耆宿"称号。2017年荣获天门市首届陆羽文学艺术优秀奖。诗词作品散见于《中华诗词》《诗词月刊》《中华散曲》《湖北诗词》《湖北散曲》《天门诗词》等。出版诗词集《寒石》《咏物诗八百首》《韵满桃园》。

唐必达

动车

清晨尚且在天涯,眨眼工夫已到家。
缩地飙轮驰万里,杯中未冷早间茶。

老井

村头老井育千门,清冽甘甜百代恩。
窃喜家通自来水,斜阳晚照绿苔痕。

擦鞋女

擦亮人间一片天,弯腰曲体亦安然。
不悲世俗存偏见,干净莫过辛苦钱。

卖菜嫂

采嫩摘新挑在肩,追星赶月五更天。
行情菜市心知晓,古镇居民最爱鲜。

题烂尾楼

残垣破壁几多年,遍地蓬蒿蛛网悬。
野兔晚鸦栖歇处,本来一一是良田。

睡莲

难入无穷碧,乐居清水塘。
热风催美色,冷月隐残妆。

开合情常在，沉浮志未央。
何须出头日，不泯是心香。

咏路

曾是榛荆丛内生，几经踩踏自夷平。
驱穷坎坷成通道，走尽蜿蜒达锦程。
钢轨辅成千里爱，柏油凝聚万村情。
劈山填海建高速，时代快车风掣行。

饺子

身若散沙无寸长，几经揉合自成章。
弯弯银月手中捏，满满柔情腹内藏。
翻滚沉浮能逐梦，烹蒸煎煮始闻香。
人生况味全包进，赢得千家笑口张。

豆腐

碾碎星辰与月光，夜磨金豆化琼浆。
能堪重压方成玉，耐得高温始抱香。
新沸鲜汤千碗雪，陈藏腐乳半坛霜。
一生洁白终无改，名共西施四海扬。

蜗居

简楼拥挤把身栖，茅屋秋风不入时。
廊下煤炉烹晚露，床头衿被枕晨曦。
消愁斗酒日间醉，伴月和霜梦里知。
房有廉租关系户，草根一族复何期。

重阳

一

皆言重九必登高,杖履吾先过小桥。

红叶有情方吐艳,黄花无意总含娇。

莫耽醪醑添伤感,聊把诗章慰寂寥。

拾取秋光弹雅韵,吟成佳句百愁消。

二

奋力登高对莽苍,凝眸望远笑重阳。

山峦入画霜千里,人字排空雁一行。

雅兴常嫌红日短,闲情偏比白云长。

笔端不写黄花瘦,只记幽幽这段香。

鹧鸪天·春回北湖名居

浅暖轻寒尚未匀,风情小院已迷人。修眉柳叶舒青眼,饰粉桃花染绛唇。　莺恰恰,蝶纷纷,归来紫燕入楼门。呢喃软语无休止,似赞家山二月春。

鹧鸪天·竟陵西湖早春

柳眼初睁才几枝,金腰带已早盈蹊。一园残雪方消尽,两岸风光渐转迷。　风软软,客依依,寻芳移步雁桥西。子规啼得疏梅老,回首桃花红满堤。

鹧鸪天·竟陵春韵

云挟惊雷雨一犁，怦然大地换新姿。百花路畔莺啼柳，双季亭前笋褪衣。　　桃艳艳，草萋萋，红娇绿酽总相宜。多情最是西湖柳，早已烟笼十里堤。

破阵子·咏长江

莽莽洪涛西至，悠悠碧水东流。纳九派真情不改，润百川豪气未收，赢来千古讴。　　再唤云中黄鹤，重乘波上兰舟。两岸画廊凭尔看，万里春风伴我游，芳菲入醉眸。

满江红·庆祝中国共产党建党一百周年

玉斧银镰，霞光里、赤旗猎猎。思往昔、南湖画舫，井岗霜月。星火燎原天地亮，雄师挥剑豺狼灭。看而今，旭日耀神州，翻新页。　　扬特色，歌俊杰；兴伟业，怀先烈。续长征新路，不容停歇。治党肃风尘不染，富民强国心犹决。庆期颐，松柏万年青，坚如铁！

【双调·庆东原】快递小哥

穿长巷，过大街，快车满载千家爱。豪情在怀，笑容挂腮，暖意盈宅。入户客呼亲，敬业人夸帅。

【正宫·塞鸿秋】小区理发师

技精艺巧跟时代，款新式美超流派。除污去秽心生快，焗油染发人添帅。进门苍老颜，出店年轻态。功夫绝顶居民爱。

【越调·黄蔷薇带庆元贞】扶贫赞歌

谢支书助我,靠乡干忙活。新建梨园挂果,重育榴花似火。(带)昔时荒岭废坡坡,今朝福地绿窝窝,当年穷汉富哥哥。阿婆话最多,赞语几筐箩。

【双调·清江引】请柬

才喝李家婚宴酒,又祝张家寿。钱囊将败空,请柬还依旧,席上硬撑出阔手。

【越调·寨儿令】咏酒

绿蚁凉,玉醅香,每当吻君豪气张。能解忧伤,可致癫狂,最是绕柔肠。忆太白、对影成双,看贵妃、扶醉残妆。知刘伶杜康,忘汉武秦皇,觞,醺世事沧桑。

【双调·步步娇】六一忆儿时过家家并寄老伴

遥忆当年青梅下,竹马迎初嫁。偷看她,满脸娇羞似红霞。现牵她,依旧蛮多话。

【双调·步步娇】儿童节看阿婆与孙同台献舞

舞步跟随孙伢快,人老童心在。疯上台,想把青春拽回来。不服衰,(当真)扭出当年态。

九赋颂天门

天门籍辞赋家作品集

王远宽

作者简介：王远宽，网名长阔，湖北天门市人，60后。1982年始发文学作品，多为诗歌、散文、杂谈，兼修诗词歌赋。迄今，在国家、省、市级报刊发表逾千首(篇)，获大小奖项30多次，有作品收入20多个选本及年鉴，有自选集《登天门山放号》。现为湖北省作协会员、武汉市作协会员、天门市作协理事、天门市文学研究会常务副会长。

和美乡村七屋岭赋

践行国策，振兴农乡。志士擎帜，豪杰图强。裁楚天之五彩云雨，掀江汉之八荒浩汤。蓝图远而宽以践宏誓，卷轴长且阔方显鼎杠。云梦古泽，上下千载，秉传农脉；沙原新畈，纵横四野，垦拓邑邦。踞天门腹地，拥黄潭沃壤。建和美乡村，风生水起；开知青农场，凤舞龙翔。声誉天门一秀，名冠湖北十强。

惟其规划匠心独运，着墨智勇并扬。擂金鼓，奏慷慷。招贤纳士，汰庸存良。决策树根植党团青妇，结构图网络科农工商。先行者踏平坎坷，后来人奉献琳琅。外引内联，晋阶上档。沿荷沙线铺展宏图巨宣，踞七屋岭派伸产业子项。举大业融生态之善美，谋民生合复兴之春光。巨轮扬帆，理念领航。招蜂引蝶初绽三军菊花，融文接旅后拓知青农场。大棚培育天然果蔬，田园量产优质棉粮。信号频，遥控忙。天旋银燕飞播，地伏水龙灌墒。流水作业，农品升值，仗精细加工；数码奔涌，物流疏通，倚网络电商。草莓蕃茄论筐卖，芝麻绿豆真空装。桑叶原汁入茶点，蓝莓桑葚造佳酿。天地造化，生态传承；土洋合璧，有机弘扬。新贵至市场众星拱月，尚品引销费热潮逐浪。合作社辐辏三湾六垸，产业群带动十里八乡。瞰未来而蒸蒸，瞩前途而朗朗。探索三权分置而更活,践行三产融合而无障。大帜凌云,双翼生风;农头翘楚,百业兴旺。

至若方兴文旅,誉满城乡。紫藤夹道,虬枝献瑞接地气;乳石傍径,孔窍涵津连天象。大腕题字,七屋岭芳名壮牌楼;巧手绣工,杨兴泰字号缀酒幌。筑新村而阵列,耸楚风之农房。乡村道纵横连通,斑马线泾渭明朗。少有所托,早送晚接幼儿园;老有所依,按时定点村食堂。图书馆粮草充栋,医务室来苏芬芳。健身场轻汗柔喘,大舞台花鼓高腔。穿衣戴帽城乡难辨,驾车骑摩代步来往。最喜紫藤隧道穿越时空,更兼月季花阵戏捉迷藏。大秋千凌空飞舞,小火车鸣笛绕塘。持长焦短镜,取景七彩花海;举轻足快步,揽胜十里风光。大棚摘采,果园鲜尝。火炮打气球,玩个肉跳心惊;弓箭射草靶,比个手稳眸亮。昼游生态田园,夜宿知青客房。马恩列斯毛敬嵌玄观,诗词歌赋曲点缀长廊。元春阁雅风逸韵,菊花厅美筵流觞。春芽泥蒿家常菜,米糕糍粑草莓酱。吃乃乡愁,品亦时尚。服务呈温馨一贯,管理则规范无双。似若瑶阕仙境,实乃人间天堂。

噫嘻,东方旭日,晖映理想。虹拱天门,气吞八荒。壮哉,七屋岭横空惊世,复兴长缨着荆楚先鞭,煌煌业绩,宜镌宜铭;美哉,新农业破土拔节,生态锐犁开江汉先河,累累硕果,堪赋堪彰。

付牧扬

作者简介:付牧扬,笔名牧夫,湖北天门人,天门市竟陵派文学研究会副会长。发表文学作品近百万字,散见《中华辞赋》《现代作家》《微篇小说》《中国诗词》《诗词家》《中国教育报》《中国诗词选刊》《诗词月刊》等报刊。

谭元春纪念馆赋

元春故馆,寒河之旁。飞檐翼角,黛瓦白墙。形制典雅,松柏青苍。匾额笔法遒劲,铜像仪态端庄。疏梅弄影淡,依依垂柳;彩蝶飞花繁,朗朗轩窗。乾坤浩荡,文气长存天地;岁月峥嵘,儒风永逸芬芳。

丰岭春条绿,满畦金穗黄。竟陵巨子,星汉垂芒。杞梓之才,形胜展笔底;大家之范,风物毓诗章。沈博之学,独树一帜;隽妙之作,灿煜三乡。蒙叟叹赏,举世传习;钟惺举贤,令名显扬。重情愫之真,钟谭合祠;拒浮华之虚,文道共商。莫逆之交,同行同声传佳话;金兰之好,互唱互和话衷肠。深恶空疏蹈袭,评选《古诗归》;最喜孤峭幽深,著述《岳归堂》。皓月凝烟,胸纳琴书雅致;蔚霞映日,御赐"天下文章"。摒弃摹古,幽冷峭拔;主张革新,孤傲疏狂。倡导性灵说,名噪四海;创立竟陵派,誉满八方。

尔其畅游湖海,所感所思,采撷星月色彩;纵览山水,且歌且吟,捕捉时光苍凉。南登衡庐,北历燕赵;东游江浙,西览宜昌。南岳玄岳攀山,武陵沅陵探源;青溪兰溪泛舟,东湖西湖踏浪。明代旅行家,别出手眼;山水欣赏论,独揽风光。

至若萧萧暮雨,醉心科举跋涉;槭槭寒风,白首功名恓惶。鸿鹄志,携锦囊。英豪气,倾壶觞。文坛执牛耳,高怀遗逸兴;秋闱获解元,雅意纵清狂。阉党专权,联捷三元作诱饵;鲲鹏展翅,直击万里任翱翔。蹈义不避危殆之祸,履仁直斥奸佞之猖。入考场泼墨污卷,风骨峭峻;出嚣尘明月清风,气志轩昂。春景重回,和风扫尽千山雪;书声再起,细雨催开一苑香。一代文宗,绮梦欲成竟璀璨;千年雅韵,韶华不负向铿锵。屡败屡战,风流一世一支笔;愈挫愈勇,忧愤半生两鬓霜。泪浊成墨,声声断鸿;发白为毫,缕缕残阳。鹤鸣剪石台,未酬壮志成痴绝;星陨长辛店,不老天心隔渺茫。

嗟夫!钟谭之晖,后世景仰;希声之境,汗竹流芳。感念先贤,润泽心灵,长歌慰寂寥;传承文明,启迪智慧,意义逾寻常。追求审美,传播理念,冲襟得高蹈;记录时代,陶冶品谊,飞楫极远航。洪韵相随,文脉深而广;委怀共语,前程高且长。且绘风华长卷,熔铸文化焜煌!

汪东君

作者简介:汪东君,80后,祖籍石家河,古典文学爱好者,曾游学海外十年,现已归国,效力于某城乡规划机构。

茶经楼赋

天才门户,茶圣故乡;伏羲封国,上古名邦①。史册彪乎懿伟,民风笃乎淳良。记南齐八友聚竟陵,崇佛光于方乐;更大隋文皇敕龙盖,传舍利至西江②。立竟陵之学派,著陆子之文章。东渐义河,遗义字于村野;西来柘水,引柘丝入棉庄。承瑞气于佛山,五华集胜;导清波于汉水,百里流光。庆革新铸就清嘉大业,喜开放招来中外豪商。人民富乎昌盛,事业兴乎辉煌。

岁当癸巳,景著秋妆。茶经楼就,六羡歌方。传市府出公示,为经楼征赋章。毕至儒鸿,登楼顶兮渐入重霄而并昭星月;莅临冠带,入阁中兮初尝茶韵而笑话君王。九级廊檐,非鬼斧神工难成其盛;万千轩牖,纵能人巧匠休说其详。采东海明珠兮分辉四壁,借银河星斗兮呈列两旁。画栋雕梁,有瑶枢任星拱;摩天接地,开玉宇引云祥。飞鸟不去,怕惊蜃楼海市;茶香飘来,幻出羽衣霓裳。实仙人之遗物,佐丹青以幻化;当平步于青云,骑白鹤而高翔。移琼楼碧水,复别业青塘。疏两湖浚三世,泽四野滋八荒。塑鸿渐像兮共景仰,茸雁叫关兮并弘彰。九曲仙歌,唱于亭阁;满楼金碧,耀之荆襄。四水镜天,长招日月;百年风物,尽入壶觞。凝目静观,觉壁上茶经之妙涵天地;潜心临帖,悟字间龙凤之笔越常纲。陆子凝眸,望桥边之古雁;状元下马,享泉眼之余芳。瑶池阿母,颁玉帝之圣旨;月里素娥,献广寒之琼浆。借一楼雄峙,俯两湖寒碧;净三寺梵行,品四季茗香。禅语涓涓,传西塔寺中流水之韵;茶香袅袅,罩桑苎庐上紫霞之光。

重读茶经,蕴千言之骈俪;新征辞赋,留万国之章篇。楼顶振衣,掩银汉之星月;湖心濯足,荡水中之昊天。阅石家河文化,感男儿之任重;参雁叫街衍繁,叹沧海之变迁。域外荣尊,永笃归鸿之志;江湖落拓,亦争报国之先。亭阁临风,笔览苍凉,何人得会《六羡》意? 湖洲论道,心怀忧乐,陆子曾经《四悲》连。精行求是,俭德修真,淡泊一生操守;学究古今,茶和天下,经书三部圣贤。西塔坐禅,借菩提斩心底无名之火;长汀寻梦,启智慧攀佛家顿悟之巅。伴三杯佳酿于亭榭,神游方外;领一袭秋风于湖舟,哦咏其间。

噫呼! 登楼赋韵,感慨万千;茶经缮治,浮想联翩。高歌寄意,浩气凝笺;天门开启,大梦无边。歌曰:

陆边星宿惊鸿渐,羽上禅衣化圣贤。茶引仙风天地韵,经牵上国古今缘。

注:

①天门人中状元,皇帝阅卷赞曰:真天才之门开也,故名天门(1977年恢复高考多年后获状元县称号),系茶圣陆羽故乡。天门古为风国(伏羲所封),周名竟陵。陆羽字鸿渐,传为弃婴,鸿雁于雪地以翅相护并长鸣,为西塔寺僧人收养,雁叫关、古雁桥、鸿渐街、文学泉为其发现地和读书处。陆羽后著《茶经》,成为茶圣、茶仙,《六羡歌》《四悲诗》为其著名诗篇。

②南齐竟陵王萧子良开西邸,招文学,高祖萧衍与沈约、谢朓、王融、萧琛、范云、任昉、陆倕并游焉,号曰"竟陵八友"。

《续高僧传·卷二》《隋东都上林园翻经馆沙门释彦琮》载:隋文帝仁寿二年(602)正月二十三日下诏书,继选五十三州再立灵塔。当时之复州(天门)方乐寺、并州开义寺等名刹入选"皇诏钦定置舍利灵塔""又敕送舍利于复州方乐寺,今名龙盖寺也(后改名西塔寺)",此天门西湖(西江)覆釜洲上西塔寺之由来。

胡 华

作者简介:胡华,1956年生于佛子山,中共党员,大学学历。1980年参加工作,曾任市(县)志办总编室主任、市委宣传部新闻专干、市文联副主席等。现为中国散文学会会员,湖北省作协会员,省报告文学学会副秘书长,天门市文联副主席,市文学研究会会长,天门楚商联合会专职副秘书长,《天商》杂志总编辑,天门市天圣文化传媒有限公司董事长,天门历史文化汇展馆馆长。

参与创办并任总编辑(主编)的刊物有:《天门》《竟陵风》《故园情》《陆羽》(武汉)、《东方物流》(上海)等。

出版专著(含主编):《醉海临风》《歪才怪杰徐苟山》《心恋曲》《天门名人》(1-4部)、《群星闪耀——天门当代骄子纪实》(1-2部,合著)、《天门文化旅游》(1-2部)、《天门历史文化大观》(上下部)、《鲁超》《胡家花园》等。

在《人民日报》《光明日报》《中国报告文学》等报刊发表各类作品680余万字。

天门泰康大桥赋

虎年春韵,天门大开;旭日东升,紫气西来。新桥飞凌碧波,一通万里;古城焕发青春,千姿百态。上京津,下粤汉,通沪宁,接港台;何分渝蓉蒙藏,直接云贵青海。藏商机,进宝招财;兆兴旺,滋贤润才。心潮高,望眼抬,六千年文化底蕴,滔滔涌来。

上古迷城石家河,文根明脉;千年都邑风国地,荆源楚派。春秋郧国封,秦汉竟陵开;宋明景陵数易名,雍正天门始登台。汉江碧水南绕,大洪翠峰北屹,放眼尽英才:令尹子文兴强楚,刘焉刘璋开蜀界;陆羽高论传千秋,皮子诗文启万代;天官祭酒,尽显风流;竟陵文学,自成宗派;金殿夺魁,看朱笔独点;上将抗日,显赤胆胸怀。

茶圣故里,三乡宝地,内陆侨都,曲艺品牌。登高考状元榜,入武汉城市圈,品九蒸特色菜。创新先行,冲刺百强,新篇焕异彩。

千羡万羡西江水,曾向竟陵城下来。天门河,母亲河,从京山逶迤西进,由汉川悠缓东出,滋养千百代。遥想一九六八,十月正金秋,始建天门大桥,万众瞩目以待。一朝分娩,两载功成,长虹卧天堑,城乡共瑶台。少年绮梦,老者记痕,青葱洒满爱。兴市著功勋,惠民五十载。

改革开放,激情澎湃。经济快速发展,老桥不堪重负,市府决策明快:二零一八年,重新建大桥,纾窄解怠。泰康总董陈东升,全球楚商统帅;创建大健康,唱响"九二派";怀赤子之心,具家国情怀:捐赠六千万,助力建新桥,义举慷而慨!举全市之力,聚攻坚英才;科学设计,精密施工,功成仅三载。

且看今日之大桥,雄踞竟陵,靓丽江汉,荆楚展风采。芳名天门泰康,彰显人间大爱。传承历史文化,单孔坦弧敞肩,宏伟气派;勃发浩然正气,建设生态文明,辉映霞彩。

登斯桥也,但见万车奔驰,千帆竞发,情不自禁呼"快哉"!梦里水乡,两岸高楼尽摩天;天上人间,满城华灯皆放彩。扶老携幼,挈妇将雏,纷至沓来:览无限风光,赋凌云诗文,豪情堪比李白。且看东湖西湖,明珠双嵌,美胜秦淮;胡家花园,广场后壕,艳若蓬莱。茶经楼,元春榭,隐秀轩,三阳开泰;佛祖山,汉江水,白龙寺,春光一派。

惊回首,峥嵘岁月开新宇;展未来,高速发展成常态。竟陵连五州,西江通四海。诚所谓:天门泰康,天下康泰。

钟　波

作者简介：钟波，1989年生于天门小板，师从辽东于文政先生。唐社秘书长，复州诗社社长，天门市竟陵派文学研究会副会长兼秘书长。中国对联甘棠奖连续多届最佳联手、最佳联作奖得主。国内多家诗刊与诗集编辑。

张家湖国家湿地公园赋
（以四时花布倚舟天为韵）

张家湖堤草梳柔，湖波拢翠。晴日清宜，好风远遂。仙人遗泪之洲，文士传名之地。结一乡之华宝，云气漫天；汇四季之名葩，锦铺流地。鸟群飞入，翅翻繁蕊万千；柳带轻垂，影动白鳞三四。

观夫鱼围众屿，果缀群枝。风斜翠盖，草接青丝。掬二掌之清盈，冰云满触；顾一江之灿烂，霞影纷披。水可传觞，闲足得诗章之处；花堪纵笔，寄身于画幅之时。

观碑铭之记也，迈历史之沉浸，知源流之清嘉。目极长洲，疑芳境移从帝苑；神飞远浦，绕曲堤仍属张家。波光润镜，岸影垂纱。看来迤逦人间，锦衣斗艳；不觉超然世外，玉树争花。

况有高塔凌风，画屏欲雨。野柳藩篱，轻云周护。天地雕琢之功，匠人化育之助。高鸟群出，衔泥木于滩涂；潋鱼漫溯，射波涛以朝暮。好待芰荷开就，来踏十里香翻；适逢蛙蝉静罢，空匀一林画布。

尔乃日月齐光，春秋并美。玉镂金雕，琅花珠蕊。飞腾燕剪，视图画以何裁；斜著莺梭，展锦纹而不止。仰红轮于琼花开处，彩映层霄；望绮岚于日影斜时，霞飞千里。乍惊晓色，偎朱影而叠芳；永结春心，抱疏香而孤倚。

中夜则玉露将滴,银河欲流。连月成环,清光贯体;投星入镜,丽影盈眸。莫不天人静暝,景物闲悠。步步行来,涤荣风而倾陶柳;层层荡去,破残雾而下蠡舟。

当其时瑶池设就,阆苑工全。雅集众美,敬迎群仙。菱波浅浅,荷叶田田。踏笙歌于彩岸,浮兰艇于晴烟。携亲朋而赏游,老人憩坐;逐猫犬于嬉戏,童子娇喧。遮日廊深,漾清波于红曙;回春径遍,垂歌响于蓝天。

鲁鸣皋

作者简介：鲁鸣皋，1959年8月生于湖北天门，中共党员，大学文化，高级会计师、高级茶艺技师职称，财政局退休干部。中华诗词学会会员，中国楹联学会对联研究院研究员。曾任中国国际茶文化研究会常务理事、学术委员，湖北省天门市诗词楹联学会首届会长，天门市陆羽研究会副会长，天门市民间文艺家协会副主席等职。曾在国内外各类媒体及互联网发表诗联茶文化、论文及书法作品等多篇。

华泰学校赋

竟陵古邑，宝地三乡；华泰学校，誉望八方。

夫华泰者，声名何等响亮！华也，荟百卉之绚丽，呈高贵美好之瑞彩；泰焉，姿万山之伟岸，兆坚强康宁之征象。承滔滔汉水之龙脉，文风独秀；揽莽莽平原之胜形，气概宏彰！

溯兹肇兴，岁在乙酉。天门政府栽植梧桐，引凤栖凰；杭州华泰开办学校，盛举共襄。华泰建中学和小学两校，将责任与道义担当。于是乎，实业与教育双翼齐飞，翅展首昂；中学同小学同步发展，业隆文昌。

遥想当年，初建府庠。建楼宇，拓洪荒；揽贤达，入殿堂。重内涵，立规章；定高位，开风尚。凝先贤先哲之睿智，与时俱进；鼓文明文化之风帆，与日争光。滋兰树蕙，矢志求新以求索；培栋育梁，敢教自立而自强。

予观夫，中学小学，溢彩流芳；市内市郊，相得益彰。绿色校园，弥漫春光；活力校园，激情飞扬。春晖夏幽，惟闻书声琅琅；秋逸冬韵，但见步履锵锵。特色兴校，赢来社会垂青；严谨治学，不负人民厚望。十年树木,满园花团锦簇;百年树人,四季桃李芬芳。

华泰中学,知名品牌,特色学校,荣誉跻全国黉门之美;文明单位,先进典范,奖励溢全省兰芷之芳。学科竞赛喜获金银奖;高考过线荣登龙虎榜。

华泰小学,先进集体,文明校园,荣誉如星辰闪亮;先进单位,示范基地,赞声若潮水激荡!

盛哉!今之华泰,沐先达之教泽,承文化之奎光。历廿载而弦歌不绝,经风雨而谱就瑶章。

懿德可嘉,播芳馨于遐荒;高风难状,寄雅意于笙簧。回首过往,盛名享誉荆楚;展望未来,再铸明天辉煌!

十 研究之旅

天门籍学者竟陵派文学研究成果

邵 军

作者简介:邵军,男,1973年5月出生,湖北省天门市人,博士研究生学历,中国传媒大学教授、博士生导师、美术学科负责人、学科带头人。教育部高等学校美术学类专业教学指导委员会委员。中组部、团中央博士团第十三批成员,曾挂职担任宁夏西夏王陵管理处副主任、宁夏银川旅游局副局长。中国教育战略学会艺委会常务理事,中国美术家协会会员,中国画学会会员。

先后毕业于湖北美术学院、中央美术学院。2004年获文学(美术学)博士学位,先后受业于著名美术史家、中国画学学者阮璞教授和著名美术史家、敦煌学学者金维诺教授。长期从事中国美术史、书画理论、宗教美术与美术传播等领域的研究、教学工作并从事书画艺术创作,在《文艺研究》《美术研究》等各类核心期刊发表学术论文60余篇,出版著作《唐代书画理论》《京津画派画学思想研究》等十余部,主持完成国家及省部级哲学社会科学基金项目多项。参加或举办"余事铭心——邵军书画作品展"等书画展览数十次,作品为公私机构收藏。研究成果获由北京市委市政府颁发的第十四届北京市哲学社会科学优秀成果奖。

从与画家的交游看竟陵派的"诗画兼善"

提要:本文在清理竟陵派与画家交游的基础上,揭示竟陵派诸家全方位的艺术修养和才能,也由此进一步认识晚明文人涉足画坛的情形。竟陵派诸人与画家的交游是特定历史时期形成的文化现象,通过它,我们可以看到晚明诗坛、画坛交错发展的新生态。"诗画兼善"的普遍流行,既是晚明时代独特历史背景下文人生活的缩影,也是晚明诗画互动发展的一个结果,有着特别的艺术史意义。

竟陵派是明代后期重要的文学流派,其在诗歌创作和诗学理论方面的建树早已为历代学者所重视。作为一代诗文家和理论家的竟陵派主将钟惺、谭元春等人,不但在文学上"海内称诗者靡然从之"[1],而且还是颇有影响的书画家和书画理论家、鉴赏家。钟惺于诗文之外,书画皆能,其绘画艺术"得之于诗"[2],虽然中年始习画[3],但由于取境高远,在纷纭的晚明画坛也颇有名气。谭元春虽不直接从事绘画,但书法妙绝[4]。竟陵派这两位主将在书画创作和鉴藏活动中,与众多名家往来应答,评骘古今名作,留下了大量有关书画的诗文和论述,从中我们不但能更全面地认识晚明文学史、绘画史,而且以钟惺等人为代表的晚明文人的"诗画兼善"现象,还是研究晚明文人文化和艺术史的重要内容。

一

竟陵派钟惺、谭元春等人,热衷于交游,其交游诸人中相当部分为当时书画名家。钟惺早年活动在家乡竟陵、京山(今湖北天门市、京山县)一带,所交往者往往为一方文学名士,几乎没有书画家,这大概也是钟惺早年并未涉足绘事的原因之一吧。钟惺中举后游历江浙一带,开始接触到一些绘画名家。万历三十八年(1610),钟惺北上参加会试,与庚戌榜的众多同门交往,其中不乏书画名家。钟惺还做过福建提学佥事,但从目前掌握的文献来看,他在福建为人为事已经颇为低调,与人交往极少,虽然与钟惺交往的书画家不少为福建籍,但似都为他处所交[5]。

谭元春一生未能进士,大部分时间往来于江浙到家乡竟陵一带,所交书画家主要为江浙一带名家能手。钟、谭于万历三十二年(1604)订交后联系密洽,因此许多书画家都是与二人同时交往。从钟、谭与书画家的交往来看,两人的书画实践应该是受了这些书画家的影响。同时他们也影响了书画家们的诗文书画创作和书画理论认识。

钟惺、谭元春交往的书画家,主要有胡宗仁、商家梅、范迁、林古度、朱鹭、陈继儒、李流芳、邢侗、恽向、沈春泽、宋懋晋等人,其中胡宗仁、李流芳、范迁等与钟、谭交往最笃。他们中部分人其实更以诗文名世,本身即是竟陵派人物,如商家梅、林古度、沈春泽等人[6]。

胡宗仁与钟惺、谭元春的交往应始于钟惺游历江浙之时。考钟惺于万历三十六年(1608)八月首次赴南京,第二年八月从南京返回竟陵时,胡宗仁即以画相赠[7],钟、胡相交当在1608至1609年间。钟惺习画在三十七岁之后,钟之习画或许受到胡宗仁的影响也未可知。胡宗仁字彭举,号长白,周亮工说他"本富家子,老而食贫,不谒时贵,时人重之"[8]。从周亮工的记载,可知胡宗仁出自一个绘画家族,也约略可见其艺术背景和性情、为人。此外,胡宗仁留下了两千余首诗歌,钟、谭与胡宗仁交往密切,也可能与他们都长于诗歌有关。胡宗仁在写给钟惺的书信《与伯敬札子》中说"公询寒门诸子,敬以名字相闻"[9],并向钟惺详细介绍了胡氏一门"皆学画"的众子弟。钟惺在为胡宗仁作的一则题跋中说"予所得彭举画颇多,而彭举每为予作画,辄多人外之致"[10],从中可以看出,钟惺是胡宗仁颇为看重的友人,两人有着深厚的友谊。

或许是谭元春流寓江浙时间更长的原因,谭元春在与胡宗仁的交往中,留下了更多的诗文。从这些诗文可以清楚看到胡宗仁与谭元春交往的情况。谭元春《答赠胡彭举》中说:"数载良所钦,因与邀散步。纳履抱深情,老人期敢误。春风不相待,先我至蔬圃。"[11]可见其时二人已是交情甚笃[12]。《开看胡彭举画》中也说"因忆胡居士,将画时一看"[13]。在《胡彭举诗画卷跋(一)》中,谭元春对胡宗仁进行了全面评价并述及他们的相知,"为贫而画,黾手用老,亦无可奈何,而以画存世,又无一人推其为人之贞朴以掩之""惟彭举古诗,老枝少叶,自写其质性所近,则自吾数人外,诚莫有知之者"[14]。

《胡彭举诗画卷跋(二)》中还记载了谭元春与胡宗仁以及钟惺之弟钟快的一段书画之缘:

胡彭举为人画册叶十片,皆生平所游山水,是其得意之笔。钟居易见而欲得之,即举以为赠。吾为彭举计,彭举自为其画计,皆当出此。夫为庸人可求而得,已非高士之情矣,况又使奇人求而不得乎?居易将复往南都,因为题其册,使坚彭举,曰:必不得已而为庸人画,可以屈其手,令不至于大佳,不幸而至于大佳,每逢奇人辄与之,夫如是,则吾他日亦可邀惠数片耳。[15]

被谭元春称为"奇人"的钟居易即钟快,为钟惺五弟,从上文胡宗仁因钟快"欲得之"而将为他人所作之画赠予钟快,并让谭元春作跋的情节来看,钟家与谭元春和胡宗仁之间的关系当是十分亲密。

钟惺、谭元春除与胡宗仁交游外,还和胡宗仁之子胡昌昱保持了长期的交往。胡昌昱长于山水,画史不载[16]。钟惺《寄胡昌昱元振》:

两代传山水,形神各自工。从来真有识,未肯苟为同。惟不看家谱,方称有父风。请观君伯仲,丘壑写胸中。[17]

诗对胡昌昱的家世和绘画都有赞誉。可能是由于年龄的原因,谭元春与胡昌昱交往似乎较钟惺更加密切,且对胡昌昱的绘画也颇有体会,曾为其所画山水作过题跋[18]。谭元春在《喜白门胡元振至》中说"白门归后四无邻,已是丘园半老身"[19],当是他晚年乡居时,胡昌昱赴楚看望他时所作,其间情谊可见。

此外,胡宗仁还与竟陵派其他同志有交往。钟惺曾给胡宗仁为蔡复一所画《疏林幽岫图》作跋[20],对胡宗仁和蔡复一之间的关系加以阐明,并对胡、蔡的为人予以了褒奖。蔡复一即蔡敬夫,福建同安人,为竟陵派领袖人物之一,可见竟陵派与胡宗仁的交往十分全面、深入。

竟陵派诸人所交往的书画家中,李流芳是画名颇为显赫的一位。钟惺与李流芳的交往,可能始于钟惺游历南京之时[21]。钟惺《赠李长蘅》中这样评价李流芳:"题君三绝君未领,看君意色和渊永""兴来兴止性情真,有意无意如其人""予家畜子寒林图,秋冬之际子精神"[22],其对李流芳的人品性情和才华之赏誉,可见一斑。钟惺在万历四十二年(1614)四十一岁时有《题所书再至金陵诗与茂之于乌丝笺册后》题跋,其中说道:"李长蘅遗予乌丝笺一百张,皆手自界画者。非惟工致,亦朋友心力所存,交情之所存也。"[23]李流芳亲手绘制乌丝笺一百张赠予钟惺,可见此时两人已有深情厚谊。万历四十七年(1619)九月,李流芳遇到了正在西湖游览的谭元春,两人正式订交。据朋友们转述,两人相貌颇为相似,因此大有相见恨晚之意。李流芳在诗中说:

十年相求始相得,停车下船各叹息。攸然魂魄化为一,异者衣裳与巾舄。城中兄弟情好偏,非我与子神不全。两山红叶正相待,子诗我画交无嫌……[24]

"十年相求"说明李流芳早在十年前就希望能与谭元春相见。从1619年前推十年,即1609年,这应该是钟、李初识的时期,钟惺可能向李流芳推荐过谭元春。出于对谭元春诗文人品的仰慕,加之两人相貌相像,李流芳对谭元春早已是"寸心明白已如此"[25]。谭、李一见如故,邀约诸友在西湖边赏梅索歌、诗酒酬答,谭元春连作数诗以志其事[26]。此后,谭、李多次互相拜访,保持了长期的友谊。李母寿辰,谭元春为其作寿册,题寿册诗说"别后真相念,闻君事母奇……舟居湖上约,愿各载孺慈"[27],表达了对李流芳的思念。李流芳在天启七年(1627)五月再次游览西湖时,即有谭元春与之同行。谭元春的《子将山居幽甚是宋人方圆庵遗址与李长蘅严无勒同过》《同李长蘅寻闻子将龙井山斋二首》等诗都描写了谭、李在复游西湖时共同寻访闻启祥的情景。此次同游,距李流芳去世(1629年,时五十五岁)仅有两年,可以说李流芳与谭元春的交往持续到了其生命的最后阶段。李流芳在绘画上位列

"画中九友",在诗文上称"嘉定四先生"之一,且其论诗论画每有发人所未发之意[28],这应和其长期与钟、谭等人交游不无关系。

范迁也是钟、谭交往密切的一位画家。范迁,字漫翁,嘉兴人,早年精于诗,按谭元春的说法是"四十以后忽下笔为画"[29],胡正言所辑《十百斋梅谱》收有其画。从钟惺《范漫翁画山水歌》等诗中,可知范迁是一位个人风格独特的山水画家。钟惺大约是在游历南京时认识了范迁以及寓居南京的名士郭圣仆,钟惺《舟过郭圣仆范漫翁二居士》可能即写于此时。钟惺《范漫翁复自东郊移至城居故处》诗中说:"琴书能恋主,不道屡迁难""画每私良友,斋常听逸妻"[30],其中可见钟惺对范迁的人品颇为赞赏。谭元春小范迁十四岁,但在写到他与范迁相逢于林古度席上时,说范迁是"癯不离城市,乃惊山泽光"[31],对于范迁的经历和秉性都十分了解。范迁赠诗、画予谭元春,谭回赠《范漫翁赠予五诗三画感答其意》一首,其中有"古人诗画必有以,我见漫翁鞡然喜""相见便谈谈未了,萧萧肃肃欲幽杳"等句[32],可以看出二人虽然年龄相差较大,但关系颇为亲密。谭元春还为范迁的题画诗作《范漫翁题画诗引》[33],对范迁的诗画成就予以了高度评价,其中也显露出谭、范等人共同的诗画观念和美学旨趣。

陈继儒、范允临是竟陵派交往的画家中较有名望的两位。陈、范年岁相当,他们比钟、谭等人年长很多,属于更早一辈。陈继儒文名、画名都十分显赫,在晚明是媲美董其昌的人物。钟惺《访陈眉公于舟因共集俞园》一诗记载了他与陈继儒的初次交往:

相逢各不愧闻声,一揖舟中见一生。名士去来关耳目,高人语默远机情。禽鱼于我心无隔,笔墨窥君道甚平。自是出山时最少,闲游未免致将迎。

钟惺后来还写信给陈继儒:

相见甚有奇缘,似恨其晚。然使前十年相见,恐识力各有未坚透处,心目不能如是之相发也。朋友相见,极是难事。鄙意又以为不患不相见,患相见之无益耳。有益矣,岂犹恨其晚哉。[34]

其间流露出对陈继儒声名的仰慕,有相见恨晚之意。

范允临字长倩,其书法与董其昌齐名,擅长山水画。范允临官至福建参议,算起来与钟惺(曾任福建提学佥事)有同僚之谊。钟惺作《寄怀范长倩念去年过访不值》,诗中说"何日好怀重补却,吴天楚水亦随缘"[35],表达了对范允临的想念。谭元春与范允临年岁相差较大,也没有留下与范允临有关的诗文,二人是否有交往,不得而知。

除以上诸位外,还有不少名画家与竟陵诸人有一定的交往。这些画家主要有朱鹭、恽向、张葆生、顾凝远、宋珏等人。

朱鹭字白民,吴县人,精于诗文、易学,尤擅墨竹,画史称其好游名山,尝结庐华山[36]。钟惺与朱鹭有一定交情,还深为未能资助朱鹭而感到内疚[37]。恽向,又名本初,字道生,善山水,与谭元春交好。谭元春在《留别马远之钱仲远恽道生徐穆公》诗中说"几人同梦夜,相记在游燕"[38],可知谭元春与恽向曾在京城交游,他们的初交应始于谭、恽等人在京城的结社活动[39]。恽向在与谭元春分别时,不但赠其画作,还拿出另外两位好友张葆生、顾凝远的作品与谭元春同观。谭元春以《恽道生以画见送并出张葆生顾青霞画同观》一诗答谢,诗中有"君不同去携画去,峰光刌刌云絮絮"等句[40],对恽向的山水画意境着意赞美,也叙及对恽向的思念和友情。张葆生[41],即张尔葆,精于人物写生,一度与董其昌、李流芳齐名。谭元春诗"霜上林时月下岛,张子顾子画苍浩"[42],描写了张葆生画中山水景物,可知张葆生亦擅画山水。张葆生与谭元春的交往可能始于他们在京城共结长安古意社时[43]。谭元春《别张葆生》说"柴桑真仕宦,诗画古生涯。记得高梁水,弯弯为柳斜"[44],高梁水即高梁河,为京城名胜,是谭元春与张葆生在京城的交游之地。顾凝远,号青霞,吴县人,其学问画艺皆精,著有《画引》。谭元春《长安得徐元叹诗有寄因送顾青霞还吴门》:

如何君形影,乃觉都城遇。我无山川心,致君车马句……贫养必以身,友尚可神晤。问我胡燕游,我难答其故。面赤真无益,路穷行非路。含情送君友,愁心堕烟雾。[45]

徐元叹即徐波,是竟陵派的重要人物,也是顾凝远的同乡。从谭元春与顾凝远、徐波的诗词酬答来看,徐波可能在谭元春与顾凝远的交往中起了一定的作用。此诗表达了谭元春对顾凝远别去的不舍和惆怅,从中可见二人真挚的友情。

竟陵派与画家们的交游,是其诗歌创作的重要内容,也是我们从文学史的角度来研究竟陵派不应忽视的一个方面;另一方面,这种交游也使得钟惺等诗人受到画家们的深重影响,不仅丰富了诗人们的艺术体验,提高了其艺术修养,而且还使他们成为有一定成就的画家。竟陵派与画家的交游为晚明画坛文人涉足绘事提供了一个生动的例证,值得美术史家注意。

从竟陵派与画家的交游不难看出,晚明文人普遍存在一种"诗画兼善"的现象,这不只存在于竟陵派的钟惺、商家梅等人身上,还存在于与竟陵派交往密切的胡宗仁、李流芳、恽向、朱鹭、陈继儒、范允临等众多晚明文士身上。顾凝远在《画引》一书中除单标董其昌为"中兴闲气"、标文淑及韩玥为"兰闺特秀"外,又分画家为四类,即士大夫名家宗匠、文士名家、名画家、今文士名家。这四类中只有"名画家"所列的周臣等人是专职画家,其他三类都是所谓"文士"兼画家,"今文士名家"所列就有李流芳、钟惺、陈元素、朱鹭、顾庆恩等五人[46]。如果将善画的散文家如侯方域,书法家如邢侗,戏曲家如祁豸佳、顾大典等文人都计算在内的话,整个晚明恐怕没有几个纯粹的"画家"了。由此可见,晚明文人"诗画兼善"现象的普遍性无疑超出了历史上的任一时代。虽然诗人、画家集于一身的现象古已有之,如晋王廙"能属文,多所通涉,工书画"[47],唐王维以诗学知名并工画山水,宋苏轼、米芾等人更以文人擅画而形成士大夫画的潮流,元赵孟頫、高克恭等也以学士身份而身兼画家,等等,但像晚明这种普遍的文人"诗画兼善"的时代,则绝无仅有,其原因值得深思。这种"诗人画史一时兼"[48]现象的普遍流行,不仅反映了晚明以来文人身兼多种身份的历史情形,同时也折射出晚明文人画潮流形成的诸多社会因素。

明代中期以后,文人的交游之风日渐盛炽。文徵明在《沈先生行状》中谈到沈周与友人的交游:"佳时胜日,必具酒肴,合近局,从容谈笑。出所蓄古图书器物,相与抚玩品题以为乐。"[49]这股交游之风至晚明愈演愈烈,更发展到"无一日不游,无一日不乐,无一刻不谭,无一谭不畅"的地步[50]。文人们交游的活动内容多为作诗和鉴画,因此,其交游和雅集一般会邀请画家参与。

钟惺曾参加过由杨修龄召集的"海淀大诗会",这次聚会就有"工弈棋书画者若干人"参加,"亦一时之盛会也"[51]。画家的参与,不但使得画家与文人的交往成为理所当然,而且也会使文人和画家们互相影响,从而染指本不擅长的绘画或者诗歌。

晚明"诗画兼善"现象的形成原因大致有三。

首先,在普遍重视交游和酬答的背景下,"诗画兼善"成为文人们的一种需要。有的学者注意到明代中期以后的文士雅集中,"书画合璧"出现了新的变化,画家大量参与,并"在实践的层面上达至诗画平衡"[52]。这就是说,绘画在文人雅集和交游中地位的上升,使得原先作为诗歌唱和点缀的绘画活动,一跃成为在交游和雅集中占据半壁江山的重要内容。画家们要融入以诗人为主的交游圈中,除了通过绘画满足诗人们的雅好外,也需要能以诗人的身份参与到分题、分韵赋诗或者临别赠诗的活动中来,以获得与所交游诗人同等的地位。因此,画家能诗,可以使自己跻身于文人的行列,从而获得更大范围的认可。反过来,诗人们对绘画的热爱以及对书画创作的尝试,既为他们增加了雅好的声名,也为他们以诗画为纽带,进入更大的交游圈子提供了可能。由此,晚明文人通过诗画兼善,就可以不断扩大其所交往的群体,获得更广泛的赞誉和更为卓著的名声。以和钟、谭交往密切的胡宗仁为例,胡宗仁早年"为衣冠翰墨之场,而人或不知其诗,知之或以其画",可谓诗名不彰,但晚年却能成为入选各种明诗选本的诗人,其诗名恐怕与钟惺赞赏他"古淡闲远,周览冥搜,孤往高寄""轻重古今,出没正变,有王孟之致"不无关系吧[53]。更进一步说,胡宗仁的诗名其实是得益于与钟、谭的长期交游。朱彝尊评胡宗仁"诗颇清真,惜稿为楚人论定,必去其精华,仅存皮骨矣"[54],这虽是恶竟陵之语,但也某种程度上说明,胡宗仁以画家而有诗名,不正得益于与之交游的"楚人""论定"么。

其次,文人们通过"诗画兼善",可以使诗画互相激发,让那些"应酬之作"更能充分表达朋友知音别离相思的情谊。饶宗颐说:明季文人,不作匠笔,贵以士画,而耻为画士,大都以山水为园林,以翰墨为娱戏,以文章为心腑,而以画幅为酬酢。信手拈来,朋友之间,以艺互相感召,题句者盖以诗答画,赠画者实以画代诗。得其人之画之诗,可慰相思之饥渴。[55]

这就是说,晚明文人在相互酬答中,往往是通过诗画配合来表达真切情谊的。这是因为,绘画较之诗歌更具有一些形象上的优势,加之书画还可以通过笔墨所留下的痕迹,使人"批封睹迹,欣如会面"[56],它比单靠文字和想象建立起来的情思要具体、生动得多。诗词通过语言表达的丰富含义与绘画通过形象传达的真切意象,共同构成了"酬酢"的巨大魅力,在酬答中传递着彼此丰富的情感。比如通过钟惺、谭元春文集中收录的诗句,我们知道钟、谭的友人们常以《寒河图》相赠二人,而钟惺本人也颇喜画《寒河图》。这其中的"寒河",正是一条流经钟、谭家乡竟陵的主要河流,是钟、谭家乡的代表性景物。寒河多次出现在竟陵派诸人与友人的酬答诗画中,成为了他们传达彼此情感的一个重要意象。恽向曾赠《寒河图》一幅给谭元春,谭以诗答恽,其中有"一片心想行空碧,濛濛寒河霜月神"的句子[57]。可以说,恽向的绘画与谭元春的诗歌,共同塑造了一个能沟通彼此情感的"寒河"形象。钟惺多次以《寒河图》诗画赠谭元春,或勉励或劝慰或思念,表达了对志同道合的同乡的深厚感情[58]。

因为诗画的相互作用能更好地传情达意,使得晚明的"酬酢"非但不是所谓的"应酬之作",反而能达到更高水平,所以饶宗颐又说:"如至交而兼为画人者,则其画必更佳,而其意义为更深,以其为真正知音故也。"[59]正是从这个意义上说,诗歌与绘画集于一身,除了满足应酬的需要外,也使得诗歌和绘画这两种艺术有了互相助益的作用,甚至画家之诗更能超越诗人,诗人之画反能高出画家。钱钟书曾对钟惺及程嘉燧、李流芳的诗画作过颇有意味的评价:"(钟惺诗)去程李远甚,而以其诗境诗心成画,品乃高出二子。"[60]程、李之画名远高出钟惺,而钱先生却以钟惺之画有"诗境诗心",而认为钟惺画品高出程、李,这与恽寿平评钟惺之画"真能脱落町畦,超于象外,长蘅、孟阳微有习气,皆不及也"[61],有异曲同工之妙,实在是有趣的说法。这也告诉我们,诗人画和画家诗,并不一定因为它们非文人本业而逊色,反而会因书画集于一身 而显得诗风、画风更加别致或者品格更高。

最后,"诗画兼善"可以成为维系文人和画家交游群体的重要纽带,使得他们在晚明的文坛、画坛上成为某股有着共同艺术观念和审美追求的群体力量。无论是诗人还是画家,能让他们彼此仰慕继而结社交游的原因,主要还是有着共同的艺术认知和理念。在共同艺术观念的指引下,能诗善画的文人在诗画两方面总是表现出一些共同的特征。竟陵派论诗主张的"厚""朴""性灵",与论书画主张的"古法帖无妍拙放敛,其下笔无不厚者,厚故不易入,所以能传""画者有烟云养其胸中,此自性情文章之助"[62],是完全一致的。这一论画思想在与竟陵派交游的画家中,如商家梅、李流芳、陈继儒等人那里也有回应。商家梅"君言贵具文人气,正于离处察其意"[63],李流芳"此必以为性情之物,不得以而出之""以真率少许,胜人许多"[64]等主张都与钟、谭艺术思想高度一致。王夫之论竟陵诗"近则钟伯敬通身陷入,陈仲醇纵饶绮语,亦宋初九僧之流亚耳"[65],直将善画诗人钟惺与能诗画家陈继儒等量齐观,实是因为他们在同代或者稍后人那里,是被贴上了同一标签的人物。由此不难看出,有着共同艺术观念的文人们,通过诗画兼善,在诗歌和绘画两个领域间架起了一座桥梁,使得他们的诗、画艺术相互影响,继而形成有着清晰理论主张和艺术观念的文人群体。在晚明这样一个诗派和画派林立的时代,这些由"诗画兼善"的文人所组成的群体,能发挥更大的影响力。

明末清初的诗派与画派名称多有重合,如诗有云间派、松江派,画也有云间派、松江派;诗有娄东派、虞山派,画也有娄东派、虞山派,等等。这些诗派、画派皆以地域命名,其名有重合,乃是常事,况且时代也略有先后,但在同一个时段之内一个地域出现的诗派和画派,其难免会有共通之处,特别是在艺术主张上会示人以相似的面目。譬如云间诗派之复古,与松江、云间、华亭等画派倡言的"文人之画自王右丞始",何其相似;娄东、虞山诗派之承继云间,与娄东、虞山画派之承继云间华亭又岂有太大的不同。晚明诗派与画派相似的原因固然众多,但恐怕与明代中后期以来,文人们日益集诗画于一身也不无关系吧。

三

综观北宋以后的绘画史,"文人画"似乎成为了一个热门的词汇。按陈衡恪所说,"文人画"是"画中带有文人之性质,含有文人之趣味,不在画中考究艺术上之功夫,必须于画外看出许多文人之感想"[66],准此而论,虽然美术史上具有文人身份的画家,代不乏人,但真正不"考究艺术上的功夫"而画出"许多文人之感想"的风气盛行,也就是文人墨戏画的流行是在明代中期以后。

两宋时代,所谓善画的"文人",主要还是那些经历过一定绘画专门训练的兼有"文人"身份的画家。此种"善画文人"的作品,与那种率尔操觚、浅尝辄止,以别致和情思为雅尚,以水墨渲淡为基本技法的"墨戏画"有着本质的不同,阮璞将此种经过扎实造型训练、有着全面绘画技能的"文人画"称之为"文人正规画",以别于苏轼、米芾等人的"文人墨戏画"[67]。"文人正规画"以及"画工画"在宋代仍是绝大多数,即便是在理论上提倡"论画以形似,见与儿童邻"的苏轼,也不得不面对所见多为寺观壁画,所论题材和风格多为佛道鬼神、双钩花竹的现实[68]。存世的绘画作品也提醒我们,全以水墨渲淡画成的"文人画"在宋代绝不是主流。

苏轼等人提倡的"文人墨戏画",经过宋代的萌芽和发展,至元代有了进一步的扩散。但综观有元一代,诚如高居翰在《隔江山色:元代绘画》中用标题概括的[69],山水画的"保守潮流"其实占据了大多数时候。这些所谓的"保守潮流",主要是秉承宋人"正规画"传统的"李郭派""马夏派"的众多画家。画史记载的元代画家人数并不多,但仅是"李郭派"的画家就在三十人以上[70]。唐棣、朱德润、孙君泽等人更以得到在位者赏识而使得江南画坛也主要流行"李郭派"。元代山水画中，真正能称得上是"潦草脱略""不求形似""逸笔草草"的后世所谓"文人画"的画家恐怕只有晚期的倪瓒和黄公望了。"李郭派"的衰落约始于1352年[71]，此时距离元亡仅有十几年，"元四家"画风甚至尚未兴盛起来，入明后便为宗"马夏派"的浙派画风所代替。事实上，"元四家"的声名以及"文人之画"的标签，主要是明中期以后经屠隆、何良俊、董其昌辈的提倡而形成的。董其昌说"元季诸君子画，惟两派，一为董元，一为李成……黄倪吴王四大家，皆以 董巨起家"[72]，又说"元时画道最盛，惟董巨独行，此外皆宗郭熙"[73]，董氏既是为元四大家张目，同时也生动地展示了元末画坛李郭为主、董巨初行的状况。何良俊在评论沈周时说"沈石田画法从董巨中来，而于元人四大家之画，极意临摹……诚有如所谓诗中有画，画中有诗者。昔人谓王维之笔，天机所到，非画工所能及，余谓石田亦然"[74]，此亦揭示吴门派之后的晚明画坛，黄、倪画风逐渐受到重视，所谓诗中有画、画中有诗的风气，也日渐流行起来。在社会发展以及前述文人生活方式转变等因素的共同作用下，经董其昌、陈继儒等人的揭橥和鼓吹，寄情山水、游心翰墨、心中有意而借笔抒写、文章人品皆入画中、不汲汲于技法形似的文人画风潮终成洪流。竟陵派以及与竟陵派交往的画家和文人们的诗画皆能，正是此洪流中的一个支脉。

俞剑华说"中国绘画自宋朝起，渐脱宗教之束缚，但一方面又渐受文学之牢笼"[75]，是否"牢笼"暂且不论，但竟陵派及其交游画家等晚明文人的"诗画兼善"，的确生动呈现了中国绘画文学化发展的一个重要过程。竟陵派诸人与画家的交游是特定历史环境中形成的文化现象，通过它我们可以看到晚明诗坛、画坛交错发展的新生态。"诗画兼善"的普遍流行，既是晚明时代独特历史背景下文人生活的缩影，也是晚明诗画互动发展的一个结果，其艺术史意义足堪重视。

注解：

1 钱谦益：《列朝诗集小传》丁集中，古典文学出版社1957年版，第570页。

2、61　恽寿平：《题钟伯敬〈山水卷〉后》，蒋光煦《别下斋书画录》卷六，《中国书画全书》第16册,上海书画出版社2009年版,第317页。

3 钟惺《自题画赠商孟和》中说他是"计君别我六年矣,予之学画今年始",又说"中年服官始作画,势亦不能复求苟",钟惺在万历三十八年庚戌榜进士后始居官,其始习画当在三十七岁之后。

4 钟惺在《书茂之所藏谭二元春五弟快手札各一道纪事》中说谭元春早岁于书颇为自负,"当其时,友夏书法不如今日远甚,而已俨然弟师居之不疑矣"(参见钟惺《隐秀轩集》,李先耕、崔重庆标校,上海古籍出版社1992年版,第576页)。今故宫博物院藏谭元春在天启四年(1624)所作书法《楷书古诗》,或能见其书法大致面貌。

5、6 参见邬国平《竟陵派与明代文学批评》,上海古籍出版社2004年版,第7—14页,第7—14页。

7 钟惺《秋日舟中题胡彭举秋江卷并序》中说"己酉秋,予将由金陵还楚,胡彭举为予写秋江卷为别",是知胡、钟交往约始于此时(参见《隐秀轩集》,第9页)。

8、9 周亮工:《读画录》,西泠印社出版社2008年版,第102页,第102页。

10、17、22、23、31、32、38、40、42、44、45、57、62、63 钟惺:《隐秀轩集》,第572页,第86页,第61页,第575页,第118页,第180页。

11、13、14、15、19、27、29、31、32、38、40、42、44、45、57、62、63 《谭元春集》,陈杏珍标校,上海古籍出版社1998年版,第33页,第54页,,第797页,第798页,第400页,第222页,第823页,第196页,第129页,第368页,第346页,第346页,第368页,第325页,第346页,第571页,第66页。

12 此诗编选在《岳归堂合集》卷三,《岳归堂合集》是谭元春早期诗集,多为游览之作。明刻《岳归堂合集》卷首诗《自序》,署时间为"己未秋八月一日谭元春书",则此诗当写在万历四十七年(1619)谭元春三十三岁之前。

16 《中国美术家人名辞典》《中国画家大辞典》等书皆按照周亮工《读画录》记载了胡宗仁之子耀昆(元韵)、起昆(元清),而未载昌昱。从谭元春《闲过胡彭举昌昱父子知载斋》诗中可知胡昌昱字元振,当是胡宗仁元韵、元清之外的另外一子,且极为竟陵诸人所重视,从钟、谭诗文所载可补画史之缺。

18 谭元春:《秋凉取胡元振画挂之斋壁苍润深寒觉不可坐遂题其上》,《谭元春集》,第158页。

20 钟惺有《题胡彭举为蔡敬夫方伯画卷》,其中提到胡宗仁与蔡复一的同里至咸南京水部"胡公"交好以及蔡复一从数千里外投书求画的情形(参见《隐秀轩集》,第573页)。

21 夏咸淳提到"在南京,李流芳曾造访竟陵派首领钟惺,并在钟宅认识公安派骨干袁中道",夏文并未给出其出处。李流芳万历三十七年(1609)在京赴试时与钱谦益、袁中道等结社,其与袁中道相识应该早于此,钟惺于1608年初至南京,如夏说无误,李流芳与钟惺交往则当在此年(夏咸淳:《论李流芳及明末嘉定文学》,罗宗强、陈洪主编《明代文学研究国际学术研讨会论文集》,南开大学出版社2006年版,第249页)。

24、25 李流芳:《西湖喜遇谭友夏赋赠》,《檀园集》卷二,明崇祯二年刻清康熙三十三年补修《嘉定四先生集》本。

26 谭元春先后有《听李长蘅所携客弦索歌》《又听长蘅所携客挝鼓歌》《与李长蘅舟寓诗二首》《喜李长蘅至》等诗作。

28 夏咸淳《论李流芳及明末嘉定文学》中也指出:"李流芳的画学思想精湛深刻,却被美术史家们忽略了。"

33 《谭元春集》,第822页。此文论诗、画、心、物与人之关系,在晚明画论中具有一定的价值。

34 钟惺:《与陈眉公》,《隐秀轩集》,第164、475页。

36 徐沁:《明画录》,黄宾虹、邓实主编《美术丛书》第2册,江苏古籍出版社1997年版,第1755页。

37 《沈雨若以朱白民竹卷赞予画戏作此歌》:"顾源山水朱鹭竹,吾爱二公皆不肉""吁嗟顾公吾未见,去年曾识朱鬐面。问他行径曾不言,袖出朱墨竹一卷""其时悔未助山资,此君交臂遂失之"(《隐秀轩集》,第70页)。

39 谭元春《长安古意社序》:"仲远之交侠、道生之笔墨,与予久相闻,初得见。"(《谭元春集》,第634页)

41 画史记载的张葆生有两位,一位为山阴人,一位为会稽人。山阴人张葆生,名尔葆,字葆生;会稽人张葆生,名葆生,字二葆,前者一般认为是陈老莲之妇翁。明时山阴、会稽同属绍兴府,今人颇疑二者同为一人。

43 谭元春《长安古意社序》:"庚申(1620)岁,予在西湖看两山红叶,葆生、远之先后挐舟相寻,予适去,然犹蹑予叶上履迹,皆可称故人"云云。

46 顾凝远:《画引》,于安澜编《画论丛刊》上,人民美术出版社1989年版,第145页。

47 《晋书》卷七六,上海古籍出版社1986年版,第234页。

48 此语出自《石渠宝笈》卷二〇所录《御笔三余逸兴图》后和亲王弘昼题语,原句为"拂拂毫端生气动,诗人画史一时兼"。

49 文徵明:《沈先生行状》,《甫田集》卷二五,明嘉靖刻本。

50《袁宏道集》卷一一,上海古籍出版社1981年版,第492页。

51 钟惺:《四月三日杨修龄侍御宴海淀园》,《隐秀轩集》第27页;袁中道:《游居柿录》卷一一,步问影校注,上海远东出版社1996年版,第256页。

52 参见陈正宏《传统雅集中的诗画合璧及其在十六世纪的新变》,范景中、曹意强主编《美术史与观念史》VII,南京师范大学出版社2009年版,第88页。

53 钟惺:《韵诗序》,《隐秀轩集》,第250页。

54 朱彝尊:《明诗综》卷六八,清康熙四十四年六峰阁刊本。

55 59 饶宗颐:《明季文人与绘画》,《二十世纪学术文集》卷13上,中国人民大学出版社2009年版,第348页。

56 张怀瓘:《书断》卷上,《历代书法论文选》,上海书画出版社1979年版,第154页。

58 其中有一幅,其题画诗前的小引说:"向寄友夏《寒河图》,多其位置,竹书陂岸,不寒河不已。病起,偶得佳纸,作一古树,不觉高出于纸,茅斋之外,不益一物,空处忽露半舟,曰:此寒河也。戏题而寄之,作文之法亦如此。"(《隐秀轩集》,第217页)

60 钱钟书:《谈艺录》,中华书局1984年版,第106页。

64 李流芳:《檀园集》卷七。

65 戴鸿森:《姜斋诗话笺注》卷二,人民文学出版社1981年版,第144页。

66 陈衡恪:《文人画之价值》,郎绍君、水天中编《二十世纪中国美术文选》上卷,上海书画出版社1999年版,第67页。

67 阮璞:《苏轼的文人画观论辩》,《中国画史论辩》,陕西人民美术出版社1993年版,第127—152页。

68 阮璞:《〈画继〉所显示之宋代文人画观》,《画学丛证》,上海书画出版社1998年版,第169页。

69 高居翰:《隔江山色:元代绘画》,宋伟航译,生活·读书·新知三联书店2009年版,第47页。

70 参见冯慧芬《浙江画派》,吉林美术出版社2003年版,第31页。

71 石守谦:《风格与世变:中国绘画十论》,北京大学出版社2008年版,第163页。

72 73 董其昌:《画禅室随笔》卷二,《中国书画全书》第5册,第144页,第150页。

74 何良浚:《四友斋画论》,《中国书画全书》第4册,第781页。

75 俞剑华:《国画研究》,《民国丛书》第1编,上海书店1989年版,第39页。

(原发表于《文艺研究》2014年11期,标题略有改动)

后 记

国家之魂,文以彰之。民族之魂,文以凝之。荆楚之魂,文以载之。天门之魂,文以记之。

今天,《诗归竟陵》一书在天门市竟陵派文学研究会、民盟天门诗书画院和京城新竟陵诗派的联袂推动下终于付梓,可谓集当代天门诗词曲赋联精品之大成,这无疑是天门文化建设史上的一件大事,更是竟陵派传人和天门民盟人切实践行2024年习近平总书记关于深入研究长江文化内涵,深入考察和发掘长江文化的历史底蕴和时代价值,传承长江千年文脉,推动优秀传统文化创造性转化、创新性发展的一件盛事。

在构建文化天门的历史性时刻,把守住中华民族精神的根和爱国主义的魂,并将之深深地植根于每一个天门人的心中,作为竟陵派的后裔,我们责无旁贷。石家河文化、陆羽茶文化和竟陵派文学是天门屹立于中华文明殿堂的三张国家级名片,是长江文化的重要载体,是湖北省文化溯源工程的重要组成部分,是涵养社会主义核心价值观的重要养分,理应在中华民族文化复兴伟业中担当大任。

2024年也恰值明代文坛巨擘、竟陵派创始人钟惺先生诞辰450周年! 我们编纂这本书,来推动竟陵派文学的传承、弘扬和发展,便具有了特殊意义! 如何通过一个物化的外延来彰显竟陵派文学的丰富内涵与精神实质、完成历史赋予我们的崇高使命呢?

此时作为天门市竟陵派文学研究会会长和民盟天门诗书画院院长的我,正轶漠经年、锁边三北。在巴丹吉林的风沙弥漫处、更深夜露时,我常常遥望故里,陷入沉思,为什么我不能一边治理阿拉善的自然荒漠,一边浇灌竟陵派的文化绿洲呢?莫名的冲动和兴奋时时涌起,将我抛落、揉碎和击打。真可谓吹尽黄沙始到金,待尘埃落定、天地澄澈,我的脑海顿显一片空灵,思路和信念愈发清晰且厚重起来。此后在艰苦繁重的西部荒漠治理之余,我便开始了《诗归竟陵》的征集组稿和编辑工作。

今天在天门籍诗家和有识之士的共同努力下,在全体编委的精雕细琢下,《诗归竟陵》终得以隆重面世,作为主编,作为身在其中的"革命军中马前卒",我深感欣慰与荣幸,谨作后记!

"累世蒙尘遮斗柄,今朝映日动葭灰。"

竟陵派作为明末清初最重要的文学流派,风靡一时,其创始人钟惺、谭元春所编撰的《诗归》,"承学之士,家置一编"。钟谭的文学主张与诗文创作,虽孤深幽峭,但独抒性灵,对明清小说的创作与发展产生了积极而深远的影响!四百年来,竟陵派美玉蒙尘,湮没在历史长河之中!因此我们有责任、有义务用竟陵派革故鼎新之精神来坚定天门的文化自觉,促进天门的文化自信。

"石微可激千层浪,势众当惊万蛰雷。"

今天我们重拾薪火,重擎旌旗,我决定采用自筹的方式推动该书的出版!这一美好愿景的实现需要天门民众的倾心参与!天门的诗家们,可谓欢呼雀跃、一呼百应!不仅投稿作品达两千余首,投稿人数之多更是形成了真正的诗归百人团!创作质量之高足以跻身荆楚诗坛第一方阵!

"云物初升诗有待,风心不老意相催。"

编辑此书时,我们力求体裁丰富、题材广泛、装帧精美、设计新颖。无论是耄耋老者,还是青年才俊,天门诗家们激情澎湃,用诗、词、曲、赋、联等多种格律形式,讴歌盛世、赞美生活!诗人的血脉和竟陵的文脉总是同频共振、息息相通的!纵览全书,字里行间充盈的既有阳春白雪之情,更有黄钟大吕之调!其云蒸霞蔚之势将不辱天门创办

"中华诗词之乡"的使命。

"多情还问竟陵子,何以钟谭望磊嵬。"

本书在由天门市竟陵派文学研究会主导的编辑过程中,得到了民盟天门支部、天门市社科联和天门市文联的全程支持。

旅居京华的新竟陵诗派不遗余力,贡献精品佳作!原国家发改委副秘书长、著名经济学家范恒山先生更是厚爱有加,欣然为书作序!

全国政协常委、湖北省人大常委会副主任、民盟湖北省委会主委杨云彦在2024年度民盟省委扩大会议上推介天门石家河大遗址保护的会议间隙,也不忘亲自垂询编辑出版情况。

湖北省书协副主席吴中华先生倾情赐墨,为本书题写书名!文汇出版社工会主席、天门籍编辑熊勇先生废寝忘食,大力推进本书的出版发行工作!竟陵派文学研究会特邀顾问、原天门市人大常委会副主任熊利民先生说:"这是一部真正的、全部由天门籍文化人结集出版的呕心之作!"

在此,我代表编委会,向上述的单位、领导、老师们表示由衷的感谢!

今天,我们有更多理由相信,在党和政府的引领下,在广大竟陵派文学爱好者的参与下,在有良知有情怀人士的支持下,我们必将迎来竟陵派文学研究的春天!必将迎来诗归竟陵、诗归天下的盛世!我们也必将迎来中华优秀传统文化的大创新大发展!

而这,也正是《诗归竟陵》一书出版的意义和价值之所在!

是以为记!

2024年12月于竟陵

图书在版编目（CIP）数据

诗归竟陵 / 饶中学, 白守成, 钟波编. — 上海：
文汇出版社, 2024. 12.

ISBN 978-7-5496-4450-6

Ⅰ. Ⅰ227

中国国家版本馆CIP数据核字第2025FL1624号

诗 归 竟 陵

编　　者 / 饶中学　白守成　钟　波
责任编辑 / 熊　勇
装　　帧 / 张　晋
排　　版 / 王敏杰
出版发行 / 文匯出版社
　　　　　　上海市威海路755号
　　　　　　（邮政编码200041）
经　　销 / 全国新华书店
印刷装订 / 上海颛辉印刷厂有限公司
版　　次 / 2024年12月第1版
印　　次 / 2024年12月第1次印刷
开　　本 / 720×1000　1/16
字　　数 / 300千字
印　　张 / 28.25

ISBN 978-7-5496-4450-6
定　　价 / 98.00元